魔導具師妲莉亞

～從今天開始的自由

CONTEN

Kadokawa Fantastic Novels

王城禮法與綠塔公主

「女性在男性陪同下，要將右手手指放在男性左手手掌上。不過，男性兼任護衛且為左撇子時，也可用右手替代……」

妲莉亞讀著厚厚的禮法書，忍不住看向遠方。

她記得自己前世時也覺得社會人士的規矩很麻煩。

沒想到今世身為平民的自己，也得為貴族的禮法所煩惱。

能知曉前世今生，是因為她是一名轉生者。

今世的名字叫妲莉亞．羅塞堤。

職業是魔導具師，專門製作對生活有益的魔導具。

雖然有著鮮豔的紅髮綠眸，長相卻和前世一樣樸實而不起眼。

「妲莉亞，記得起來嗎？」

和她一起待在客廳桌子前、坐在她斜對面的青年問道。

沃爾弗雷德・斯卡法洛特。

他是伯爵家的四子，這個國家的騎士團、魔物討伐部隊的隊員，也是妲莉亞的朋友。

黑檀色的頭髮配上雪白肌膚，高挺的鼻梁、薄唇、沒有絲毫贅肉的下巴，以及迷人的黃金色眼眸——宛如當代最好的畫師竭盡全力畫出的完美容貌。

但這對他本人來說卻是煩惱根源，使他在人際關係上特別辛苦。

「感覺很難。而且要記的不只這些，據說王城中還有很多書本上沒有記載的禮節……沃爾弗你呢？」

「很難……像這頁寫說『當房內有家族地位較高或值得尊敬的人時，男女進房前要先鬆開彼此的手，各自進入房間致意』，我覺得實際遇到時一定想不起來。而且要是不曉得房裡有誰就進房了該怎麼辦？」

沃爾弗嘆了口氣。連愁容也美得像幅畫，但要煩惱的實在太多了。

如魔導具師、魔物討伐部隊員等職業所示，今世有魔法，也有魔物。

用前世的話來說就是一個奇幻世界。

不過妲莉亞今世還沒見過會飛的魔毯，或是賢者之石之類的東西。

自己做出的魔導具，大多是與生活息息相關的物品，類似於前世的家電或便利小物。

而沃爾弗所屬的魔物討伐部隊，也不是為了追求冒險或名譽而戰的團體。

魔物時常給人類帶來莫大的損害，強大的魔物堪比天災。他們的工作就是驅除、討伐那些魔物以守護國民。

身為魔導具師、魔物討伐部隊員的兩人，為什麼會為貴族的禮法傷透腦筋呢？

起因是一起小小的事件。

沃爾弗曾提到「部隊遠征時鞋子裡都是汗，很悶」，於是妲莉亞便拿出做給亡父、一直放著沒用的五趾襪，以及具有乾燥效果的鞋墊給對方。

他拿到很多組，因而和隊長及其他隊員分享。同袍們用了都覺得很舒服，決定向妲莉亞訂購該商品。

妲莉亞很高興能幫上他們的忙。

然而後續效應卻超乎預期。

魔物討伐部隊的訂購數量多到彷彿多寫了一個零，妲莉亞連忙和商業公會的副公會長商量，找來服飾公會、冒險者公會的高層一起開會。隨後決定量產五趾襪與鞋墊，甚至建立了新的工房。

因此，妲莉亞開設的羅塞堤商會要拜會王城的魔物討伐部隊，以進行正式交貨。而且要「親自」前往。

身為商會長的她必須親自造訪王城——正常來說一介平民不能出入王城，新開設的商會也不能和王城裡的人直接交易。

妲莉亞的父親雖是男爵，但她在平民的環境長大，完全不懂貴族禮法。

另一方面，出身於伯爵家的沃爾弗是羅塞堤商會的保證人。若能向他學習王城禮法再好不過，可惜沒辦法。

沃爾弗十歲左右就在別邸生活，高等學院畢業後隨即加入魔物討伐部隊。雖然學過最基本的貴族禮儀，但不擅長應用。儘管會以隊員身分出入王城，但不需要接待賓客。因此對於正式的王城禮法也不熟悉。

於是，兩人現在才會在爬滿植物的綠塔——妲莉亞的家裡拿著禮法書抱頭苦嘆。

「早知道會這樣，當初學的時候就該認真一點……」

沃爾弗趴在桌上伸長手臂的模樣，讓妲莉亞想起類似的情景。

「跟學院考試前一天好像。」

「真的。」

這個國家——奧迪涅王國的王都設有初等學院和高等學院。

幾乎所有小孩都會進入初等學院，學習讀寫、算數和基本的歷史。接下來則可依照未來想要從事的業種，進入高等學院的專科念書、做研究。

不同於前世的日本，高等學院沒有年齡限制，全憑考試決定能否入學、升級、畢業。因此想當然耳，若考試沒過就無法進到下一個階段。

無論在初等學院或高等學院，妲莉亞在考試前都曾聽過「早知道就該多讀點書」這類沉痛的呼喊。不過，儘管嘴上這麼說，但大多數的人都是好了傷疤忘了痛，考試一結束又開始沉迷於玩樂。

「若是魔劍的特性和歷史，我一下子就記住了……」

伴隨著淺淺的嘆息，沃爾弗說出非常像「魔劍迷」會說的一句話。

他是個愛魔劍成痴的人。

從各國的魔劍，到只存在於童話中的魔劍，他都能如數家珍地詳細介紹。

甚至兩度挑戰王城中無人能拔出的魔劍，還不惜冒著燙傷的風險，向魔物討伐部隊長借魔劍來摸一摸。

最近，他和身為魔導具師的妲莉亞開始嘗試製作人工魔劍。要是能成功做出魔劍，他一定會很開心。

「沃爾弗真的很喜歡魔劍呢……」

「因為魔劍給人一種夢幻的感覺啊。妲莉亞不也對魔導具瞭若指掌嗎？」

「還算熟悉，畢竟我的工作是魔導具師。」

她以製作魔導具為業。

既然要做魔導具，當然得對魔導具有一定程度的了解。她希望能盡可能認識古往今來所有魔導具，也想親眼見識各類物品，實際操作看看。

妲莉亞前世也對創造物品有興趣，而進入家電公司上班。只可惜被安排進客服部門，因工作繁重而過勞死。

幸好轉世後能成為魔導具師，以更寬廣的方式創造物品。

魔導具可用的材料、可進行魔法賦予的素材多不勝數。範圍囊括礦物、植物和魔物素材，不同的劑量、合成比例與賦予魔法，也會大幅影響成果。

最重要的是，魔導具蘊含著改善人們生活的希望。

能夠做出宛如前世的日本家電般，滿足一切需求、讓人們過上舒適生活的便利魔導具

——這樣的職業不叫夢幻叫什麼呢？

妲莉亞一回神才發現，自己的視線已從禮法書移到了擺滿魔導具相關書籍的書櫃。

沃爾弗見到後瞇起黃金色眼睛，開心地笑了起來。

「妲莉亞真的很喜歡魔導具呢，跟我一樣。」

她完全無法否認。

位於貴族街一角的魔導具店「女神的右眼」。

妲莉亞在接近打烊時造訪那裡，目的是向那兒的老闆奧茲華爾德學習王城的禮法。沃爾弗走在她身旁，伊凡諾也跟在她身後。

沃爾弗要她去「女神的右眼」前先跟自己說一聲，因此日期確定後妲莉亞便寫了封信給他。信中提到伊凡諾也會同行，沃爾弗卻立刻回信說第一次他也想去打聲招呼。可能是出於身為羅塞堤商會保證人的責任感吧。

所幸奧茲華爾德指定的時間是打烊前，不會耽誤到沃爾弗的工作時間。

不過沃爾弗穿著部隊的正裝黑色騎士服前來，令她有些驚訝。

「妳是因為要和我們部隊做生意，才不得不學習王城禮法。」

話雖如此，但黑漆漆的顏色加上不適合夏天穿的布料，看起來實在很熱。

見到他為商會的事費心到這個地步，妲莉亞很過意不去。

伊凡諾似乎也很在意他的服裝，還問說：「這是討伐部隊的衣服嗎？」

「女神的右眼」由白色大理石構成，光滑到能看見倒影——左右兩側粗大的石柱上，刻著美麗的花朵與女神像。散發出的高級感讓妲莉亞心生畏怯，但還是將手伸向光亮的白色店門。

就在她碰到店門前，店中走出一名女子。沃爾弗見到後隨即戴上妖精結晶眼鏡，速度快到令人佩服。

「歡迎光臨，請問是羅塞堤商會嗎？」

「是的，這次要麻煩您們了。」

「已恭候多時，請進。」

女子面帶微笑說道。她有著比妲莉亞稍淺的紅髮、更明亮的綠眸，氣質相當柔和。一行人跟著她來到店家二樓。

「歡迎大駕光臨。」

跟隨指引進到會客室中，奧茲華爾德身穿黑色西裝，坐在白色桌子另一頭笑著說道。

他和上次見面時一樣將灰色頭髮全部往後梳，戴著銀框眼鏡。

房內的家具多為白底且用大量黃金作裝飾。不會反光的金飾給人一種沉穩的感覺，但一想到價格就很怕撞到。藍色地毯鮮豔明亮，沒有一絲髒汙，讓人不敢踩上去。老實說太乾淨了反倒教人不安。

在這陣緊張氣氛中，三位女性並排站在了奧茲華爾德身邊。三人都戴著銀底鑲有多顆鑽石、款式相同的婚約手環。

沃爾弗、妲莉亞、伊凡諾依序站在她們對面，和她們互相點頭致意。

「我妻子們說想來見見各位，打聲招呼……」

「妻子們」——妲莉亞至今在日常生活中從未聽人這麼說，覺得很新鮮。

說是想打招呼，實際上應該是想見見被譽為「王都第一美青年」的沃爾弗吧。

「我是卡特莉娜·佐拉。」

金髮深綠眸的中年女性首先笑著開口。看來她應該是大夫人。

身上的亮藍色禮服和黃金項鍊非常適合她。從氣質和優雅的動作來看想必是貴族出身。

「我是費歐蕾·佐拉。」

緊接著開口的是紅髮淺綠眸的女子。年紀感覺比妲莉亞大上一輪。

她穿著和自己很搭的象牙白蓬蓬裙禮服。笑的時候眼尾會微微下垂，雖然年紀稍大還是讓人覺得很可愛。剛才出門迎接的正是她。

「我是艾梅琳達·佐拉。」

最後是年紀比妲莉亞大一些，但仍只有二十多歲的女子。

她有著黑髮和萌蔥色眼眸，和妲莉亞一樣是高個子。身穿不會反光的簡約黑色禮服，身材凹凸有致。若生在妲莉亞前世的世界，肯定會被星探挖掘成為模特兒。

三人無疑都是美女，但特色各不相同，完全看不出奧茲華爾德的喜好。

隨後羅塞堤商會的三人也以毫無新意的方式向對方打招呼。

妲莉亞因緊張而表現得很生硬，沃爾弗和伊凡諾也顯得不太自然。或許是三位美麗的夫人令他們看呆了吧。

所有人自我介紹並致意完終於得以入座。

「那麼請妳們倆在家等我，艾梅琳達幫忙顧店。」

夫人們笑著點頭離去後，房內突然安靜許多。

「抱歉耽誤了些時間。言歸正傳，關於王城禮法，其實只要記住一些獨特的規矩和動作即可，因此只要花四五次就能學會。這次由我提供筆記，第二次起請妲莉亞小姐跟著卡特莉娜、梅卡丹堤先生跟著我實際操練學習。」

「謝謝。」

「今天就先看這些筆記。沃爾弗雷德大人也請留下來一同確認。」

奧茲華爾德從沉甸甸的紅色皮箱中，拿出厚厚三疊紙張堆在桌上，厚得像學院的魔法理論教科書。

那些紙張的大小和厚度，已完全超出「筆記」的等級。甚至堆得比妲莉亞的拳頭還高。

「每張紙上都寫了一項規矩。請將已經記得的抽出來擺在一邊，熟讀那些妳不記得的內容。就像學院考試一樣。數量乍看很多，但其實也還好。」

雖說每張紙上的資訊量都只有一點點，但總量絕對不是「還好」而已。

妲莉亞翻了幾張，不知道的內容占多數。一想到要將這些全部記下來她就頭暈。

瞄了身邊的人一眼，伊凡諾已無奈地望著遠方。

她看向沃爾弗心想他應該都知道，只見他同樣面有難色。兩人一對到眼，他立刻尷尬地

愣住。

「……有好多我都不知道，我會反省的。」

聽見對方的耳語，她一點都笑不出來。

「總之只要記住這點程度的知識，就不會太失禮。等妳背熟之後還有更深一層的東西要記。」

奧茲華爾德依舊笑容滿面，輕鬆地以「這點程度」稱呼這些知識，要求會不會太高了呢？妲莉亞暫時還不想思考「更深一層的東西」是什麼。

「今天主要就是將筆記交給妳，請妳記下來，然後決定下次的時間。如果可以的話我很想和各位共進晚餐，可惜待會兒有其他行程。」

「不會，謝謝您在百忙中抽空教我們。」

討論過後，決定今後由妲莉亞配合奧茲華爾德有空的時間，並選在伊凡諾可以同行的日子。

魔物討伐部隊的沃爾弗由於時間不方便，就不參加了。他畢竟只是商會的保證人，不是商會員。總不好占用他的休息時間。

伊凡諾將暫訂的日期用紙筆記錄下來，這時奧茲華爾德望向了沃爾弗。

「沃爾弗雷德大人，您現在戴的眼鏡賦予了『妖精結晶』對吧？」

「是的，沒錯。」

「莫非是卡洛·羅塞堤先生製作的嗎？」

「不是。」

「那麼是哪位的作品呢？只是出於魔導具師的興趣才這麼問的，絕不會將客人私人物品的資訊透露給其他人。若您必須保密，不回答也沒關係。」

「這是……」

「是我做的。」

見沃爾弗不敢明說，妲莉亞便替他回答。

妖精結晶奧茲華爾德店裡的魔導具也有用到。妖精結晶是稀有素材。若今後買不到了，或許可以和他商量。因此妲莉亞決定據實以告。

「原來是妲莉亞小姐的作品啊，做得相當完美。妳已經有能力加工『妖精結晶』了嗎？真是太了不起了。」

「謝謝。」

妲莉亞鬆了口氣向對方道謝。

今天和奧茲華爾德說話時，總有種像在和學院師長說話的感覺。

「請容我再問一個問題，沃爾弗雷德大人的手環……噢，手環比較私密，不必告訴我是哪位做的，或在哪裡買的。只是這魔力十分稀奇，是不是用銀狼牙(Silver Wolf)做的呢？」

「……是天狼牙(Skoll)。」

「天狼……？」

銀色的細眼瞇得更細，笑容倏地消失。

「不好意思，妲莉亞小姐，請問妳的魔力數值是多少？」

「八單位。」

「若手環上的天狼牙是妳賦予的，下次千萬別再這麼做。這樣一不小心就會致死。」

「咦！」

率先發出驚呼的是沃爾弗。

「這是什麼意思？」

原本默默聆聽的伊凡諾也急得質問道。

見兩人的表情突然嚴肅起來，妲莉亞連忙向他們解釋。

「沒事的！雖然魔力幾乎耗盡，但還不至於會死……」

「一般的魔力枯竭只會讓人昏厥，但天狼牙不同。即使當事人魔力耗盡，天狼牙有時仍會持續吸收魔力。量的多寡取決於天狼牙的大小與天狼本身的魔力量，嚴重時甚至會耗損性命。實際上國內就有人在賦予中身亡。除非魔力值上升到九以上，否則不該冒這個險。」

「我都不知道……」

妲莉亞臉色變得慘白。豈止受傷，她差點就在自己房間的床上終結一生。

左側傳來陣陣無言的壓力，她嚇得不敢往那邊看。

「卡洛先生沒有教妳天狼的相關知識嗎？」

「是的……我沒有學過。」

「難道連妖精結晶的特性也沒有？」

「只聽說妖精結晶是稀有素材，加工很困難。還有需要一定的魔力。就只有這樣。」

「真教人意外……」

奧茲華爾德毫不掩飾地深深嘆氣。

「卡洛先生可能還來不及教妳就過世了……那麼天狼等稀有素材的危險性、使用方式、賦予效率、增加魔力值的方法、複合賦予，這些他有教過妳嗎？」

「只學過賦予效率，其他都沒有。」

「其他徒弟呢？」

「不清楚，應該沒有。那個，如今也沒辦法確認……」

「我聽說了——真是個愚蠢的男人。」

「奧茲華爾德先生？」

他說到一半語氣和聲音忽然變得冰冷，妲莉亞不禁喚了他一聲。

「抱歉，不小心說出心聲了。」

男人露出完美笑容說完，沃爾弗向他提問。

「奧茲華爾德先生，您方便將這些知識教給妲莉亞嗎？」

「沃爾弗、大人，這恐怕很難。魔導具師的技術通常只在同家族或同門間流傳，不會教給外人……」

妲莉亞勉強加了大人二字，回答沃爾弗。

技術高超的魔導具師，大多不會將特殊的技術知識傳授給徒弟或同門以外的人。

她對奧茲華爾德來說只是朋友的女兒，奧茲華爾德沒義務教她這麼多。

「聽起來挺有趣的……我當魔導具師也經歷過不少歲月，確實有些東西能教給妲莉亞小姐。雖然不知會花多久，但我可以將她培育為『我所認可的卡洛先生繼承人』。」

那雙銀色眼睛盯著妲莉亞看。眼鏡後方的眸子，就像在打量製作到一半的魔導具般。或許因為雙方都是魔導具師，她才會這麼想。

「妲莉亞小姐，妳願意接受我這個魔導具師的教導嗎？報酬五十枚金幣，等妳全部學會後再以分期無利息的方式還我就好。不過魔導具師必須遵守保密義務，所以工作間只會有我們兩個人。若會讓妳感到不舒服，可以拒絕——」

「拜託您了。」

她回過神才發現，自己在對方說完前就已低頭懇求。

「妲莉亞！」

「妲莉亞小姐！」

「回答得這麼快啊。這點和卡洛先生一模一樣呢。」

銀髮男人無視慌張的兩人，只對妲莉亞笑了笑。

「梅卡丹堤先生，屆時您可以待在工作間隔壁的房間沒關係，需不需要多找幾個人來呢？我妻子當然也會待在那裡。」

「……那就沒問題了。抱歉失禮了，因為聽過很多傳聞。」

「這樣啊，那些大多是『不實的謠言』。」

伊凡諾將前傾的姿勢調整回來，仔細觀察奧茲華爾德。

他在商業公會見過這個人很多次，但和現在散發出的氣質有微妙的差異。那雙銀眸比平時更加迷人，帶了點促狹的色彩。雖和沃爾弗不太一樣，但同樣有很多桃色傳聞。

「佐拉商會長不在意那些『不實謠言』嗎？」

「一點都不在意，那些燕子和雲雀要唱歌就隨他們去吧。這樣等於在為我打廣告呢。」

「真希望我們商會也有足夠的實力這麼說……」

「沒問題的，實力不知不覺間就會壯大。只要持續和王城往來就好。習慣之後看是要讓燕子和雲雀繼續唱歌，還是把他們除掉都行。」

對方說得輕鬆，伊凡諾卻稍稍倒抽了口氣。

奧茲華爾德從年輕時就有豐富多彩的桃色傳聞。

不知道哪些是真的，哪些是被捏造出來的「不實謠言」。

但奧茲華爾德卻說不必在乎那些謠言，只要持續進出王城，就能具備一定的實力。如此一來，就能選擇要繼續利用散播謠言的人，或者除掉他們。

至於要如何「除掉」，伊凡諾不想知道得太詳細。

「對了，梅卡丹堤先生，建議您趁早養隻幼犬，更有利於今後的發展。」

「幼犬嗎？」

「對，只要訓練得宜就能養出優秀的忠犬。不過我自己就沒訓練好，反而被狠狠反咬了一口。」

他應該是在建議伊凡諾僱個年輕人，將之訓練成忠心的員工。

「沒訓練好而被反咬一口」則是指他以前曾被最信任的員工背叛，帶著他妻子私奔的那件事吧。

就連大名鼎鼎的佐拉商會長，奧茲華爾德都這樣了，「訓練」果然是件難事。

突如其來的家犬話題，令另外兩人目瞪口呆。

「唉呀，真是個好建議。我也來考慮一下好了，看能不能讓這凸出的肚子變瘦一點。」

伊凡諾說完，四個人全都笑了。

然而真正開懷笑出來的可能只有妲莉亞一人。

「妲莉亞小姐，關於授課的條件，我們可否移至隔壁房間詳談呢？」

「和單身女性兩個人共處一室似乎有點……」

沃爾弗板著臉說，令人想要吐槽「你有資格這麼說嗎」。

「若各位感到擔憂，這個話題就留待下次再討論，期間我可以去簽署神殿契約，保證『不會危害妲莉亞小姐』。」

奧茲華爾德的話語讓伊凡諾和沃爾弗同時愣住。

「不用了！我信任奧茲華爾德先生……啊。」

「……妲莉亞？」

「呃，對此毫不擔心。所以不用費心了……」

妲莉亞在慌亂中想起自己之前在商業公會失言的事。

「我信任福爾圖納托先生，一切都交給您」——不經意的一句話，對貴族而言卻有著重大的意義。

「單身貴族女性這麼說，代表對方夠格當自己的騎士，帶有敬愛之意。」

「貴族女性和男性初次過夜時也會這麼說，有段時間曾流行過。」

她好想對著不知名的對象大叫「這種事誰知道啊」。

希望奧茲華爾德先生不會注意到——妲莉亞拚死的祈禱似乎成真了，對方面不改色地站了起來。

「請不用擔心，我雖會使用防竊聽裝置，但這扇門會一直開著。那麼就請妲莉亞小姐跟我到隔壁房間詳談十五分鐘左右。」

他說這句話，不知是想讓沃爾弗還是伊凡諾安心。

宛如優雅銀狐（Silver Fox）的男人打開房門，讓妲莉亞先走。

妲莉亞進到隔壁房間後，奧茲華爾德回過頭來。

「……交給我吧。」

那恍若呢喃的聲音，可能只有沃爾弗聽見。

男人臉上浮現了揶揄似的笑容。

奧茲華爾德和妲莉亞前往隔壁房後，三夫人艾梅琳達旋即走了進來。

兩名男子婉謝她端來的葡萄酒，只收下冰涼的氣泡水，接著她又離開房間。

聽得出奧茲華爾德和妲莉亞在隔壁房說話，但由於用了防竊聽的魔導具，聽不清楚對話內容。

「……沃爾弗大人，我們這邊也有嗎？」

「有，我剛剛啟動了。」

聽見伊凡諾這麼問，沃爾弗略顯不悅地回答。

他也啟動了藏在騎士服下的防竊聽魔導具。

「……真的很像呢。」

「才不像。」

「若只看眸色和氣質等部分特徵，還滿像的吧？」

「不像。」

兩人都沒有明說誰像誰，但還是可以溝通。

奧茲華爾德三位妻子都有著綠色系眼睛，和妲莉亞相似。

青年垂下黃金色眼睛，心情更加不悅，伊凡諾見到後藏不住苦笑。

「伊凡諾，你被比下去了呢。」

「是啊，不只經驗不如人，等級也差多了。最近一切都太過順利，我有點自鳴得意起來。這樣剛好可以讓我反省一下。」

看在快五十歲的奧茲華爾德眼裡，三十多歲的伊凡諾不過是個毛頭小子。剛才的對話絲毫沒有讓奧茲華爾德的表情垮掉，甚至還反過來給他忠告。差距如此之大，他反倒已沒有不甘心的感覺。

看來佐拉商會長奧茲華爾德不只是一流的魔導具師，也是一流的商人。

「沃爾弗大人，您也被調侃了呢。」

「調侃……？」

「對，應該沒錯。」

伊凡諾不願承認自己也被調侃、中了對方的計。

起初他還擔心奧茲華爾德對妲莉亞有意思，小心提防對方，後來戒心逐漸降低。那人提醒妲莉亞的語氣就像教師，看她的眼神就像在看自己女兒。聽見他提起卡洛，伊凡諾就知道可以不用擔心了。

至少可以確定奧茲華爾德不會與妲莉亞為敵，也不會蓄意傷害她。

不過對於伊凡諾和沃爾弗可就難說了。

「他為什麼要調侃我？調侃我一點都不好玩吧？」

「不，這個嘛……」

他差點就說出「很好玩啊」，連忙閉上嘴。不知沃爾弗本人是沒注意到，還是不想承認，他對妲莉亞的擔心之情表露無遺。

「可能喜歡捉弄年輕人吧。」

這麼說好像也沒安慰到沃爾弗，伊凡諾決定草草帶過這個話題。

「對了，直到剛剛我才知道，魔導具師的工作竟然這麼危險。」

「我多少聽過一些，但沒想到這麼嚴重……」

沃爾弗盯著左手的白金手環說。那只賦予了天狼素材的手環似乎是個相當危險的東西。

然而無論伊凡諾或沃爾弗都無法提醒妲莉亞，出了事也不曉得怎麼應對。

若想確保她的安全，就只能仰賴專業的魔導具師奧茲華爾德。

「奧茲華爾德的商會出入王城很多年了嗎？」

「是的，應該將近二十年，也有出貨給騎士團。」

奧茲華爾德原本出身於子爵家，成為魔導具師後自立門戶。

後來創立商會取得成功，開始出入王城，靠著自己的力量當上男爵。傳聞指出他可能很快就能升為子爵。伊凡諾也想讓妲莉亞循著這樣的軌跡發展。

如果可以，伊凡諾希望他不只教導妲莉亞魔導具方面的知識，也能以前輩商會長的身分給予建議。不過身旁的青年可能會更加煩惱不安就是了。

「我不懂的事太多了，真受不了自己的無知。」

「但這算好事吧？若不知道自己的無知，就不會意識到自己犯了錯，萬一出事時也無法應對。」

「是沒錯……」

沃爾弗喝著氣泡水的樣子，看起來就像在借酒澆愁。

⬢ ⬢ ⬢ ⬢ ⬢ ⬢

會客室隔壁的房間結構幾乎和會客室相同。

兩人隔著桌子相對而坐，奧茲華爾德取下袖釦。

「不好意思，這是防竊聽魔導具，請容我將它啟動。」

他放在桌上的是顆紅色的圓形寶石，啟動的亮光中也不含魔力波動。要是他不說，妲莉亞肯定不會發現那是防竊聽魔導具。或許是專門提供給貴族的高隱密性商品。

「我們再來確認一次授課條件。我會將妳教到能夠安心獨立執業的程度，內容包含稀有素材的相關知識、增加賦予魔力值的方法、複合賦予等等。學費為五十枚金幣，待妳學成後再以分期無利息方式付清，上述條件可以接受嗎？」

「是的，麻煩您了。」

「授課地點在我的工作間。工作間裡只會有我們兩人，但可以讓商會成員待在隔壁房間，我妻子也會在那裡。」

「真抱歉讓您費心了。要是我是男性就好了。」

「不，若真如此我可能就不會多管閒事了。」

奧茲華爾德的語氣顯然是在開玩笑，妲莉亞也忍不住笑了起來。

「等學完王城禮法再開始上課吧。畢竟我們各自都有商會和魔導具師的工作要忙。每週上一次課，約三至四小時，訂在雙方都有空的時間，如何？」

「好的，我盡量配合您方便的時間。不過……教我這些真的沒關係嗎？」

剛才聽到奧茲華爾德的提議後，妲莉亞就在思考。

她既非奧茲華爾德的徒弟，也不是佐拉商會員。原本即使花五十枚金幣也不可能換得他的教導。

「稀有素材與特殊賦予等知識確實只會傳授給徒弟。但妳若在稀有素材的賦予過程中失敗身亡，和卡洛先生在死後世界相聚時，應該會被他大罵一頓吧？我也不想在那個世界被卡洛先生埋怨。」

「……真的很謝謝您。」

賦予天狼牙時出過狀況，導致她無法否認。父親確實有可能大發雷霆。

還有另一件事她也很在意。

「那個，您的徒弟不會介意嗎？」

繼承他衣缽的徒弟或許會對教導妲莉亞一事感到不快。

若因此壞了師徒關係，她再怎麼道歉也沒用。

「……說來丟臉，我一共收了三名魔導具師徒弟，但三個人都不成材。」

奧茲華爾德低垂的眼眸中，隱含著放棄的神色。

從剛才的禮法筆記來看，也許是他的要求太高了吧。他們說不定是因為達不到要求才主動離開的。

「那還……真是遺憾。」

「是啊，很遺憾。我用心栽培他們，結果第一個人和我前妻私奔，第二和第三個人試圖追求現任妻子們，被我逐出師門。」

「對、對不起，我不知道該說什麼……」

繼上次不小心問出他前妻與人私奔一事，這次又踩到他的地雷了。

竟然三名弟子都做出這種事，這不是犯了桃花煞，而是犯了弟子煞吧。

「不會，這也沒辦法。因為內人們太有魅力了。」

面對慌張的妲莉亞，奧茲華爾德從容地讚揚起妻子們的美貌。

「……請問我們要以什麼方式簽署保密協議呢？神殿契約嗎？」

「不，不用締結神殿契約。我教妳的賦予方式與做法，妳今後可以運用在魔導具上，也可以找值得信賴的助手協助。倘若哪天收了徒弟，教給對方也沒有問題。這部分就由妳自己判斷。」

「非常感謝您，但這樣的話我支付的學費好像太低了……」

「對羅塞堤家而言，卡洛先生的知識無法傳承下去是很傷的事。我只希望能幫到你們。相對的，我也有件事想拜託妳……」

奧茲華爾德說到一半頓了頓，銀框眼鏡後方的銀眸蒙上些微陰影。

「若我有個萬一，可以請妳栽培小兒成為魔導具師嗎？我會事先寫好相關文件，屆時將支付妳學費，和這次我收取的金額相同。也請將此事告知伊凡諾先生他們。」

「要我教導令公子嗎？」

「是的，我大兒子已進入高等學院魔導具科就讀，未來想成為獨當一面的魔導具師。若我有個三長兩短，請將我教妳的東西，以及妳學過的魔導具相關知識教給我兒子。」

「奧茲華爾德先生，您身體不好嗎？」

「不，我健康得很。不過年紀大了，有些東西賦予起來特別辛苦。比方說天狼素材的複合賦予，一不小心就可能一命嗚呼呢。」

妲莉亞不禁擔心他是否生了重病，但似乎是多慮了。他隨口舉出天狼素材的複合賦予，看來這類賦予不僅需要魔力，還需要體力。此外，她對他提及的內容也有些在意。

「『複合賦予』果然很難嗎？」

「複合賦予的方法有很多，其中難度最低的，就是在中間夾入魔封銀。」

「魔封銀嗎？」

魔封銀是特殊礦材之一，主要使用在魔封盒上。

不過照理來說，魔封銀應該無法用在已被賦予魔法的物體上才對。

「是的。不是疊在已賦予過的素材上再進行賦予，而是配合連接的部位去塑形。雖然需要細微的魔力調整，但只要將接合部位用魔封銀擋住，再予以『固定』就行了。若只有少許魔力，是可以遮擋的。」

「倘若魔力強到一定程度，又該怎麼做呢？」

「在接合部位夾入魔封銀後，可以於賦予魔法時，使魔力朝向特定方向，以免魔力反

彈。例如冰風扇是風與冰的複合賦予，我採取的做法是各自賦予並使之朝向不同方向，再將兩種管線從中間接在一起。運用的正是類似原理。」

妲莉亞聽完有種恍然大悟的感覺。

不是將魔封銀賦予或塗抹在素材上，而是依原本的形狀將之固定——這些技術她都會，但從沒想過可以這麼做。

奧茲華爾德一派輕鬆地說明這些，不愧是位老練的魔導具師。

「再來還可以夾入魔法防禦力高的素材，這種做法會用到稀有素材。假使魔力較高，可以用魔法將物體完全包住，形成結界，再在上面賦予其他魔法。這麼做需要耗費相當多的魔力，因此我們都會委託魔力較高的魔導師處理。」

原來有魔力這麼高的魔導具，妲莉亞對此深感興趣，可惜至今從未碰過。

「之後實際演練時再來試試吧。對了，妳若想在綠塔嘗試『複合賦予』，只要用的是一般素材都沒問題。不過為防萬一，身旁還是要有人在。」

「……好的，我會小心。」

老實說，她打算一回綠塔就試試看。完全被對方看透了。

「妳務必要小心，千萬不能比我早走。」

「我不會的！」

「任誰都有可能有個『萬一』，提早做準備不會有損失的。畢竟想傳承卻無法傳承是很可惜的事。」

奧茲華爾德的話讓她想起身為魔導具師的父親。

卡洛既是她父親，也是她的師父，指導她時總是細心而溫柔。

有不懂的地方隨時可以毫無顧慮地詢問，實際演練時只要還有魔力，想練幾次都行。素材和環境也都替她準備好，全在她觸手可及的範圍內。

直到長大之後，她才意識到能接受父親的教導有多幸運，在她的魔導具師之路上是多大的後援。

因此她認為，奧茲華爾德的兒子應該也想接受父親的教導，由父親直接教他也比較好。

想成為魔導具師的人，有很多在高等學院時期就已拜師。這個年紀也已經夠大了。

「令公子那件事，我願意幫忙。但既然他已經上了高等學院，您何不親自教他呢？」

「這個嘛——或許因為正值青春期，他不太喜歡和我打到照面。現在住在學院宿舍，很少回家。」

「這就是所謂的叛逆期吧。聽說很多男孩子都會這樣……」

「是啊，父親的第三位妻子只比自己大十歲出頭，他應該覺得見面很尷尬吧。」

對方說得輕鬆，但妲莉亞完全不知該回些什麼。

這種事對一個少年而言確實有點難理解。

她設想若這種事發生在自己身上，若父親娶了個比自己大十歲的女人——他們可能很難一起在綠塔生活，就連說話都要很小心。

想像完後她更說不出話，這時奧茲華爾德輕嘆口氣。

「只能祈禱時間能解決一切了。真希望有天能和兒子喝上一杯蠍酒（Scorpio）。」

「蠍酒嗎？」

蠍酒是種用蠍子泡的烈酒。

它的外觀讓妲莉亞有些卻步，不過之前馬切拉挑戰試喝時，她向他要了一點來喝。酒本身嘗起來和伏特加無異，沒有蠍子味。

「是啊，因為身邊沒什麼同好。內人們偏愛葡萄酒和愛爾啤酒，朋友們也一樣。偶爾也想和愛好蠍酒的男士小酌一番。」

奧茲華爾德的氣質看似和葡萄酒很搭，想不到竟喜歡烈酒。

仔細想想，妲莉亞身邊也沒有蠍酒愛好者。

馬切拉或許能喝，但他顯然和奧茲華爾德聊不起來。

「話說回來，真開心能指導妲莉亞小姐。去了那個世界後我會好好向卡洛先生炫耀。」

「您打算告訴他，我成了您的徒弟嗎？」

「不，這樣固然榮幸，但還請容我婉拒。妳要是哪天自稱『奧茲華爾德的徒弟』，卡洛先生肯定會拿成桶的四大要素魔石往我身上砸。」

這誇張的笑話令她笑了出來。被那樣的桶子砸到，不四分五裂才怪。

「家父雖然會有點不高興，但到頭來應該會一笑置之才對。」

「我敢保證，他絕不可能一笑置之。卡洛先生學生時期的綽號可是『暴風雨(Uragano)』呢。」

「『暴風雨』……我父親嗎？」

「暴風雨」是豪放之人的代名詞。

父親年輕時真的是這樣的個性嗎？這和她記憶中的父親差太多了，她實在無法想像。

「是的。卡洛先生平時雖是沉穩且令人信賴的前輩，但只要和魔導具扯上關係，就會搖身變為『暴風雨』……」

奧茲華爾德以微妙的眼神望著遠方說。

「他在魔導具研究會上說要開發清洗建築物的魔導具，用數十顆水與風魔石排成四列直結組，做出沖水機，最後在學院的牆上開出大洞。」

「用數十顆魔石排出四列直結組……」

最近她才對父親多了幾分尊敬，但還是忍不住想說——這簡直是瘋了。

一列直結組是能讓多顆魔石相互增幅的組合方式。換作前世的電池而言，相當於串聯電路。雖然能讓力量大幅上升，但魔力的持續時間也會變短。

若是一列直結組還能理解。學院的實習課中，也曾用兩顆水魔石和兩顆風魔石各自排成一列直結組，再將兩列接在一起，製作魔導迴路。其威力大概能擊碎薄的石板。

但用數十顆魔石排出的四列直結組究竟是什麼玩意兒？這樣子別說清洗牆壁了，連岩石都能擊碎。將那種水柱對著牆壁，不管怎麼想都會造成嚴重的破壞。為什麼他在製作和執行前不好好想一想呢？

「……我父親到底在想什麼？」

「他說『只是想試試看』。當時魔導具研究會的其他成員也都對研究過於熱中，沒有人阻止他。大家反而還興高采烈地幫他蒐集魔石。」

「只是想試試看」這句話讓妲莉亞感到頭痛。而且其他成員想必也都和他半斤八兩。

不過眼前的男人為何會對這件事知道得如此詳細呢？

「奧茲華爾德先生，您……」

「是的，我當時也是魔導具研究會的一員，負責蒐集素材。」

奧茲華爾德露出頑皮的笑容說。看來他也絲毫未阻止她父親，甚至還幫忙蒐集素材，帶著和現在相同的笑容在背後推了她父親一把。

「家父做了那種事後，沒被停學或受到其他處罰嗎？」

「沒有。這個責任由魔導具研究會共同承擔，我們研究會裡又有幾位高階貴族子弟，因此連修理費用都順利還清。最重要的是有顧問教授袒護我們。」

「……那位教授難不成是麗娜・勞倫老師嗎？」

「沒錯，妳認識她啊？」

「我從學院畢業後，在她那裡當了一陣子助手。」

麗娜是位高齡的女教授，妲莉亞畢業後當了兩年她的助手。

妲莉亞在魔導具研究會時也是麗娜指導的，但她沒想到原來自己和父親都當過麗娜的學生。她從未聽父親或麗娜提起過這件事。

她只記得父親每次對麗娜講話都畢恭畢敬的。

原以為父親這麼做是因為麗娜是男爵夫人，加上女兒受她照顧。原來背後有這麼重的恩情。

「卡洛先生在牆上開出大洞，使準備室半毀，麗娜老師為此四處道歉……卡洛先生說自己欠了她很大的人情。他之所以開始幫助別人，或許也是因為麗娜老師。」

「我都不知道父親以前會做這種事……」

溫柔敦厚的父親總會阻止她嘗試危險的事。

聽見父親做的事竟比自己還危險，讓她覺得有點好笑。

自己喜歡試做魔導具、勇於挑戰的性格，是遺傳自父親嗎？或許是遺傳自無緣說上話的祖父。祖母的個性也令她有些好奇。

真希望他們能再活久一點。

「不過我還真訝異，聽起來卡洛先生在妳面前表現得相當溫順老實，儼然一副好爸爸的形象。我去到那邊之後有可以調侃他的話題了……」

奧茲華爾德臉上不是平時那副端整的笑容。他歪起頭呵呵笑著，看起來就像個狡黠的壞人。

「您要去那個世界調侃家父，現在還太早了。」

「抱歉，失禮了。」

她不希望對方走得這麼早，聽到他笑著談論這個話題也有點不自在。

他不但是位正值全盛期的魔導具師，還有三名妻子和小孩。妲莉亞希望他能長壽，並且活躍得久一點。

「請您務必保重身體。」

「好，我會小心的。內人們和孩子也經常這樣提醒我……」

男人苦笑著，露出身為丈夫和父親才會有的神情。

◆◆◆◆◆◆

「終於見到『綠塔公主』了，十分有魅力呢。」

艾梅琳達在店門前目送妲莉亞等人的馬車離去後，回頭對奧茲華爾德說。

「綠塔公主」指的是妲莉亞。

他已經和妻子們說了。

說自己年輕時前妻和員工私奔，正猶豫要把店收掉還是尋死時，被妲莉亞的父親卡洛拯救，在他家綠塔見到一位小公主——這些對他來說不只是往事，而是仍持續至今的「人情」。

「是啊，和上次見面時相比，她又變得更美了。」

一個月沒見，妲莉亞變得出乎意料地亮眼。

年輕人往往會因為戀慕或熱情，突然間急遽變化。隨著年紀增長，奧茲華爾德漸漸發現這點，在他看來非常耀眼。

「好，該回家了。我們約好今晚邊喝葡萄酒邊欣賞夜空對吧？」

「若您還有工作要忙，可以改約下次沒關係……」

「我是個守信的人。唯有事關人命或王城傳來緊急召見時，才有可能推遲與妻子的約定。」

奧茲華爾德堅定地說完，艾梅琳達心花怒放地笑了。

然而他很清楚，這份笑容不會持續到永遠。

貴族魔導具店的老闆、王城御用商會長、男爵地位——他的頭銜比年輕時更多，但能否留住重要的人則另當別論。

年輕時得知妻子和徒弟私奔，簡直是晴天霹靂。他萬萬沒想到，宣誓相守終生的妻子會拋棄自己，信任到可以託付店面的徒弟會背叛自己。

在卡洛幫助下他重整旗鼓，不但再婚還收了徒弟。

沒想到後來兩名徒弟也追求起他的妻子。

究竟是妻子們太有魅力，還是他讓妻子們看起來過得不幸福？不，他認為最主要還是因為自己在他人眼裡仍有不足之處。

因此他一直拚命去做自己想得到、做得到的事。

為了當個像樣的丈夫、老闆、商會長、男爵、男人——在勉強自己的過程中逐漸累積出實力，躋身成功人士之列，獲得了一些名聲與讚賞。

至於如何讓妻子們幸福、永遠留住她們，他至今仍不知道標準答案。

這樣的喪氣話他連在妻子們面前都不敢吐露——如果卡洛還在，願意和他討論這些嗎？

「……老爺，您想娶羅塞堤商會長當四夫人嗎？」

「怎麼可能。」

奧茲華爾德不知不覺陷入回憶，忽然聽見艾梅琳達直截了當地問。

他隨即否認，但對方的萌蔥色眼眸中仍有些許懷疑。

「羅塞堤商會長應該是老爺喜歡的類型吧？」

「若問我喜不喜歡，她確實在我感興趣的範圍內，但我哪裡敢。我怕去了那世界被友人痛毆，也怕在這世界被大黑狗咬死。」

「唉呀……」

艾梅琳達笑了開來。將沃爾弗比喻成大狗似乎戳中了她的笑點。

「艾兒呢？覺得『王都第一美青年』怎麼樣？他今天戴了眼鏡，不過之前來店裡時妳應該見過他幾次吧？」

他喚著妻子的小名，問她對沃爾弗的感想。

艾梅琳達一臉無趣地搖搖頭。

「不在我的喜好範圍。我只喜歡銀髮銀眼睛，年紀比我大得多的男人。」

「這範圍還真狹窄，不過我倒很感激妳有這樣的喜好。」

面對妻子直率的回馬槍，奧茲華爾德立刻舉白旗投降。

「話說剛才送別時，對方好像很提防您呢。」

「是啊，有一點。因為捉弄年輕人太好玩了。」

「要是捉弄得太過火，可能會被記恨喔。」

「被王都第一美青年記恨……我求之不得啊。身為妳們的丈夫，至少要有這點本事才行。」

「老爺真是的……像個孩子一樣。」

這次換奧茲華爾德被逗笑了。

即使被小二十多歲的妻子當作小孩，他也毫無異議。

「不過……倘若『綠塔公主』傾心於老爺，您又會怎麼做？」

「我會認真考慮的，但那是絕對不可能的事。」

沃爾弗身上的妖精結晶眼鏡和天狼手環。

魔力和技術都不足的妲莉亞，何以能完成這兩樣魔導具？原因不言自明。

即使如此，青年仍沒有被愛的自覺，奧茲華爾德看了不禁想從他背後踹上一腳。今後還是待在妲莉亞身邊，帶著笑臉觀察他們會有趣得多。

「老爺說的『不可能』似乎不太可信。」

「是誰跟妳說的？卡特莉娜還是費歐蕾？」

「她們兩位都這麼說。您老是說不可能娶三夫人，卻還是收留了我。」

「那是因為妳深具魅力。我哪裡是收留妳呢？明明是獻上我的愛，鄭重地將妳迎娶進來啊。」

「謝謝。不過如果老爺想再娶一位夫人，我也沒關係。」

毫不動搖的萌蔥色眼眸和妲莉亞不同。艾梅琳達眼中飽含對丈夫的愛意，而且無可取代。卡特莉娜的翠綠眼眸、費歐蕾的若葉色眼眸也是如此——

只有愚笨之人，才會想奢求更多吧。

「不。現在這樣無論愛或被愛，對我而言都已經足夠了。」

「是嗎……我還覺得遠遠不足呢。」

見女子露出蠱惑的微笑，奧茲華爾德回以一個真心的笑容。

「我會誠心誠意盡最大的努力。」

包絞肉的義餃親戚與魔女之家

回綠塔的馬車中只剩沃爾弗和妲莉亞兩人。

從魔導具店「女神的右眼」回程途中會經過伊凡諾家，他便先一步下車。

他本來說要「回商業公會加班一下」，被妲莉亞極力阻止。

「沃爾弗，你接下來有其他行程嗎？」

「沒有。本來想邀妳去吃飯的，但我把替換的衣服忘在軍營了。」

「不好意思，在你值勤的日子麻煩你跑一趟……」

他看來像是剛結束隊上訓練匆匆趕來。平常這時間可能已經在吃晚餐了。

「要不要再來我家試試遠征用爐呢？我和費爾莫先生改用不同材質，爐子變輕了一點點。家裡有之前做好的菜。」

「每次都很謝謝妳，我很樂意。」

或許是因為提到遠征用爐，總是怕打擾到她的沃爾弗今天乾脆地答應。

妲莉亞鬆了口氣，開始思考晚餐菜色。

回到綠塔後，她點亮門口的魔導燈，走向二樓。

她謹慎地爬上石階，沃爾弗為她舉起魔導燈。燈光從比平時更高的位置照亮她的腳邊。

自從做出「爬行的魔劍」之後，她變得有點怕黑。因此沃爾弗這麼做令她略感開心。

來到二樓客廳，妲莉亞點亮兩盞魔導燈，室內隨即變亮許多。不過即使打開窗戶和冷風扇，悶熱的暑氣一時之間仍未散去。

她提供溼毛巾和白酒給沃爾弗，接著回自己房間連忙換上居家服。總不能穿著工作用的衣服做菜，今天要做的菜尤其是如此。

妲莉亞忽然想起什麼，在衣櫃深處摸索了一會兒後，回到二樓。

「沃爾弗，你身上的襯衫是不是不能弄髒？」

「還有替換的，沒關係啦。」

他雖已脫下騎士服，底下的襯衫卻是白色的。而且還是絲綢白，如果沾上食物汙漬，洗衣店的人肯定會很想哭。

「不介意的話這給你穿。還沒有人穿過。」

「這是誰的……？」

她遞給沃爾弗的是件夏用黑色T恤，可能比他的尺寸還大一碼。

見他納悶地盯著衣服，妲莉亞不得已只好說明。

「……我的，睡覺的時候穿很涼。啊，但那件還沒穿過！買來備用的。」

「謝謝。老實說我已經滿身大汗了……」

沃爾弗微微抬起一隻手，可以看見他衣服上有大片汗漬。那套衣服本來就不是供夏天穿的，當然會很熱。

「要是有夏季騎士服就好了。」

「但其實夏天也只會穿幾次而已。每當炎熱的日子舉行儀式時，我們都會放條毛巾墊在背部，和同袍比賽誰表情最冷靜。」

「這是某種修行嗎？」

「或許可以鍛鍊平常心和精神力吧。結束之後，表情失控或流最多汗的人要請大家喝酒。大家玩得還滿起勁的。」

「原來還包含後面喝酒的部分。」

「對，不這麼做的話撐不下去。」

從他疲憊的表情，可以窺見烈日下穿著全年不換季的騎士服參加儀式有多辛苦。穿那種衣服真的不會中暑嗎？她不禁擔心起來。

「真希望有可以消暑的魔導具。」

「是啊。聽說有位前輩曾將冰魔石固定在背上，導致背部凍傷。」

「……還好他本人沒有結冰。」

看來有些人熱昏頭了會採取極端做法。

冰魔石的輸出功率高，持續時間短，所以不宜單獨使用。

上次製作魔劍時，短劍連同沃爾弗的手一起結凍，她對此深深反省。

「魔物討伐部隊的預算有限是嗎？」

「應該還不少，但天底下無論什麼單位都會被要求削減經費。上級可能覺得與其將錢花在不常穿的制服上，不如拿來買武器或當遠征費。」

「我會努力將遠征用爐設計得經濟實惠的。」

「改善遠征的用餐品質就靠您了。」

兩人故意用工作上的口吻說完，忍不住笑了出來。

妲莉亞要沃爾弗先去換衣服，自己走向廚房。

她拿出兩台改良過的遠征用爐，以及先前放在冰箱中的托盤。接著將稍微醃過、冰過的高麗菜和紅白蘿蔔瀝乾水分，放在盤子上。

正當她從冰箱中拿出愛爾啤酒時，沃爾弗換好衣服回來，她便請他將東西拿去客廳。

「這是義餃（Ravioli）嗎？形狀好特別。」

「呃，應該說是『包絞肉的義餃親戚』。皮是用麵粉做的，裡面包著豬絞肉和蔬菜混合成的餡料。」

她用「包絞肉的義餃親戚」來形容托盤上的東西，但其實那正是前世的「餃子」。不過這世界沒有日式煎餃，用類似的義餃來說明比較好理解。

王都的義餃種類很豐富。

除了包絞肉、蔬菜和起司的基本款，還有只包海鮮和蔬菜的健康款、包了水果和果醬的點心款等等。醬料選擇也很多，番茄和起司自不用說，亦有羅勒、辣椒醬和甜的沾醬。

食品行也有賣瓶裝醬料和乾燥義餃皮，可說是相當常見的料理。

不過，餃子就是餃子。

妲莉亞今天下午剛好有空，便將高筋和低筋麵粉一比一混合，拿出幹勁來揉麵。隨後將麵團揉成圓形，再拚命擀成薄片製成餃子皮。

餃子是父親喜歡的菜色之一，所以妲莉亞也算做習慣了。要是沃爾弗今晚來了就煎來吃，要是他沒來就冷凍起來當存糧。她這麼盤算著，準備了兩種餡料，一種是絞肉、韭菜加高麗菜的經典口味，另一種則是蝦仁、洋蔥加高麗菜口味。

而後她一個勁兒地包餃子，直到放上托盤才發現包太多了，無法全部放進冷凍庫。假使沃爾弗沒來，她最近就得一直吃餃子了。

還好他今天有來。

「包絞肉的義餃親戚……感覺就很好吃。」

沃爾弗顯然已是滿心期待，妲莉亞有點替他擔心起來。

這份擔心先擺一邊，她將兩台改良過的遠征用爐放在桌上。

如今鍋子的部分比之前和費爾莫他們討論時大一些，整體卻比小型魔導爐小得多，也輕得多。

討論完隔天，妲莉亞就開始用魔鋼渣製作鍋子，並做成可伸縮的蛇腹狀。

至於可當鍋蓋的平底鍋，她做了好幾種樣式，請費爾莫做完表面處理後，自己在廚房不斷嘗試。最後做出極為光滑的平底鍋，不但可以煎肉，還能輕鬆煎出漂亮的歐姆蛋。她也請費爾莫的妻子試用，聽說對方用得很開心。

爐子本身看上去沒什麼變，但她也做了進一步的改良。

她將爐子的重心往下移，以免翻倒；又在爐子上黏了八個軟糖腳，亦即用類似軟糖的果實做的止滑材料，使之更穩固。如此一來即使放在有點斜的地方，爐子也不易滑落。

再者是火魔石用的反射材料，儘管設計上已算安全，她還是加裝了一些。這是製作「冰凍魔劍」時，不慎凍傷沃爾弗的手所獲得的教訓。

倘若使用者施加過多力量，或者底下有易燃物就糟了，因此她將這些情況一併考慮進去。也強化了安全鎖功能，這樣移動時就不會誤觸開關導致起火。

這可說是現階段所能做出最好的成品。

「那就開始煮嘍。」

她將餃子放入鍋內後點火。等溫度漸漸升高後，加了半杯水進去，再蓋上充當鍋蓋的平底鍋。

「加這點水就夠了嗎？」

「對，要悶一下，大約五分鐘。」

沃爾弗對鍋子投以熱切目光，妲莉亞在他杯中注入紅愛爾啤酒。

「趁等待時來乾杯吧？」

「好啊，今天換妳先吧。」

「我想想，希望我能將王城禮法順利背熟，祈求明日的幸運，乾杯。」

「祈求羅塞堤商會的繁榮與明日的幸運，乾杯。」

碰杯後她嘗了口紅愛爾，味道偏酸，而且很濃厚。衝擊喉嚨的爽快氣泡感褪去後，在舌尖留下些許類似水果的酸味。

或許是因為冰得太久，沒聞到什麼香氣。

不過口渴的時候這個冷度正好。等第二杯、第三杯稍微回溫之後再來嗅聞香氣也無妨。可能是因為太愛喝酒才會這麼想吧。

喝了會兒酒後時間也差不多了。妲莉亞小心掀開蓋子，確認餃子蒸得恰到好處，再繼續等待。

「要再等一下，讓底部煎得焦焦的。」

等待湯汁收乾，讓外皮變得金黃酥脆時，沃爾弗露出了複雜的神情。

「呃，妲莉亞……」

「別擔心，這東西本來就長這樣。」

整鍋黏在一起的義餃、逐漸變得焦黃的外皮、蔓延在周圍的焦脆鍋巴——若以義餃的標準來看無疑是大失敗。

妲莉亞將終於上色好的餃子盛盤，將調味料擺在沃爾弗面前。

她沒時間製作醬料，便將鹽、胡椒、醋、辣椒油、魚露、番茄醬、起司粉全部擺上桌。

餃子在這裡並不常見，最好還是備齊調味料供客人選擇。

「食物本身已經調味過，但你還是可以依照喜好添加。」

「好、好的……」

看得出沃爾弗很緊張，妲莉亞決定先開動。

用筷子分開黏在一起的餃子後，將半顆餃子泡入加了醋、辣椒油和魚露的碟子中。

夾起餃子咬了一半，蒸過的豬肉和蔬菜香味隨即和熱氣一同在口中擴散。

咀嚼時可以嘗到柔軟的外皮、焦硬的底部，以及脆脆的鍋巴，富有變化的口感令人百吃不膩。外皮雖然厚了點，但今天餃子不是配菜而是主食，這樣的厚度剛剛好。

品嘗完熱騰騰的餃子，再暢飲冰涼的紅愛爾。如此完美的組合實在少見。

她前世也很喜歡吃餃子配啤酒，今世仍覺得兩者真是絕配。

夾起下一顆餃子前，妲莉亞望向對面的沃爾弗。

他正閉著眼睛，一臉幸福地不斷咀嚼，不用問也猜得到他的感想。

她默默地為他只剩泡沫的杯子注入紅愛爾。

「這個好好吃……用的是特別的肉嗎？」

「不，是便宜的豬絞肉和普通的蔬菜。」

「外面有在賣嗎？」

「國外可能有。國內的話……不好意思，我不太清楚。」

「來這裡常會吃到沒見過的料理，就算是見過的料理也好好吃……簡直是《森林魔女之家》。」

《森林魔女之家》是一本給兒童看的知名繪本。

離晚餐還有段時間，男孩肚子餓了，走進父母叮囑不能進入的森林，發現一間小屋。雖然父母曾說不能進陌生人的家，但他仍被香氣吸引進去。住在屋裡的魔女接連端出男孩從未見過、聽過的美味料理招待他吃。吃飽喝足的男孩向魔女道謝，準備回家時，卻發現自己出不了門——故事就結束在這裡。

這則故事究竟想叫小孩乖乖聽父母的話，還是別吃太飽，有點寓意不明。

「那麼沃爾弗就是被餵得圓滾滾的男孩嘍？」

「男孩就是因為這樣，才出不了魔女家的門吧。要是我變得那麼胖，一定會被魔物吃掉。」

「在遇見魔物前你會先被困在綠塔裡，所以不用擔心。」

《森林魔女之家》最後一頁，停在男孩變成大圓球、出不了門的畫面上。那看起來不像吃太多，比較像被魔女變成了別的東西。

「……所以我該變得圓滾滾的比較好嗎？」

「我記得你是吃不胖的類型吧？」

他們談笑之間便吃完第一盤餃子。

「我再煎一點，你先吃這個。」

「謝謝，那我就不客氣了。」

沃爾弗喀滋喀滋吃起她遞來的醃漬小菜，看起來就像個少年。和吃餃子時一樣咀嚼次數變多了，可見他應該很喜歡。

「這也好好吃……我常吃鹹菜，但這好像不一樣。這股香氣是什麼……和醃菜好搭。」

「是柚子。」

「原來是柚子，加在醃漬物裡是這個味道啊。我印象中的柚子大多是泡在蒸餾酒裡。」

「柚子酒嗎？那也很不錯。你常喝嗎？」

「我曾在冬天喝過兌熱水的柚子酒，喝完身體都暖了起來。」

她自己或許也可以用蒸餾酒泡柚子加大量冰糖，冬天的時候喝。

也想做一道香油醃比目魚，和兌了熱水的柚子酒搭著吃。若能煮上一鍋味噌鍋會更好，可惜她今世在這國家還沒見過味噌。

妲莉亞這次煎的是另一種口味的餃子，沃爾弗莫名地一直盯著鍋子。

「……可以把這個曬乾帶去遠征嗎？」

「應該沒辦法，要冷凍才行。」

餃子曬乾後絕對會爛掉。

但在遠征營地煎冷凍餃子，感覺也怪怪的。

「總覺得叫『義餃的親戚』對它好失禮……從形狀來看，或許可以叫『葉包肉』？」

「可是實際上真的有用樹葉包裹的料理吧？」

「有耶。取名好難……」

見他認真煩惱起來，妲莉亞有些歉疚。心想應該可以直接告訴他這道料理的名字。

「我父親以前都叫它『餃子』……這個名字怎麼樣？」

「哇，感覺美味都被鎖在裡面了，真不錯。『餃子』啊。」

妲莉亞催促他吃新煎好的餃子，沃爾弗道謝後，夾起餃子送入口中。

他愣了一下，再度咀嚼了好一陣子，接著喝下一大口愛爾啤酒。

見他嘆口氣沉浸在餘韻中的模樣，妲莉亞終於忍不住笑出來。

「妲莉亞……」

「怎麼了？」

沃爾弗注意到妲莉亞的視線，停下筷子。左手仍緊緊握著紅愛爾的酒杯。

「這口味也超好吃。裡面包的是蝦子嗎？」

「對，蝦子和蔬菜混合成的餡料。今天做了兩種口味，你喜歡哪一種？」

「太難選了吧。」

「選不出來的話就兩種口味輪流煎吧。還有很多。」

「兩種都很好吃，能同時吃到也很開心，硬要選一種真的好難……」

「知道了，那我下次試著做不同口味吧。像是雞肉，或是以蔬菜為主的口味，也可以包起司。」

「妳到底要讓我煩惱到什麼地步才肯罷休……」

沃爾弗瞇著金眸苦惱的樣子，讓人看了覺得很有趣。

下一盤餃子換了調味方式，全都是辣味的，還是瞞著他直接煎好了。

今後也可以做炸餃子或水餃給他吃。

「……這裡果然快變成『森林魔女之家』了。」

他嘆著氣低喃，讓妲莉亞不由得大笑。

餃子和愛爾啤酒似乎深得沃爾弗的心。他挺著微凸的小腹，慵懶地靠在沙發上。毫無防備的模樣彷彿一頭飽餐過後的獅子，讓妲莉亞一直憋笑。

「超好吃的。餃子和愛爾啤酒這組合也很容易讓人吃個不停……」

「你喜歡真是太好了。」

「總覺得我這樣吃下去，真的會變得圓圓胖胖的……」

沃爾弗若變得圓圓胖胖的，生活應該會清靜許多，可惜不利於工作。萬一跳不動被魔物咬住可就糟了。

室內仍殘留著餃子的氣味。妲莉亞將冷風扇開強一點，拿出兩人上次外出買的酒器。兩個透明的玻璃吞杯上，各自繪有紅色和深藍色的線條。

她在圓潤的容器中放入一顆大冰塊，再注入東酒。

將酒置於沙發前的矮桌上後，自己也坐了下來。

「妲莉亞，妳還很沮喪嗎？」

「嗯……有一點。」

雖然晚餐吃得很開心，她現在也沒有想太多，但仍被沃爾弗看穿了心事。黃金色眼睛微微瞇起，十分為她操心。

「是為了今天的事吧……」

「對，我深深感受到自己能力的不足。原本還夢想著哪天能在工作上超越父親……還早得很呢。」

能及早認清自大和不成熟之處是件好事，但還是很讓人痛苦。

要是父親還在，就能教自己了——腦中閃過這樣的想法，令她感到慚愧。若一直這麼想，不但會讓父親無法安息，對老師奧茲華爾德也很失禮。

「妳今天一聽到提議就答應了……向奧茲華爾德學習，真的沒問題嗎？」

「是的，父親有很多東西來不及教我，所以我很感激他的提議。」

「不能向其他魔導具師學嗎？」

「這個嘛，我所認識最厲害的魔導具師就是父親……而現在認識的人中，最厲害的就是奧茲華爾德先生。而且應該沒人會像他一樣，願意教導自己徒弟以外的人。」

王城內可能有更強的魔導具師，另一方面那些會做魔導具的魔導師，或許也掌握了一些特定領域的技術。

然而妲莉亞不認識那些魔導具師，就算認識，他們也不會教導非自己徒弟的人。

「再說，我也有非常想向他學習的技術……」

「那技術就這麼重要嗎？」

「若能從奧茲華爾德先生那裡學會『複合賦予』，人工魔劍的製作也會有所進展。這樣就能在劍上賦予多種魔法。」

「啊！這倒是……」

「還有，若能增加賦予魔力值，說不定連我也能做出略具威力的魔劍，甚至能開發出更多元的魔導具──想到這裡，我就忍不住答應了。」

沃爾弗表情一沉，垂下視線。

學費五十枚金幣確實是筆大數目。她打算用自己的存款支付，但這種事本該先和商會成員伊凡諾商量再決定。沃爾弗可能覺得她不夠謹慎吧。

「……妲莉亞，妳沒有勉強自己吧？」

「我會問清楚步驟再執行，所以不會有問題。不會逞強挑戰做不到的事，也不會從事危險的賦予。但很抱歉，妖精結晶眼鏡你得再等一等了……」

「眼鏡什麼時候做都沒關係。比起這些，我……更擔心奧茲華爾德。」

「也是，奧茲華爾德先生也說以他的年紀，有些東西賦予起來很辛苦。但他的魔力量比我多很多。」

奧茲華爾德雖然仍是活躍的魔導具師，但他本人也說自己的體力確實有因年紀而衰退。上了年紀的他打算教妲莉亞稀有素材的魔法賦予方式，也難怪沃爾弗會為他擔心。

因此，妲莉亞決定將奧茲華爾德背後的動機告訴沃爾弗。

「其實奧茲華爾德先生也有拜託我一件事。他兒子正在念高等學院的魔導具科。所以……他說如果自己有個萬一，請我將現在學到的東西教給他兒子。他擔心會像我父親那樣驟逝。」

「原來是這樣……」

「對，我父親也走得很突然……」

「這種事確實只能拜託身為魔導具師的妳。咦？但他自己沒有徒弟嗎？」

「聽說他身邊現在只有助手。」

上次她沒能告訴沃爾弗「奧茲華爾德前妻和店員私奔」，這次同樣說不出「他徒弟因為追求他的妻子而被逐出師門」。

奧茲華爾德的徒弟運，說不定正好和妻子運成反比。她不經意冒出這樣的想法，連忙將念頭拋開。

「奧茲華爾德應該希望兒子能繼承衣缽吧。」

「應該是。像我父親，還來不及將所有技術傳給兩名徒弟就走了……」

話說到一半，吞杯中的冰塊忽然發出喀啦聲響。

妲莉亞拿起吞杯，透明的水珠沿著冰冷的玻璃滑落。輕輕啜飲一口，冰涼的酒流入口中，連嘴唇都跟著變冰。東酒經過稀釋後香氣雖然少了些，味道卻變得圓潤，很有止渴效果。

很適合有點吃太飽的晚餐之後喝。

「……總覺得我母親也在另一個世界喊著：『我該教的也還沒教完』。」

同樣喝著東酒的沃爾弗若有所思地說。見他微微苦笑，妲莉亞忍不住問。

「你知道她有哪些東西還沒教你嗎？」

「母親擅長的護衛術和對人劍術，我都沒怎麼練過。只演練過對付魔物的方法……但我也想學習怎麼對付人。」

「護衛術和對人劍術也有必要學嗎？」

「是啊。由於很少與人交手，我一直拖著沒學，但仔細想想世上也有一些人型魔物，學了可能會有幫助。」

「人型魔物？」

「像殭屍或食人魔。無頭騎士(Durahan)雖然沒有頭，但勉強也算人型。再來雖然體型有點大，但獨眼巨人(Cyclops)應該也算。」

牠們確實都有人的外型，但用對人劍術真的有效嗎？妲莉亞無法想像。殭屍殺得死嗎？無頭騎士的要害又是哪裡呢？獨眼巨人雖是人型，但體型和人差太多了吧。

「……魔物種類還真多。」

「而且還有變異種，有時從外觀根本分不出來。」

魔物的麻煩之處正在於此。

時常會見到地區特有的變異種，或者特別進化的個體。若能從外觀上辨別再好不過，但通常外觀都不會差很多，必須等到實際交手或魔物施展魔法時，才能得知其真面目。

魔物討伐之所以辛苦，正是因為包含這些不確定要素。

「聽說之前那隻紫色雙角獸(Bicorn)的魔法防禦力極高。奧茲華爾德應該能看出賦予後會有什麼效果。妳不是說想要雙角獸的角嗎？角已經送去冒險者公會，請他們整支加工成素材。」

「沃爾弗，你該不會已經買了吧？」

他說得輕鬆，但雙角獸很少出現在市面上，而且還是變異種，一定很貴。

妲莉亞直直盯著他看，沃爾弗喀啦一聲，咬碎吞杯中變小的冰塊。突然的舉動讓妲莉亞目瞪口呆，只見他將咬碎的冰塊吞了下去。

「以前聊到想要的素材時，妳說要是我買了，就不讓我進綠塔。可是這隻雙角獸是我拿下的……可以當作例外嗎？」

應該是沃爾弗討伐大蛙(Big Frog)歸來後的事。妲莉亞列舉了自己想要的素材，雙角獸的角也是其中之一。但又擔心他會破費購買這些素材，所以才會警告他，買了就不讓他進綠塔。

沒想到他竟然全都記得，並在這時候提出來。

「呃……我不會把你趕出綠塔的，請告訴我多少錢。」

「隊長特別讓我用批發價購買，作為這次遠征的獎勵。」

「所以是多少？」

「……十一枚金幣。」

「我來付。」

妲莉亞心想還好自己的存款足以支付，卻看見沃爾弗十指交握，在沙發上調整坐姿，一臉嚴肅地看著她。

「這隻雙角獸，妳可以當作研究材料收下嗎？」

「研究材料？」

「對，雙角獸或許能用在魔劍上，就當作我們倆的研究材料。若有能用在魔導具上的部位，也可以自由使用沒關係。如果因此賺到利潤，就拿去付奧茲華爾德的學費，或者當妳的技術費。」

「這樣對你來說很虧吧？」

「不會，只要能當魔劍材料我就滿足了。而且製作魔劍需要一定的知識，支付給『奧茲華爾德老師』的學費，我也希望能盡一份力。雖然我不太懂，但他對妳來說似乎是位好老師。」

「奧茲華爾德老師」這個稱呼聽起來莫名合適。

變異種雙角獸確實是很迷人的素材。奧茲華爾德應該知道這素材具有哪些效果。

只要能用在魔劍上就行了。若做成魔導具賺得利潤的話，也可以悄悄拿去買魔劍的材料。妲莉亞打算在其他地方一點一點償還這份人情。手頭也有足夠的資金，可以在必要時一次還清。

重點是沃爾弗今天臉上掛著一副絕不退讓的表情。

「……好，這次我就不客氣了。」

見妲莉亞低下頭，他才鬆口氣露出笑容。

「希望沃爾弗也能找到足以教你劍術的好老師。」

「嗯，我會再問問前輩們。」

可惜妲莉亞對劍和武術一竅不通。

說起來一般平民中，應該沒有人有能力教騎士團的沃爾弗吧。

「不過，妳在找到老師之前就已做出便利的魔導具。可見已經能獨當一面了。」

「我直到最近，才有辦法像這樣隨心所欲地做魔導具……」

妲莉亞在見底的吞杯中加入新的冰塊，緩緩注入白濁色的酒。冰塊在杯中旋轉，撞到玻璃壁發出清脆的聲音。

「令尊以前不允許妳像這樣自由開發嗎？」

「我父親和，呃，前未婚夫都會警告我別做危險的事。我有時確實做事不經腦袋，顧前不顧後……他們可能希望我在遇到危險前自己小心點吧。或許也是為了保護我。」

「看到妳有危險的確會想阻止，這點可以理解。」

「總之，現在少了這層束縛，變得自由許多。」

可以陸續製作腦中浮現的魔導具，成功過，也失敗過。

雖然給沃爾弗等周圍的人添了些麻煩，但也做出讓許多人受益的魔導具。這讓她覺得既有趣又無比開心。

「無論做什麼，你都不會一個勁兒地阻止我，還願意陪在我身邊。沒想到不被否定竟是這麼輕鬆的一件事。」

「我還是希望妳避開危險，但不想否定妳做的事。妳畢竟是魔導具師。」

這話讓妲莉亞深感安心，同時內心也浮現一個願望。

製作魔導具時，她經常會想起前世。帶著前世的記憶所做的判斷，不見得永遠是對的。

「現在能自由製作魔導具雖然很開心，但無意間也可能做出傷害人或對人不利的魔導具……我想避免那種情況。」

「妳不會做那種魔導具的。」

「希望如此。若我企圖製作不該做的魔導具，你可以阻止我嗎？」

「好，到時候我會跟妳說的。相反地，若有應該做或我想要妳做的東西，我也會鼓勵妳。」

沃爾弗發現的話，一定會告訴並阻止她的。

不過若是魔劍，就算有些問題他可能也會忽略，並予以全力支持。

「魔劍方面，我也會努力不做出與人為敵的作品。」

「沒有狠下心來說『不做』，這點真有妳的風格……」

「你還不是跟我一起做了……」

沃爾弗和她一同做出「魔王部下的短劍」和「爬行的魔劍」。儘管是自己做的，卻沒有信心宣稱兩把劍百分之百安全。

今後得向奧茲華爾德好好學習，確認過安全性再著手製作。

不過，人工魔劍沒有前例，也沒有資料可以參考。

製作人工魔劍是場冒險，無法確保絕對安全。

「我會努力不做出危害人類的魔導具和魔劍的。因為我不想被當作魔女，驅逐出境。」

聽見妲莉亞這麼說，手握吞杯的沃爾弗笑著回應。

「放心，若妳有天成為被驅逐的魔女，那我就是魔王了。」

陰天的遠征

「感覺快下雨了……」

太陽即將下山，天空中卻烏雲密布。空氣又溼又重，十分悶熱。

魔物討伐部隊結束討伐，終於得以在傍晚的幹道旁歇腳。

他們決定紮營的地方很窄，地面略微傾斜。不過所有人都有帳篷可睡已經算不錯了。疲勞應該能讓人忘卻橫躺時的不適感。

眾人邊警戒四周邊搭起帳篷，每個帳篷距離都很近。這次出征的隊員人數雖少，但仍需要留些地方給馬兒休息。不可否認還是有點擠。

今晚搞不好會聽見隔壁帳篷傳來的鼾聲。

沃爾弗等人好不容易進到帳篷內，脫下盔甲，而後扯下汗溼的上衣，換上乾淨的衣物。

這下總算能喘口氣，然而舒適的時光極其短暫。

下了雨會變得溼冷，雨停後又會悶熱起來，屆時又會流一身汗，導致衣服黏在身上。若在自家或軍營還可以先沖個澡再換衣服，遠征時就只能忍耐了。

「多利諾，你左臂後側在流血。傷口雖然不深，但很長。」

「嗚哇，我還以為是汗……這麼說來確實有點痛。」

聽見蘭道夫的提醒，正準備換衣服的多利諾皺起眉頭。

今天討伐的是出沒在幹道旁森林中的「牙鹿(Fang Deer)」。據說是新遷徙來的族群。

牙鹿——乍看只是可愛的茶色小鹿，卻擁有身體強化，不但動作敏捷，踢腿也很強力。還具備凶惡的獠牙，被咬到的話十之八九會化膿。

最惹人厭的是牠們殘暴的習性。牙鹿會好幾隻聯合起來一起戰鬥，一旦獲得勝利，就會將戰敗的敵人踩得體無完膚。據說這是為了展示群體的強大，但對戰敗的那方來說未免太過殘忍。

「這種魔物外觀像鹿，長得很可愛，但個性只能說差勁透頂。牠們的蹄子很小，被踩到時像針刺一樣痛。千萬不能輸給牠們。」見副隊長以陰鬱的眼神如此向新兵們說明，眾人彷彿知道了些什麼。

多利諾沒有被咬，可能是扭打時撞到的。

「萬一化膿就糟了，我去請神官過來。」

「不用，我自己過去。這次的神官好像還不習慣遠征的長途跋涉，可能比我還沒辦法走動。」

「那我們去幫你拿晚餐。」

「好，麻煩了。」

沃爾弗和蘭道夫一同走向馬車去拿晚餐。

拿完自己的份後，配膳的同期騎士又遞了幾袋給他們。

「沃爾弗，不好意思，可以幫我拿去副隊長的帳篷嗎？」

「可以是可以，但發生什麼事了嗎？」

「白天炎熱的氣溫讓兩箱起司融得一塌糊塗。冰魔石似乎在馬車的晃動下移位了。因為放在行李最上面，所以要花一段時間清理。」

高溫、水分和黴菌是遠征糧食的大敵。

「我回去放一下吃的就來幫忙。」

「我也有空。」

「說什麼傻話？今天的牙鹿幾乎都是你們解決的，快去休息吧。」

同期騎士笑著揮揮手，將沃爾弗等人趕走。

兩人心裡有些過意不去，但還是將食物拿到副隊長的帳篷。

外頭開始刮風，淅瀝淅瀝下起雨來。

「我們拿晚餐來了。」

「噢，沃爾弗雷德，蘭道夫，謝謝你們。你們都特意拿來了，這麼說有點抱歉，但只要留副隊長的份，我喝酒就好。剩下的你們留著吃吧。」

上了年紀的騎士邊咳嗽邊應道。

副隊長葛利賽達還沒回帳篷，聽說是去巡視馬匹的狀況。

「還好嗎？我這就去請神官——」

「沒什麼事，只是喉嚨有點腫，很難吞嚥而已。可能是小感冒吧。喝點酒早點睡，明天就好了。」

遠征的晚餐吃的是又乾又硬的黑麵包、肉乾和起司，喉嚨腫痛時應該吞不下去。今天風又大，無法在戶外煮熱湯。

「隊上有擅長火魔法的魔導師。我去做點溫熱的食物……」

「你的好意我心領了，但我真的沒事。現在下雨，在外頭做吃的很不方便，又不能在帳篷中用火魔法。之前不是還有人搞錯火魔石的用法，差點把帳篷給燒了嗎？」

單顆魔石有時會受到使用者的魔力影響。尤其是單顆的火魔石，火侯更是難以控制。最好的情況還是依目的選用適合的魔導具，可惜遠征有重量限制，無法隨意攜帶。

兩人見前輩咳個不停，便問他要不要去給神官治療，但前輩搖了搖頭說：「和傷口不同，感冒引起的喉嚨痛就算暫時治好了，也很快就會復發。珍貴的治癒魔法還是留待回程中使用吧。」

雖明白前輩的考量，但見他一直咳嗽、臉色又差，還是很擔心。然而即使堅持要他接受治療，他仍不肯答應。

回到他們自己的帳篷後，蘭道夫翻找行李，拿著一小瓶蜂蜜走出去。「這應該能稍微止咳，讓他補充點營養。」他這麼說道。

他出去後，雨勢隨即變強。可能是因為風變大了。

樹枝摩擦聲越發高亢，彷彿森林本身在鳴叫。

「受不了，白天那麼熱，現在又突然冷成這樣。」

多利諾和他錯身而過，走進帳篷。

剛換的上衣已被雨淋得溼漉漉。他打了兩三次噴嚏，用毛毯裹住身體。

一會兒後蘭道夫也回來了，三人終於吃起晚餐。

肉乾配上堅硬的黑麵包、偏鹹的乾起司。味如嚼蠟地默默咀嚼完，再配點葡萄酒吞下去。用完餐雖然消解了飢餓，卻沒什麼滿足感。

接著簡單洗漱了一下，便盡早躺下來休息。

他們今晚不必守夜，但相對地明天必須早起去四周巡邏。回程中可能也得和魔物或野獸戰鬥。明天也不能鬆懈。

「雨變強了……」

沃爾弗點頭同意多利諾的低喃，此時外頭突然被強光照得恍如白晝。

閃電出現數秒後，低沉的轟隆聲傳來。而後馬兒們畏怯的嘶鳴聲與之交疊在一起。一陣腳步聲響起，可能是一些騎士去安撫馬匹了。

「馬兒們沒事吧……要不要去看一下？」

「我們剛剛本來也想幫忙，但被拒絕了。他們說赤鎧(Skarlet Armor)今天的工作已經結束，叫我們早點睡。」

赤鎧的任務是賭上性命衝鋒陷陣，因此即使是同隊的隊友也會多多顧慮他們。

揮砍牙鹿的手臂確實很沉重，歷經戰鬥的身體也疲憊不堪。隊友要他們多休息或許也是

理所當然吧。

但還是很在意外面的狀況。

雷雨交加的聲音，多名隊員的咳嗽和噴嚏聲，馬兒們不安的嘶鳴，安撫馬匹的說話聲——儘管疲累，卻很難入睡。

不知是因為白天流的汗水，還是被雨淋溼之故，骨子裡感覺仍是冰冷的。即使如此，雨停後氣溫又會變熱，使人汗流浹背，衣服黏在身上。

沃爾弗微微睜眼，就著門口射入的些微魔導燈光，望著帳篷天頂。

剛入隊那時候，遠征前後都得為帳篷和馬車的車篷塗上防水用的蠟。

多虧有妲莉亞開發的防水布，現在睡覺時已不用擔心帳篷會漏水。馬車上的糧食也不會被雨淋溼而發霉。

他希望隊員的用餐品質也能像這樣有所改善。

一開始用小型魔導爐做菜時，他純粹覺得好吃。

後來，他開始覺得若能將魔導爐運用在遠征上，或許能讓生病和離職的人變少。

然而現在，他深深認為這是「遠征隊員必備之物」。

即使喉嚨腫痛，仍必須吃硬到難以下嚥的食物；即使淋雨著涼，也沒辦法喝點熱水讓身體暖起來——這些至今被視為無可奈何的事，只要用了遠征用爐就能改善。

妲莉亞說自己做的遠征用爐仍不完美。

她不斷變更材質，反覆嘗試，只為了壓低價格。技術出眾的小物工匠費爾莫也在幫她的忙。

但沃爾弗認為現階段的成品已完全堪用。與其為了壓低價格而延後出品的時間，不如由他鼓起勇氣向隊長提出建言，以改善遠征的狀況。

他是羅塞堤商會的保證人。可能會有人認為他在利用職務之便推銷商品，或在追求自身利益。即使如此也無所謂。

倘若因價格過高而遭到反對，他打算瞞著妲莉亞，自掏腰包陸續採購遠征用爐帶到隊上。隊友用過後一定也能明白這爐子的優點。

即使需要等一段時間才會正式採用，他也想盡早將爐子帶來遠征。

這樣至少能先讓感冒的隊友們喝點熱湯。

一回到王都，就帶著遠征用爐去見隊長吧——

沃爾弗這麼心想，再度閉上眼睛。

●王城正式交貨與魔物討伐部隊

綿綿細雨中，妲莉亞和伊凡諾、露琪亞一同搭乘馬車前往王城。

羅塞堤商會會先至魔物討伐部隊進行正式交貨儀式。一陣子後，商業公會長傑達子爵、服飾公會長福爾圖納托子爵也會來訪。

事前討論過，若需要向騎士團交貨，福爾圖納托會代為進行，讓妲莉亞鬆了口氣。

初次去向奧茲華爾德請益後大約過了十天。在這中間妲莉亞四度造訪奧茲華爾德的店，向他的大夫人卡特莉娜學習王城禮法。

卡特莉娜的娘家是子爵家，父親在王城工作，因而對騎士團知之甚詳。

妲莉亞起初很緊張，好在她的指導方式很溫柔。不只教授禮法，還解釋了為何要這麼做、犯錯時該怎麼辦，甚至連道歉方法都一併說明。此外更提供了服飾和髮型上的建議，使人獲益良多。

伊凡諾也認為奧茲華爾德的指導很有幫助。他感慨地說：「這讓我對王城有更深的理解，在很多方面都印象深刻。」

至於奧茲華爾德提供的那疊厚厚的禮儀筆記——像單字卡的東西，妲莉亞全都發憤背了下來，熟到晚上甚至有可能會夢到。上次背這麼多東西，還是在學生時代考試的時候。

所有內容她都裝進腦子裡了，但能否做到又是另一回事。

她還是忍不住想，奧茲華爾德的要求似乎太高了點。

「我說，妲莉亞……我只是個專門製作手套和襪子的平民，為什麼會變成五趾襪工房長，又為什麼得來王城呢？」

妲莉亞正翻閱筆記做最終確認，身旁亮綠色頭髮的女子露出無奈笑容。

她是法諾工房的副工房長，妲莉亞的朋友露琪亞。

露琪亞原本在家人經營的服飾配件工房工作，但由於參與過五趾襪試做，便和服飾公會長一同加入此次的量產計畫。

一個月後的今天，身為平民的她也和妲莉亞一樣被邀至王城。

「呃……算是出人頭地？」

聽見妲莉亞小聲應答，友人緩緩垂下露草色的眼睛。

「有次深夜工作結束後，大家一起吃飯，我忍不住對福爾圖納托大人說：『我的夢想是擁有自己的工房。』他竟然回說：『妳最了解五趾襪，就由妳來當工房長吧。』」

「夢想實現了呢……」

「這不是很好嗎……」

「你們為什麼不敢看我？」

妲莉亞和伊凡諾同時將視線從露琪亞身上移開。絕對沒有事先說好。

「『服飾魔導工房』很多工匠年紀都比我大，老是對我指指點點！」

「哇，聽起來……」

「露琪亞小姐也很辛苦呢……」

生產五趾襪和乾燥鞋墊的工房被命名為「服飾魔導工房」。可能是考慮到今後的開發，服飾公會為他們準備了一棟大房子，僱用了許多員工。

露琪亞的父親若能接下工房長的位置再好不過，但他光是服飾公會的委託就快忙不過來，根本沒辦法接；每天必定會散步兩次的硬朗祖父則說「我已經退休了」；哥哥也推託說「我還有家裡的工房要顧」。

「法諾家的男人真沒骨氣。」露琪亞如是說。

露琪亞和妲莉亞同年，在服飾魔導工房勢必會遭受一些批評。

不過，他們僅花兩週就建立起五趾襪和乾燥鞋墊的生產線，才一個月就正式啟用，露琪亞和同仁們的努力與執行力實在不容小覷。

「每次去服飾公會，都有人懷疑我是福爾圖納托大人的情婦，或是同父異母的妹妹，有夠荒謬！大人和我明明是克拉肯和小花枝的差別。」

「先不論這比喻好不好，原來露琪亞小姐也有這方面的謠言啊……」

伊凡諾的深藍色眼眸中充滿同情。露琪亞也是單身女性。這類不善的謠言聽在有女兒的伊凡諾耳裡，可能覺得很沉重吧。

「對，我每次都回說：『您眼睛有問題嗎？最好去看醫生或去神殿看看喔。』像這樣假意擔心對方後一笑置之。妲莉亞妳也在經營商會，這類謠言很煩人吧？」

「有一點，但我都假裝沒聽到，就算聽過也忘了。」

「這些人真是吃飽太閒。我好不容易拿到這職位，當然要大賺一筆，不會讓給別人！」

這正是露琪亞的作風。

她露出拋開一切的豁然笑容，露草色的眼睛閃閃發光。

「當工房長兩個月，就能賺到我去年存一整年的錢。呵呵呵……只要撐個四年，就能建起氣派的服裝工房了。」

工房長的薪水似乎很不錯。露琪亞一直拚命存錢，想開間做衣服的工房，這對她來說應該是最大優點。

不過妲莉亞還是有點擔心。

「可別累壞身體喔，露琪亞。」

「好。別擔心，妲莉亞。我在華美的衣服遍布王都前是不會死的。」

露琪亞開朗地笑著，拍了妲莉亞肩膀兩下，再往反方向輕撫。

這是初等學院流行的祈禱動作，可以緩解考試前的緊張，提高分數。

可能是因為妲莉亞不知不覺間流露出不安的神情，露琪亞也在替她擔心。

「今天這件衣服也好可愛，很適合妳。」

露琪亞穿著露草色的緊身長版洋裝，搭配同色的外套。

外套衣襬和裙子剪裁都呈圓弧狀，點綴著同色緞帶。頭髮編起髮辮，同樣裝飾著露草色的緞帶。一身裝扮既優雅又可愛。

「謝謝。我擔心會失禮，所以事先和福爾圖納托大人商量過。不過禮儀的部分……雖然請教過服飾公會中經常出入王城的人，但有太多莫名其妙的規定。統統硬記下來，感覺連作夢都會夢到。」

「我還真的夢到了背誦用的字卡和講師……」

伊凡諾似乎也很辛苦。

就在三人無言地笑起來時，馬車速度逐漸減慢。想必是進入王城了。

接下來他們得走下馬車，男女分成兩邊，確認身分並檢查行李。

這次有露琪亞同行，應該不會像上次那樣手忙腳亂。

不過老實說，妲莉亞不太想見到上次那些魔物討伐部隊成員。

上次談到足癬時她不小心說得太激動，讓人懷疑她也有這方面的問題，想到就覺得丟臉。只能祈禱今天不會舊事重提，一切順利落幕。

她和露琪亞一同接受女騎士簡單的身分確認後，便聽說魔物討伐部隊的人已前來迎接。

這時伊凡諾正好也檢查完畢。雙方同時走出房間，見到外頭站著一名藍髮大漢。

「我是魔物討伐部隊的副隊長，葛利賽達・蘭札。前來迎接各位。」

對方笑著親切地向三人致意，他們愣了一下才反應過來。沒想到來的竟是副隊長。

「失禮了，我是羅塞堤商會員，伊凡諾・梅卡丹堤。由於是初次來到王城，內心略感惶恐。」

伊凡諾向前踏出一步。接著妲莉亞和露琪亞也向對方致意。

所幸，單身女性遇到騎士向自己打招呼時，可以先讓侍從代為致意也不會失禮。若沒有奧茲華爾德的筆記，妲莉亞可能會慌慌張張地道歉。

「在魔物討伐部隊不用太拘謹。我們對禮儀沒有那麼計較，進到部隊大樓中還請放輕鬆吧。」

「感謝您的好意。」

葛利賽達雖這麼說，但妲莉亞不清楚是不是真的可以放鬆下來，對方又會允許到什麼程度。只好擠出營業用笑容，搭上城內的馬車。

「在正式會面前，想先請三位去一趟隊員等候室。真的很不好意思，因為會客室擠不下。」

「……擠不下？」

在魔物討伐部隊大樓的走廊上，聽見走在前面的葛利賽達這麼說，妲莉亞不由得低聲重複了一次。

「是的。服飾魔導工房預先送來了一些襪子，我們發給有需要的隊員一人一雙，結果大受好評。甚至有人傍晚洗了，隔天早上再穿。大家想向製作襪子和鞋墊的您們道謝。古拉特隊長也在隊員等候室中。」

往旁邊一看，露琪亞正睜大露草色的眼睛。

回頭一看，伊凡諾臉上堆滿營業用笑容。

聽到他們用得開心，妲莉亞當然高興，但之前畢竟發生過足癬騷動。希望人數盡量少一點，快速帶過就好——妲莉亞邊走邊想，卻發現隊員等候室的四扇門竟已全部敞開。

「我帶羅塞堤商會長、服飾魔導工房的法諾工房長過來了。」

葛利賽達站在房門口說。

之所以沒提到伊凡諾，是因為他包含在羅塞堤商會內，侍從、隨從與護衛並不會另外列舉。這也是奧茲華爾德教她的。若沒聽過這項規矩，她內心一定會很著急。

「歡迎大駕光臨，羅塞堤商會長、法諾工房長。」

古拉特隊長一說完，他們便打了聲招呼進到室內，裡頭的隊員們面向門口排成八列。他們的服裝並不統一，有人在深灰色衣服上搭配黑色背心，有人則穿戴著護具，但所有人都露出開朗而燦爛的笑容。

妲莉亞有些遲疑地掃視了一下，沃爾弗並不在隊伍裡。

「感謝邀請，我是羅塞堤商會的妲莉亞・羅塞堤。」

「我是服飾魔導工房的露琪亞・法諾。」

兩人自我介紹完，雙手輕輕交疊在身前，點頭致意。

「服飾魔導工房的法諾工房長和我是第一次見吧。我是魔物討伐部隊長，古拉特・巴托洛內。感謝妳的蒞臨。」

「我才要感謝您。能被邀請進王城是我的榮幸。」

她好羨慕露琪亞能露出如此從容的笑容。

「大家都是想親自道謝才會聚集在此。一部分人有任務在身，不克前來，即使如此人數還是很多。室內有些擁擠，還望見諒。」

古拉特話說至此，走到隊員面前。

「全體敬禮！」

隊長一聲令下，所有人都將右手放在左肩。整齊劃一的動作讓妲莉亞不禁愣住。

筆記上說這是騎士用以表達敬意的動作，只會對貴賓和高階貴族這麼做。

「「謝謝！」」

整齊的聲音宛如大浪傳來，她的表情快要控制不住。

她不知道自己何德何能，接受如此強烈的敬意。

「由我來代表致謝。襪子和鞋墊大大改善了我們的鞋內環境。如今我們在遠征或訓練時，已很少因為出汗或不適而分心，因足部不適而前往神殿的人也大幅減少。」

隊長說完，很多人都深深點頭同意。她不想知道他們究竟是因為鞋內環境獲得改善而開心，還是因為足癬治好而慶幸。

「抱歉急著要你們量產，造成了極大負擔。但託你們的福，今年夏天我們總算能毫無罣礙地踹飛魔物了。」

隊員們紛紛笑了起來，有些人甚至笑得略顯猙獰，可能是錯覺吧。

她有點同情起今年夏天闖入人類生活圈的魔物。

隨後，他們在隊長以外的所有人目送下離開房間。

緊接著前往的，是和上次相同的會客室。

寬敞的房間中擺著黑亮的桌子，魔物討伐部隊來了五個人，和妲莉亞方的三個人一同圍在桌前。

沃爾弗也不在這裡。

「這幾位都是上次出席的成員。公會長很快就會抵達，在那之前我們想先為上次的事向羅塞堤商會長道謝。」

女僕們放下紅茶離去後，古拉特以略快的語速開啟話題。

「我們部隊遠征時經常必須一直穿著鞋子，因此有很多人罹患足癬。照妳上次說的做了之後，得到了翻天覆地的改善。」

「……能幫到各位真是太好了。」

「我們將妳提點的事項條列下來，發給需要的人。罹患和疑似有足癬的人全都去了一趟神殿，穿著新鞋回來。舊鞋洗淨後，也施予了淨化魔法。對了，軍營的入浴方式也有所改變。現在每個人都有自己的毛巾，腳踏墊也換成小型的，用過一次就丟進洗衣籃裡。得過的人可以優先拿到襪子和鞋墊，如今魔物討伐部隊已沒有人再度得到足癬。」

古拉特神清氣爽地說，身旁的葛利賽達、兩名年長的騎士和蘭道夫也頻頻點頭。總覺得古拉特以外的人臉上也帶著笑意，是她看錯了嗎？

她拚命維持營業用笑容，臉部肌肉都快要顫動起來。

和上次一樣，這次話題也離不開足癬。

「我們也有告訴其他騎士團『足癬對策』，畢竟若被傳染可就糟了。」

「沒錯，可不能被其他部隊傳染。大家以前常說『魔物討伐部隊都是因為不衛生才會得足癬』，現在我們隊上已經沒人得了。」

「還有人說『足癬是魔物討伐部隊從魔物身上帶回來的』，今後這類荒謬的迷信也會完全消失吧。」

三人說話時雖然帶著笑容，但語氣都很冰冷。

看來騎士團內也有一些累積已久的嫌隙，這種時候外人絕不能插嘴。

「……哪有可能從魔物身上帶回來。」

露琪亞嘴裡突然蹦出這句話。

「對、對不起！我忍不住就……」

「沒事，不用在意。很感謝法諾工房長為我們說話。」

「那個，我祖父都說『之所以得足癬，是因為辛勤工作，忙到沒時間脫鞋所致』。當然我也認為能早點治癒，不要復發是最好的……」

露琪亞拚命解釋，對面的蘭道夫點了點頭。

「這句話無論對騎士或對文官來說，都是很高的讚美。」

「拚命工作確實是足癬的原因之一……或許該讓王城所有患者都把病治好，並防止復發。」

剛才不小心聊起騎士團內部的事，幾位騎士似乎有些尷尬。壯年騎士們面面相覷，古拉特則輕咳了幾聲。

「襪子與鞋墊請暫時優先出貨給敝單位，但若不勉強的話，今後也請提供給王城內其他單位。如果有人勉強你們，或想要強行購買，請別客氣直接告訴我們。由我們來處理。」

「感謝您的協助。」

服飾魔導工房雖已設好生產線，但總不可能立刻供應給王城內所有人。

萬一真的有上述情況出現，古拉特的提議確實很有幫助。

「我們對這次的事不勝感激。今後去神殿治療的人可能會大幅減少，造成神殿不少損失吧。」

古拉特半開玩笑地笑著說完，妲莉亞身旁的伊凡諾微微抖動肩膀。

雖不知道足癬的治療費是多少，但他們有從五趾襪和乾燥鞋墊的收入中，提撥一部分金額捐給神殿。

不過，倘若那對神殿而言是一筆比捐獻金額更高的定期收入，情況可能有點不妙。

「……會長，我會再去確認，如果不夠的話，可以再多捐點錢給神殿嗎？」

「好，麻煩你了……」

聽見伊凡諾的低語，妲莉亞深深點頭。

妲莉亞離席去化妝室補妝，想讓心情冷靜一點。

「妲莉亞小姐，感謝妳提供優良的商品。」

正要回會客室時，蘭道夫在走廊向她搭話，她退後半步向對方點頭致意。

「蘭道夫大人，您過獎了。我才要感謝您上次的提醒。」

「不，是我太嘮叨了。妳一下子記了這麼多規矩，真讓人佩服。」

「謝謝。」

長得像粗獷武士的蘭道夫勾起嘴角，露出柔和的笑容。

妲莉亞的身高已比平均女性高，但站在超過兩公尺的他面前還是得抬頭。偏紅的茶色眼睛望著妲莉亞，眼神放柔了些。

「沃爾弗去迎接商業公會長和服飾公會長，應該快回來了。他原本主動說想去接妳，但隊長說『你也是羅塞提商會的一員，給我去招待客人』。」

她問都還沒問沃爾弗的事，蘭道夫就自己說明起來。

若說想迎接羅塞堤商會還能理解，怎麼會說想迎接妲莉亞？她雖感疑惑，但沒能問出口就和對方一同回到會客室。

不久後，商業公會長傑達子爵、服飾公會長福爾圖納托子爵，便在沃爾弗的帶領下來到會客室。

沃爾弗身穿黑色騎士服，傑達和福爾圖納托則穿著進城穿的三件式西裝。

沃爾弗一如往常地引人注目；傑達則是位白髮白鬚的壯年男子，讓人感覺很有威嚴；福爾圖納托擁有金髮藍眸，光是站著就顯得很耀眼。三人的氣質各不相同。

她聽見坐在旁邊的露琪亞倒抽口氣。

「接下來將由羅塞堤商會進行正式交貨。」

全員到齊之後，由伊凡諾擔任主持人，妲莉亞發表制式的致詞。致詞內容幾乎都是固定的，她只要背下來就好，古拉特也回以制式答覆。

接著傑達、福爾圖納托簡短致詞完，妲莉亞和露琪亞一同簽署了三份羊皮紙文件。

這樣第一次正式交貨就完成了。今後與王城交易的工作會由服飾魔導工房和服飾公會負責，羅塞堤商會只要每個月向服飾公會領取分潤即可。

商會總算有一筆不小的穩定收入，伊凡諾和新進員工的薪水也有了著落，應該能稍微緩和對未來的焦慮——這讓妲莉亞安心不少。

不過，光是這點錢還不夠。最好賺到一定的「基金」，讓商會就算什麼都不做也能撐上三年。

她想起伊凡諾說的話，這時伊凡諾本人拿出了點綴著銀邊的白信封。

「為紀念初次交易，羅塞堤商會將贈送貴單位五台『烘鞋機』。這是贈品清單。」

「『烘鞋機』？」

伊凡諾說完，古拉特一臉疑惑地問。

五趾襪和乾燥鞋墊已大幅改善隊員們的鞋內環境。因此即使聽到「烘鞋」他們可能也不太感興趣。

「這種烘乾機能吹出溫風，舉凡遠征穿的軍靴、皮鞋和布鞋，都能短時間吹乾，而且不會傷到鞋子。鞋子的損傷與異味也能因此減少。可以當作是鞋子用的吹風機，在下雨天或清洗鞋子時使用。」

「原來如此，若是一般的吹風機可能會傷到皮革。感覺很方便。」

「明白了，感謝貴商會的贈禮。好像也可以用在遠征後的軍靴，之後來試試看吧。」

「『烘鞋機』將於明日發售，還請各位多多支持。」

見伊凡諾笑著推銷起商品，福爾圖納托微微轉動脖子。他先是看了妲莉亞一眼，很快又將視線移到伊凡諾身上。

「梅卡丹堤先生，我待會兒想跟你聊聊，方便占用你一點時間嗎？越快越好。」

「當然沒問題，路易尼大人。」

傑達則面不改色，安靜地喝著紅茶。

她望向旁邊的沃爾弗，他雖一臉嚴肅地聆聽對話，眼中卻飽含笑意。

烘鞋機是她和沃爾弗兩人改良出來的。能改善魔物討伐部隊的環境他應該很開心吧。

「手續雖然辦完了，但似乎還剩一點時間。有急事的人請直說沒關係。」

古拉特說完後沒人回話。

他輕輕點了個頭，沃爾弗起身離開房間。

「我聽說了一個有趣的東西，想順便在此介紹給大家。」

眾人顯得興致勃勃，這時她身旁的伊凡諾拿出一份文件。

「會長，若需要的話，這給您參考。」

他遞來的是遠征用爐的規格書和設計圖。

「這是……你聽沃爾弗、大人說了什麼嗎？」

「不，什麼都沒聽說，純粹是我的臆測。猜錯的話還請見諒。」

他們耳語了幾句，沃爾弗和一名綠髮隊員走了進來。

兩人手中捧著妲莉亞等人製作的遠征用爐，以及銀製酒杯和切成小片的培根。兩台遠征用爐放在大桌子上，顯得更為迷你。

「這是由小型魔導爐改良出的『遠征用爐』。」

「真的很小呢。」

聽著古拉特的介紹，福爾圖納托興味盎然地盯著爐子。

沃爾弗轉動遠征用爐的開關，熱度緩緩上升，開始加熱上頭的平底鍋。

「這是鍋體，這是平底鍋兼鍋蓋。」

他邊說邊將切好的培根從盤子夾入鍋內。

妲莉亞不由得心想，在會客室煮東西好嗎？不過沒人制止。量雖然不多，但她還是擔心會讓豪華的地毯和壁布沾上味道。

「羅塞堤會長，這爐子的火力如何？」

「和小型魔導爐幾乎一樣。」

傑達突然這麼問，她連忙回答。

「用的魔石是？」

「小型的火魔石。」

「可以持續多久？」

「比小型魔導爐短一些，但仍可持續四至五小時。依氣溫和地點而略有差異。」

「遠征時可以請擅長火魔法的人填充魔力，所以不會有問題。」

聽完妲莉亞和沃爾弗的說明，傑達瞇起黑眸點了點頭。

「這樣的話感覺滿耐用的。」

「真希望我辦公室裡也有一台，這樣隨時都能喝到熱咖啡。」

這時有人提出了令人意外的願望。她沒想到有人會想在室內，而且是辦公室內使用。

「福爾圖納托先生，您會自己泡咖啡啊？」

「不，我不會。但有時夜深人靜的時候想喝杯咖啡，又不想為了一杯咖啡特地叫人過來。小型魔導爐放在辦公室有點顯眼，這種爐子感覺比較好藏。」

「天冷的時候在寢室裡喝杯熱紅酒也不錯。」

傑達的話語讓她想起嘉布列拉。妲莉亞送她小型魔導爐時，她也提到了熱紅酒。她可能也和傑達聊過這件事吧。

妲莉亞受了她很多照顧，心想或許可以再多送她遠征用爐和烘鞋機。

「已經煎好啦？真快。」

每個人都拿到一小碟煎培根，以及一個小銀杯。從味道聞起來，裡頭裝的應該是白酒。

王城白天可以喝酒嗎？既然是古拉特請的應該沒關係，但這點無論在奧茲華爾德的字卡或授課內容中都沒有提到。

「喝水太無趣了，所以我拿出了自家有點年份的『葡萄汁』。」

眾人拿著銀杯，聽隊長愉快地說出牽強的藉口。

露琪亞瞪大眼睛，傑達表情不變，此外的人都露出苦笑。

「若這是酒，我們就可以互相祝賀道：『感謝這次正式進貨，祈求各自的幸運，乾杯。』可惜它是葡萄汁。為了營造一點感覺，各位就和附近的人碰杯吧。」

大家各自和左右的人碰杯。

妲莉亞含了口略偏琥珀色的酒，發現這酒不適合一口飲盡。

原本就已聞到香氣，入口後香氣更加擴散。起初以為是乾型白酒，舌尖上的觸感卻很圓潤，還帶點木質調的香氣。

她不太懂葡萄酒品牌，但仍能感覺出這是上好的酒。

「好好喝……」

露琪亞也很訝異，發出一聲驚嘆。

抬起頭，只見沃爾弗小口品嘗著酒，福爾圖納托仍維持苦笑，傑達則笑容滿面。

「也請試試看培根。」

她在綠髮隊員推薦下，用碟子上附的金屬籤刺起培根。那片煙燻培根雖然只有三公分大，但還滿厚的。

有點猶豫該不該一口吃下，最後配合大家的動作放入口中。

培根仍留有餘溫，鹹香可口，還嘗得到肉的甜味。煎出的油脂中和了鹽巴的鹹味。很適合搭配麵包或葡萄酒一起吃。

「或許可以將一部分遠征肉乾換成這種煙燻培根。」

「預算夠的話就換吧。」

「話說回來這爐子真不錯。這樣遠征中也能煮熱食了。」

「食物的味道不會引來魔物或動物嗎？」

「我們現在在戶外做菜也會用風魔法吹散氣味，或使用消臭劑。不過還是要實際試試才會知道。萬一真的有生物跑來營地就全部打倒吧。」

說得輕鬆，但真的沒問題嗎？妲莉亞很擔心會突然冒出大型動物或強大的魔物。不過反過來想，那些被味道吸引來的魔物和動物也有點可憐。

「總而言之，羅塞堤商會長，我們預估將向妳下訂一百台遠征用爐。」

咳，剛才喝下去的酒彷彿又倒流回來。妲莉亞連忙望向古拉特。

「謝、謝謝。我會想辦法再調低價格……」

「不，只要在合理範圍內，讓我們能持續購入就好。萬一預算不足，我和手頭寬裕的人可以自掏腰包，一點一點購買。」

「我想應該有很多人願意自費購買。」

沃爾弗說得一派輕鬆，但拜託等一下。

遠征用爐並不便宜。魔物討伐部隊中有平民也有低階貴族，不是每個人都有閒錢，有些隊員還有家要養。

「這也是羅塞堤商會做的啊？真了不起。」

「謝謝，福爾圖納托大人。」

福爾圖納托笑著稱讚道，妲莉亞向他道謝，同時卻冒著冷汗。

服飾公會和遠征用爐並無關聯，他卻被迫留下來聽這些。妲莉亞覺得對他有點不好意思。

「希望冬季遠征前能買齊。」

「是啊，這樣討伐後就不用喝被篝火燒焦的咖啡了。」

寒冷的冬季前往遠征，在經歷危險的討伐後，還得喝燒焦的咖啡——光用想的就覺得很難受。

這國家、這世界若沒人阻止魔物，人類所受的損害將更為慘重。

歷史上確實有村莊城鎮被魔物毀滅，這種事並不只存在於想像中。

魔物討伐部隊和這些魔物戰鬥，理應受到更好的待遇才對。

想到這裡，妲莉亞忽然回憶起一件事。

以前她用小型魔導爐做菜給沃爾弗吃時，對方曾問：「妳要不要來教魔物討伐部隊（我們）怎麼用魔導爐？」

她沒想太多就說，自己也希望能協助改善遠征的伙食。

當時作夢也沒想到有天會進王城，只當作沃爾弗在開玩笑。

現在之所以來到這地方，是不是也和那天有些關聯呢？

這就是所謂的「有緣」吧。若這樣的說法能被接受，她願意盡力協助包含沃爾弗在內的整個部隊。

「會長，我們接下來似乎會更忙呢。」

「是啊，真令人慶幸。」

聽見身旁的伊凡諾這麼說，她發自內心笑著回答。

他微微睜大深藍色眼睛，隨即回以笑容。

「真像一位商會長會說的話。」

「不，應該說是魔導具師會說的話。」

甜美的酒香，配上煎培根的香氣，在室內殘留了好一會兒，眾人在香氣的伴隨下和樂地談笑。

◆ ● • • ● ◆

在王城馬場搭上回程馬車後，妲莉亞終於得以喘口氣。

坐在旁邊的露琪亞也一樣，發出長長的嘆息。

可能是因為剛才那杯酒，她臉頰上還帶著紅暈。

「露琪亞，還好嗎？」

露琪亞不太會喝酒。儘管那杯酒的量不多，若用玻璃杯裝還不到半杯，但她說不定已經醉了。

「……他們站立的身影實在太帥了……」

她沒回答妲莉亞的問題，再度長嘆口氣。

坐在對面的伊凡諾用難以言喻的表情望著她們。

「啊……好想把那三個人扒光，幫他們換衣服……」

「露、露琪亞。」

或許該慶幸現在坐在馬車上。若友人在王城說出這種話，妲莉亞就不得不把手帕塞進她嘴巴裡。

「斯卡法洛特大人很適合穿五彩繽紛的衣服，若是黑白色調，甜美的荷葉邊上衣應該也不錯。啊，長版大衣也很搭。傑達大人有著美麗的白髮，搭配淡色系服裝如何？對了，再加上些精美的圖樣一定很棒。福爾圖納托大人平常總是穿西裝，改穿王子系的騎士服或馬術服感覺也很讚……」

露草色眼睛尋覓著只有自己看得見的東西，目光飄向遠方。這種時候唯有將想法化為實體才會回神。妲莉亞做魔導具時偶爾也會陷入這種狀態，對此再清楚不過。

妲莉亞拿出和字卡一同攜帶的米色紙張和鉛筆遞給她。

「這給妳用。不能畫臉喔，這樣對大人不敬。」

「嗯，我知道！謝謝妳，妲莉亞！」

她在紙上唰唰唰畫下以三名男子為模特兒構想出的衣服。以男裝而言裝飾似乎多了點，有別於王都的流行，極具露琪亞的個人風格。

「呃，妲莉亞小姐，露琪亞小姐喜歡做衣服是嗎？」

「對。不但喜歡，而且很擅長。她的衣服全都是自己做的。」

「太厲害了……」

對於伊凡諾的視線，露琪亞不知是沒發現還是不在意。她正為疑似沃爾弗的人物穿上長版大衣，在衣襬的地方畫上不規則的弧形。現在手邊沒有色鉛筆讓她很是懊惱。

「露琪亞小姐，妳覺得沃爾弗雷德大人和路易尼大人怎麼樣？」

伊凡諾詢問拚命作畫的露琪亞，她頭也不抬地回答：

「斯卡法洛特大人身材高挑，穿什麼都好看。福爾圖納托大人也挺高的，又留長髮，換個髮型感覺穿搭範圍會更廣。啊！他們感覺都很適合搭配貴金屬和毛皮！」

「若就女性角度而言，妳會想和他們兩位交往嗎？」

「完全不會。和貴族在一起總是必須在意禮儀，而且除了工作外也沒什麼好聊的。如果他們願意笑而不語，乖乖讓我換裝的話我是很開心啦，但若只是貪圖長相，其實光靠肖像畫和記憶力就夠了。」

露琪亞毫不猶豫地斷言。

「還真的有人對沃爾弗大人無感呢。」

「伊凡諾先生，你想確認什麼……」

「我認為和我們商會來往的人，還是別太容易動情比較好。畢竟我也不想惹上麻煩。」

這倒也是，若被沃爾弗和福爾圖納托吸引，導致無法工作的話可就糟了。

不過要找到這種人，不知道該說是難度高還是難度低。

「露琪亞小姐，不好意思冒昧一問，妳現在有戀人嗎？」

「沒有，但我滿想出去約會的。」

「妳喜歡怎樣的類型呢？」

「要約會的話還是跟女生比較好，這樣就能讓對方穿上各種可愛的衣服。啊，瘦瘦的男生也不錯，如果男裝女裝都能駕馭就太棒了。」

伊凡諾「咦」了一聲，驚訝到說不出話，妲莉亞靜靜地向他說明。

「露琪亞的哥哥都說她的戀人是布料、蕾絲和緞帶。」

「……我懂了。」

「每次和她出去都會變成她的換裝娃娃。」

「妲莉亞長得又高，骨架又漂亮，穿什麼都好看。妳現在終於願意穿適合自己的衣服，也願意化妝了，我好開心。下次陪我逛一整天的街好嗎？」

露琪亞邊說邊在紙上仔細記下衣服的材質。

「我再考慮。」

「偶爾陪我一下嘛！早上可以先去逛魔導具店，下午再逛服飾店。」

「下午的時間明明就比較長。」

「魔導具店又沒幾間，空間又小。有這麼多東西好逛嗎？」

「這跟店家數量還有大小無關。魔導具一個一個看下來很花時間的。」

「服飾用品還包含內衣、鞋子和首飾，更花時間。」

「魔導具也有家用品、外出用品、戰鬥裝備等各式各樣的種類啊。即使是同樣的東西，規格也不太一樣，要花很多時間才能看完。」

妲莉亞不小心認真起來，連忙回神。對面的伊凡諾眼中帶著笑意。

「不然為了公平起見，就一人一天吧。第一天先逛魔導具店，下次休假再逛服飾店。妳當天早上先來我家換衣服、化妝，下午再一起去逛街。這樣可以吧？」

「露琪亞，妳到底想讓我穿多少衣服？」

「只要時間允許，當然是越多越好嘍。」

這究竟該說是年輕女生朋友間的對話，還是魔導具師與服飾師間的對話？

她們還在持續爭論不休。

伊凡諾面帶微笑，將身體輕輕靠向椅背。

「唉，這就是所謂的『物以類聚』吧。」

⬢ ⬢ ⬢ ⬢ ⬢ ⬢

至王城正式交貨隔天傍晚，商業公會相關人等舉行了一場餐會。

出席的除了妲莉亞外，還有商業公會副會長嘉布列拉、公證人多明尼克，以及沃爾弗和伊凡諾。

上次同一群人歷經一番苦思，總算訂定出五趾襪和鞋墊的生產計畫。過程雖然有些波折，所幸昨天仍順利交貨。

嘉布列拉訂的餐廳位於中央區，他們五人圍坐在包廂中的圓桌前。

主菜是之前在商業公會吃過的紅熊(Red Bear)肉排。

該肉排味道雖有些獨特，但很美味。餐廳提供偏乾的白酒、黑愛爾啤酒、辛口的東酒作搭配，因此眾人乾杯了三次，氣氛相當熱絡。

儘管喝了這麼多酒，但到最後還是沒討論出哪種酒和紅熊最搭。

「真是充滿變化的一個月。」

餐後喝得最醉的人似乎是伊凡諾。他手裡拿著黑愛爾，心情愉悅地一個人頻頻點頭。

「從設立商會到出入王城只花二十天，應該創下商業公會的新紀錄了吧。」

「不，第一次進城是因為收到討伐部隊的邀請函……後來又多花了一個月才以商會名義再訪。」

「不過還是很快。我印象中目前為止最快的是佐拉商會。」

「奧茲華爾德先生也好厲害。」

「是啊，奧茲華爾德也很快就當上了男爵。今年王城向他們大量採購冰型冷風扇，簡稱『冰風扇』，或許不用等到下一代就能升為子爵。」

「那麼奧茲華爾德先生會被封為『冰風扇子爵』吧？」

伊凡諾的話讓妲莉亞不禁心想。

以前在魔導具店「女神的右眼」見到的「冰風扇」幾乎和冷氣無異，製作起來非常費工。若要大量出貨給王城，奧茲華爾德勢必會十分忙碌。妲莉亞有點擔心今後的課程會造成他的負擔。

「妲莉亞小姐照這樣下去，應該也能獲得男爵推薦吧？」

「若真如此，希望能有個帥氣的名字。」

伊凡諾回應多明尼克說的話。能不能獲得爵位先擺一邊，連有什麼帥氣的魔導具她都想不到。

嘉布列拉搖了搖手中的酒，露出苦笑說：

「要是叫『襪子男爵』或『鞋墊男爵』可就不好了。」

這兩個名字都不怎麼令人開心，但總比「足癬男爵」好得多。

此外她還有在製作魔劍，因此腦中閃過「魔劍男爵」這個名字。然而又想到現在只做出「魔王部下的短劍」和「爬行的魔劍」，隨即打消念頭。

「既然有五趾襪、乾燥鞋墊、遠征用爐……可以叫『遠征男爵』吧？」

「沃爾弗大人，這樣聽起來好像妲莉亞小姐也會去遠征。」

「那太危險，還是算了。」

手握東酒的沃爾弗搖了搖頭。

也對，若妲莉亞跟去遠征也只會礙手礙腳。她雖然有點想近距離觀察活的魔物，但遲鈍的她很有可能反被魔物吃掉。

「對了沃爾弗，抱歉這麼晚才說，謝謝你將『遠征用爐』介紹給隊長。」

對話告一段落時，妲莉亞向身旁的沃爾弗低頭道謝。

本來昨天就該說的，但沒那個時間。

今天沃爾弗也在其他人坐定後才提來。總不能打斷大家乾杯，結果就拖到現在才說。

「我也要道謝，謝謝您為我們推銷商品。沒想到討伐部隊第一次就訂這麼多台，我嚇到說不出話呢。」

「不用道謝，我只是進到古拉特隊長的辦公室，對他說『這是遠征用爐』並煎了一片培根而已。」

「沃爾弗雷德大人，您這推銷方式真是新穎。」

「我想說這樣應該比口頭說明更容易懂。實際上示範完之後，也真的不用說明太多。」

新穎歸新穎，但妲莉亞忍不住想問，隊長辦公室裡真的可以煎東西嗎？

另外也想知道哪裡有賣那款煙燻培根。

「結果隊長就決定下訂一百台？」

「沒錯。我只說明了用法和價格，從頭到尾都沒有拜託他買。不過他特別問了一下開發者是誰。」

聽說隊長問起自己的事，妲莉亞心裡一驚。

她父親雖是名譽男爵，但她只是平民，擔任魔導具師的資歷尚淺，商會也才成立沒多久。雖有傑達和沃爾弗當保證人，但可信度仍不高。然而古拉特卻在昨天那樣的場合展示遠征用爐，還向他們下訂，究竟是為什麼呢？

「他問我是誰做的、有什麼目的。我回答『開發者是妲莉亞．羅塞堤，她希望能協助改善遠征的伙食』……啊，我是不是該多提些條件，例如要求部隊持續購入之類的？」

「不，這樣已經十二分完美，我不敢再奢求什麼。話說，我都忘了沃爾弗大人有當業務的天分……」

伊凡諾嘆著氣說，一旁的多明尼克則笑容滿面。

「改善遠征伙食啊，隊長聽了應該很開心吧？」

「確實。後來他就將遠征用爐帶回家——隔天便確定要採購。他認為這次王城交貨是個好機會，可以告知大家這件事。」

聽到隊長判斷自己的作品對遠征有益，妲莉亞是很開心，但這個價格真的沒問題嗎？是不是該給點數量折扣？她滿腦子都在想這些，打算明天和伊凡諾商量。

「……等一下，你們剛剛說『訂了一百台』？」

嘉布列拉也看過遠征用爐，但聽到一百台這個訂購量顯得很驚訝，瞇起眼睛望著他們。

「對，他們隊長訂的。我本來想說，對方一開始能訂個十台去試用就很不錯了。」

「『烘鞋機』也送出去了吧？」

「是的，送了五台。這部分發包給製作吹風機的工房代工，因此很快就能生產出一兩百台。」

「對了，古拉特隊長今天說之後也會訂購『烘鞋機』。我們確定數量後會再告知，麻煩你們處理完『遠征用爐』的案子後報價。」

「謝謝。真慶幸又有新案子了呢，會長。」

「是、是啊，非常感謝。」

待出貨的物品一下子變多了，所幸烘鞋機構造相對簡單，凡是會做吹風機的工房都能做得出來。

烘鞋機全權由伊凡諾負責，他已和各工房聯絡，迅速建立起生產線。

不過，若接到上百台遠征用爐訂單，就得思考該委託哪間工房、要花多少工序。完成後還得進行安全檢查。

必須思考、必須和身邊的人商量的事情多不勝數。

和上次一樣，她今晚也沒有餘力享受紅熊的美味餘韻。

結束餐會離開店裡時，天空中已布滿星星。

附近的馬場擠滿了準備續攤或回家的人。

那兒停著一輛亮麗的深茶色箱型馬車，嘉布列拉坐了進去。眾人目送她離去後，伊凡諾重新穿好外套。

「不好意思，沃爾弗大人，可以麻煩您送妲莉亞小姐回家嗎？」

「可以是可以，但你家也在同樣方向，不和我們一起搭嗎？」

「我有點事情。」

「該不會是要回公會加班吧？」

「不是，我們會長規定不能加班。今天是要和認識的人喝一杯。」

伊凡諾笑著擺了擺右手說。他似乎已經酒醒，臉沒那麼紅了。

「不一起搭到店家附近嗎？」

「我們就約在這附近，不用麻煩了。」

「是嗎，那就祝你們喝酒愉快。」

「好的，我會努力不發酒瘋，也會努力別讓對方這麼做。」

男人輕輕點頭後，便往道路另一側離去。

「多明尼克先生，我們家的馬車來了，方便的話讓我送您回去吧。」

「謝謝您，沃爾弗雷德先生。但不會打擾到兩位嗎？」

「不會。」

「沒事的。」

兩人同時回答完不禁笑了出來，坐進馬車內。

沃爾弗使用的這台斯卡法洛特家的馬車，無論外觀或內裝都由低調的消光黑色構成。實際坐進去後會發現椅墊很有彈性，椅背也很服貼，地上還鋪著短毛地毯，每一樣都製作精良。更棒的是坐久了不容易疲勞或暈車。

「妲莉亞小姐往後會更忙呢。」

妲莉亞回應表情柔和的多明尼克後，忽然想到。

上次和他一起搭馬車還是在被悔婚那天。

「多明尼克先生，感謝您幫這麼多忙。那個……自從我被悔婚那時起一直到今天，您不但為我操心，還處理了大量文件，而且幾乎都是急件……」

「這種事妳完全不用在意。商業文件本來就以急件居多。」

她被悔婚那天，多明尼克從頭到尾都面不改色。

靜靜聆聽妲莉亞的話，為她撰寫文件，對她說若有煩惱可以找自己商量，還代替她將新家鑰匙歸還至商業公會。

當天她六神無主，現在回想起來真的很感激多明尼克的體貼。

「我也很感謝多明尼克先生和我商量事情。還好那天找的公證人是您。」

做出妖精眼鏡隔天，沃爾弗帶著一份公證過的正式文件來找妲莉亞。

「我與妲莉亞．羅塞堤是對等的朋友，她可以自由發言，我絕不會認為她失禮」——經手這份文件、建議他贊助羅塞堤商會的，也是多明尼克。

「我才要謝謝你們，身為公證人為此感到非常開心。話說回來，羅塞堤商會真的很快就打進了王城呢。」

「多虧有沃爾弗的介紹和大家的協助。若憑我一個人……」

「我只向隊上的人介紹了產品而已，也沒做什麼。是因為妳有實力。」

多明尼克聞言愉快地瞇起深茶色眼睛，雙手輕輕交握。

「既然狀況如此，兩位何不一同取得男爵之位？」

「男爵之位？」

「對。妲莉亞小姐只要持續提供優良的魔導具，再過幾年應該就能取得。而赤鎧只要任職十年以上，或打倒大型魔物，就能被推薦為男爵。沃爾弗雷德先生，您打倒過大型魔物嗎？」

「以前討伐過獨眼巨人，但不是我一個人打倒的。很不容易……」

沃爾弗支吾起來，似乎回想起那次討伐的經驗。

和巨大魔物戰鬥得賭上自己的性命。用十年的光陰換一個男爵爵位，真的值得嗎？

「即使不滿十年，如果獲得推薦，您還是接受比較好。兩位若能一同當上男爵，能做的事也會變多。」

「……我會考慮的。」

妲莉亞一直覺得父親和奧茲華爾德受封的男爵之位，對自己來說遙不可及。

但是為了提升魔導具師的自由度，為了和沃爾弗繼續當朋友，她還是想要試試看。

儘管自己才初出茅廬，仍不想錯失能做更多事的機會。不知不覺間她似乎變得貪心了起來。

「妲莉亞小姐，我那天許的願成真了呢。」

被悔婚那天，多明尼克下馬車前對她說了一句話。

「希望妳之後能過得幸福」。

從那天起她的生活確實為之一變。就像他說的，她遇到很多好人，運氣也很好，現在才能站在這裡。

「……是的，成真了呢。」

妲莉亞回想了下，笑著點頭。

多明尼克和先前一樣，臉上浮現柔和的微笑。

他不只望著妲莉亞，還望向她身旁的沃爾弗。

「那麼請容我再許個願——希望你們之後能過得幸福。」

幕間　服飾公會長與貴族作風

「抱歉讓您久等了，路易尼大人。」

「不會，我沒等很久。而且畢竟是我硬把你約出來的。」

距離剛才的馬場稍遠處，停著一台黑色的箱型馬車，裡頭坐著服飾公會長福爾圖納托。

他身穿具有夏日氣息的深藍色衣褲，襯托鮮亮的金髮。

伊凡諾坐定後，馬車隨即駛動。

「梅卡丹堤先生，謝謝你今天寄來烘鞋機。我早上收到後立刻試用，感覺非常棒。」

「您喜歡真是太好了。」

「你真該早點告訴我要量產烘鞋機的事，我隨時可以撥時間處理。」

福爾圖納托的聲音有些冷淡，伊凡諾露出營業用笑容回答：

「抱歉這麼晚才通知您。我只是個小小的商會員，不太敢擅自聯絡服飾公會長……下次若有服飾相關的產品，會找您商量的。」

「期待你的聯絡。話說你們已經著手開發新產品了嗎？」

「有幾項計畫正在討論中。」

他望著伊凡諾的目光也十分冷淡，讓人完全感受不到夏日的炎熱。不過，那雙藍眸中確實隱含著試探的神色。

「羅塞堤商會要不要也來服飾公會登錄呢？我可以給你們一些方便。」

「非常感激您的提議，可惜我們沒那麼多人手。」

「你們只有兩名商會員和兩名助手是吧？這樣確實很辛苦。」

身為服飾公會長的福爾圖納托，連羅塞堤商會的人數都一清二楚。

羅塞堤商會在商業公會內租用辦公室，因此只要稍微調查，就能知道這些資訊。但這仍顯示出眼前的男人對羅塞堤商會有一定的興趣。

「我來幫你們介紹人吧？我可以按你們需要的人數，介紹身家清白的人，甚至可以請他們去締結神殿契約，好證明值得信賴。」

對方突如其來的提議，讓伊凡諾一時之間說不出話。

身家清白且願意締結神殿契約的人不多，這提議的確很誘人，但介紹來的肯定都是他自己的人。

「非常感謝，但我們才成立兩個月，運作得還不是很順利。未來可能需要找您商量，屆時再麻煩您。」

伊凡諾含糊帶過，和對方硬聊下去時，馬車停了。

他鬆了口氣走下車，發現這裡是貴族街的一角。

兩人走進一間以貴族街而言偏小，但對平民來說相當大的店。來到二樓的邊間包廂，門口站著騎士和店員各一名。

看見桌上理所當然擺著防竊聽魔導具，伊凡諾忽然有種來錯地方的感覺，如今才體會到對方是貨真價實的貴族。

「我想你應該吃過飯了，所以想請你喝點特別的酒。」

面前擺著兩瓶酒和起司、莎樂美香腸、火腿等下酒菜，對方繼續說明：

「這瓶白酒是店裡酒齡最輕的。另一瓶偏乾型的紅酒加了藥草，酒齡稍微大一些。先從年輕的那瓶開始喝起吧。」

他和福爾圖納托乾杯，喝了口白酒。

這支酒留有葡萄的新鮮香氣，令他感到訝異。類似葡萄汁的甜味褪去後，舌頭感受到的是酒味和酒精的辛辣感。

不愧是最年輕的酒。儘管味道不夠圓潤，還是很好喝。

「再放個十年應該會變好喝吧。」

但眼前的男人似乎不甚滿意，表情複雜地皺著眉頭。

「羅塞堤商會長、梅卡丹堤先生和我，今後能否偶爾一起共進午餐呢？」

「備感榮幸，可惜我們雙方應該都很忙。」

「不然你一個人來也行。我希望能盡早得知貴商會的新資訊。」

「謝謝您，但是我們的商品大多屬於商業類，而非服飾類。這次的烘鞋機也是由吹風機衍生而來，可能無法提供您太多有用的資訊。」

福爾圖納托若率先得知羅塞堤商會的動向，就有更多機會參與商會的量產與販售。

不過，羅塞堤商會並未在服飾公會登錄，沒必要賣他這個人情。再者他們的商品也不必委託服飾公會量產，因此不需要他幫忙。

既然無法從福爾圖納托身上獲得益處，那麼伊凡諾就不打算和他合作，也不想讓利給他。

「以前防水布剛出來時，各界紛紛質問我們，為何防水布不是由服飾公會來販售。幸好雨衣出來後，我們隨即取得經銷權……但我和當時的公會長還是過了一段胃痛的日子。」

這段獨白似的話語，讓伊凡諾略感同情。

防水布是一種「布」，確實可由服飾公會經手販售。

但妲莉亞開發出的防水布登錄在商業公會，由商業公會販售。奧蘭多商會的前會長為減輕卡洛和妲莉亞的負擔，在初期自行開拓通路、建立生產線。

伊凡諾現在才知道，此事對服飾公會造成了這麼大的影響。

「邀請忙碌的梅卡丹堤先生共進午餐，若空手赴約就太失禮了。作為花束的替代，我會寫信給登錄在服飾公會的鞋類業者，告知他們羅塞堤商會推出烘鞋機。當然，是以我個人的名義。」

「……若能同時告知服飾公會的大客戶就太好了。」

「沒問題，我也會寫信給他們。」

「那麼若收到您的邀請，我會盡量撥出時間的。」

伊凡諾笑著回應，但背部早已溼成一片。

對方乾脆地開出優渥的條件，但這種時候通常都沒什麼好事。

福爾圖納托打開第二瓶酒，注入杯中。總覺得今晚的喝酒步調快了一些。

「對了，我記得你以前是商業公會職員，什麼時候跳槽到羅塞堤商會？」

「針對乾燥鞋墊開會的那一天。是我拜託會長讓我加入的。」

「你的判斷力和行動力真令人敬佩。」

兩人意思意思乾杯後啜飲起紅酒。這瓶酒存放得比較久，因而香氣十足，甜味和酸味也很柔和，在品嘗的過程中三兩下就喝完一杯。

或許因為是藥酒的關係，遲來的餘韻有點苦。但和想像中那種青草味完全不同。

「梅卡丹堤先生，假如你哪天要離開羅塞堤商會，請在另謀高就之前告訴我一聲。我會盡可能滿足你的條件。」

對方突然這麼說，令伊凡諾的思緒頓了一下。

「……我深感榮幸，但那只可能發生在羅塞堤商會倒閉或我死的時候。」

「這樣啊——那你改變心意或有煩惱時可以找我商量。」

「謝謝。我們商會還很弱小，還請您多多協助。」

「今後可以叫我『福爾圖』就好，也請跟羅塞堤商會長這麼說。這樣服飾相關業者對你們的態度應該會好一些。」

「謝謝，也請叫我『伊凡諾』。」

伊凡諾來之前對眼前的男人做了些調查。當時他最驚訝的是，對方的年紀竟和自己差不多。福爾圖納托看起來比自己年輕，說起話來卻又老氣橫秋。

長相俊美耀眼這點雖和沃爾弗相似，但氣質比沃爾弗更加華麗，而又深不可測。老實說，伊凡諾還真看不出那華美的外表下藏的是什麼。

「商會的名聲傳開後，可能會有很多飛蟲跑來纏著妲莉亞小姐吧。唉呀，這種事似乎不該對你說。」

「我也略有耳聞。換作是露琪亞小姐，好像會直接用口頭將飛蟲擊退。」

「她感覺就會這麼做。我還期待她未來能調教那些飛蟲，讓他們乖乖聽話呢。」

在這陣玩笑中，酒杯又見了底。這瓶酒很順口，一下子就喝了兩杯。

「話說我真沒想到您會如此關注我們商會。」

「因為我已充分明白羅塞堤商會的價值。若不是妲莉亞小姐身邊有沃爾弗雷德先生在，我還真想娶她為二夫人。」

伊凡諾感受得出這不是玩笑話。

有利用價值就娶為妻子——這對貴族而言理所當然，但伊凡諾不以為然。

原本滑順的酒，卻在口中留下濃厚的苦味。

「畢竟我們的保證人陣容十分豪華。沃爾弗大人和傑達子爵夫妻都很重視我們會長……」

「原來如此，完全沒有可乘之機呢。不過——為什麼妲莉亞小姐過去毫無相稱的經歷？除了防水布外，沒有任何亮眼的成績。」

「……因為她父親卡洛先生很保護她。」

「防水布真的是妲莉亞小姐獨自開發的嗎？」

「……是的，都是她一個人做的。她從學生時代就會出入公會……拚命蒐集素材。」

「這次的襪子和鞋墊，也是她獨自開發的嗎？」

「……對，那當然。」

「她遭到悔婚，父親和愚蠢的未婚夫都離她而去後，沃爾弗雷德先生隨即看上了她。介紹他們兩人認識的是你，還是傑達夫妻？」

「……都不是。」

等等，自己到底在說什麼？

為什麼會說這種話？

伊凡諾意識到自己不斷脫口說出不該說的話，狠狠咬緊下脣。

「……唔。」

他痛得無法說話，用手帕擦拭滲出的血，對方見狀遞出一瓶回復藥水。伊凡諾不客氣地喝下，消除脣上的傷。

「抱歉，效果好像太好了。這種酒略含放鬆效果——能讓人說溜嘴。這畢竟是我們第一次『商談』，因此我希望雙方能開誠布公。我自己當然也喝了。」

福爾圖納托說著，用手指輕撫空酒杯。

這樣等於是在合意之下被下藥。這就是「貴族的作風」嗎？伊凡諾雖然感到火大，但對方顯然是在試探他，而他也輕易就中了招，為此深切反省。

「這送給您以表歉意。是我給您個人的禮物。」

「戒指？」

「對，護身用的戒指，具有防毒、防混亂、防媚等效果。如果要和貴族做生意，這點小道具是必須的。今後請小心飲食，以及接近你的女性。傑達夫人似乎對這方面不太在行。」

他語氣雖然客氣，但言下之意彷彿是：「你師父沒教過你怎麼和貴族做生意對吧？」

商業公會的客戶以商人居多。今後在羅塞堤商會工作，勢必得經常和貴族交手。若要親自和貴族做生意，就得弄清楚他們和平民的差異，要記的事多到數不清。

「……謝謝，那我就收下了。」

伊凡諾將銀製戒指套進右手中指，做了個深呼吸。

戒指回應他體內的少許魔力，讓他遲鈍的腦袋恢復清晰。不過剛才咬破的嘴唇仍嘗得到一點血味。

「今後要不要偶爾和我單獨出來喝酒呢？和貴族相關的生意可以找我商量沒問題，我在貴族夫人的圈子很吃得開。相對地，如果你們的新商品有我能幫得上忙的地方，希望你盡早跟我說。」

他表情雖然柔和，但簡言之就是：「我會教你怎麼和貴族做生意，你也要告知我新資訊。」

倘若要和貴族交手，用你的方式是行不通的，而且還會遇上陷阱或麻煩。只要將你們商會的商品交給我處理，我就願意教你，也願意幫你的忙。

伊凡諾心想，自己似乎在不知不覺間觸怒了這個男人。

儘管不怎麼欣賞對方，但確實可以從他身上學到貴族知識。

自己還沒強到能與他抗衡，現在也只能勉強低頭。

「好的，只要商會長允許，我願意接受。」

「我很期待呢。」

福爾圖納托燦爛一笑，看得伊凡諾有些牙癢癢。

「……福爾圖大人，我也有禮物要送您，是我們商會長交代的。」

伊凡諾遞給對方一個白色信封，換上營業用表情。

他事前已問過妲莉亞「可否告知福爾圖納托」，取得了她的許可。

初次進王城那天，她一臉憔悴地歸來。伊凡諾和嘉布列拉連忙問她發生了什麼事，她泫然欲泣地說：「今天都在聊足癬。」

當時伊凡諾也問了足癬對策，就這樣和困擾他五年的足癬徹底告別。

今天他將要點簡單記在卡片上，裝進白信封裡帶來給對方。

「……竟然是這個……」

福爾圖納托從容的笑容一下子就切換成了苦笑。

「我本人不需要，但對有這方面困擾的人來說是很有用的資訊。」

「是的。福爾圖大人或許可以將這則資訊告訴貴族婦女？」

得足癬的女性也不少，若家中有患者更是容易被傳染。

伊凡諾的妻子也被他傳染，對此抱怨連連。

「這種事有點太私密了。」

「對，因此您可以悄悄告訴她們說，假使丈夫、未婚夫或戀人有這方面的困擾，可以用此方法。若她們自己身患此疾，也可推託說是幫別人問的。男性聽到心愛的女性為自己擔心而特地查資料、問人，也會很開心。這樣您就能稍微賣對方一個人情。」

福爾圖納托雙眼微微睜大，臉上的表情消失了。

「……伊凡諾，我不是在恭維你，你真的很有才幹。」

「謝謝您，深感榮幸。」

「不過若要提這些建議，就不該說這份資料是妲莉亞小姐送我的。你剛剛說『心愛的女性為自己擔心』，要是我誤會了怎麼辦？」

「……請容我修正，這份資料是我在商會長同意下自行帶來的。」

原以為駁倒對方，卻被對方反將一軍。見伊凡諾舉白旗投降，福爾圖納托輕笑起來。

「貴族有很多獨特的說法，也很愛挑人語病。最好也提醒妲莉亞小姐注意一下。不過沃爾弗雷德先生可能已經拚命為她惡補過了。」

「我們商會長說了什麼嗎？」

「在最初那場會議上，她說『我信任福爾圖納托先生，一切都交給您』。那句話……讓

人聽了很心動。」

那口氣像是在談自己的意中人一般，讓伊凡諾心生疑惑。

「她指的應該是襪子和鞋墊的事業吧？」

「『我信任你，一切都交給你』——若是未婚的貴族女性對騎士這麼說，意味著『請你當我的騎士』，深具敬愛之意。每個騎士都夢想著聽到這句話。我辭去了騎士一職，原以為一輩子都無緣聽到，夢想卻意外成真了。」

「非常抱歉，我們會長想必是在不知情的狀況下說出口的……」

這完全是偶然。貴族似乎有很多類似的說法，最好還是盡早讓妲莉亞全部記下來。但想到她拚命背誦禮法筆記的樣子，伊凡諾不由得無奈地望向遠方。實在不忍心叫她記更多。

「這我當然知道。我還沒說完呢，在過去流行的一齣歌劇中，這是女性與男性初次過夜時說的台詞，因而廣為人知。不知該說幸運還是不幸，如果知道那齣歌劇，一定會有這方面的聯想。」

「真不知道該說什麼，貴族……還真麻煩。」

伊凡諾不禁說出真心話，說完自己苦笑起來。

對面的福爾圖納托也笑出聲來。

「沒錯。貴族無論在人際、言談、舉止等方面都有數不清的規定，逼得人喘不過氣。但服飾公會卻有七成五以上的利潤由貴族而來。在利益面前，這點麻煩不算什麼。」

「這麼高啊……」

「對，獲利幅度差太多了。若想將商會規模擴大，還是直接和貴族做生意吧。」

和這個男人往來，或許意外地還不錯。

就像妲莉亞向奧茲華爾德學習魔導具知識一樣，自己也可以向這男人學習貴族知識。只要能有所獲得即可，心情和感覺倒是其次。

「離開這間店後要不要去花街逛逛？當然，所有費用都由我來支出。」

「感謝您的邀請，但家裡還有三位心愛的女性在等我。」

「這我倒是第一次聽說。你還真有福氣。」

「是啊，光是有妻子和兩個女兒，就夠我忙的了。」

他的回答使福爾圖納托表情略顯疑惑。也許，就像他不懂貴族事務一樣，這個男人也不明白平民的家庭狀況。

「福爾圖大人有打算娶二夫人嗎？」

「內人一直催我快點娶，希望有人和她分擔家務和工作……伊凡諾你呢？商會若壯大起來，有位二夫人在應該會有所幫助吧。」

「我有這三位心愛的女性就夠了。而且有兩位妻子，感覺只會變得更麻煩而已……」

「也是，一個人就夠麻煩了……」

福爾圖納托似乎也受到了藥酒的影響。

兩人表情都很複雜，這可能是他們第一次意見完全一致。

「接下來別聊生意了，我來點瓶純葡萄酒。說說你太太和女兒的事吧。」

「我也想聽聽尊夫人的事。」

對方走出包廂，向店員加點一瓶酒。

回座時露出淘氣的笑容。

「點了一瓶跟內人很像的酒。」

店員拿來紅酒，放在桌上。

看見金色的酒標，伊凡諾忍不住噗哧一笑。

酒標上寫著「柔弱佳人一見傾心，嫁作吾妻卻轉剛強」。

收尾的鹽湯義大利麵

「沃爾弗，你今天吃得不多呢。」

「因為我是訓練完直接過來。我還是吃了紅熊，也喝了酒。」

妲莉亞在馬車中這麼問，沃爾弗含糊地回答。

在今天的餐會上，他們邊吃邊聊，討論和紅熊最搭的是白酒、黑愛爾還是辛口東酒。

然而平時可以輕鬆吃下兩三人份肉和麵包的沃爾弗，今天卻沒有加點。

「今天的訓練很辛苦嗎？」

「不辛苦，只是不巧被盾牌敲到心窩。現在已經沒事了。」

「呃，你又被人欺負了嗎？」

「不是，是在訓練中被蘭道夫的盾牌撞飛。」

魔物討伐部隊也需要練習與人對戰嗎？

她的疑問全寫在臉上，沃爾弗見狀接著說明道：

「蘭道夫在訓練中扮演魔物，我們必須及時避開他的衝撞。他體格壯碩，又善於模仿魔物，能夠維妙維肖地用盾牌重現大野豬（Big Wild Boar）甩動獠牙的動作。當時我正想反擊，卻被他的盾牌由下往上擊中心窩，飛了出去。」

「應該很痛吧……？」

「有好一陣子不能呼吸。幸好我有天狼手環，減輕了衝擊力道，而且很快就逃到安全區避難。」

「如果沒能避開會怎麼樣？」

「會被蘭道夫撞飛。若附近有其他人，通常會在墜地前被接住，神官也在一旁待命。今天沒人受傷。」

想起蘭道夫魁梧的身軀，妲莉亞大概懂了。雖不知道大野豬有多大，但要在蘭道夫全力衝來時連忙避開，應該很辛苦。

而且還必須予以反擊，這樣的訓練感覺十分嚴苛。

「我回綠塔後打算做點吃的，你要留下來吃嗎？」

「老實說我正好有點餓。不好意思老是去妳家吃飯。」

「不會，我也借用了你們家的馬車，還收下你提供的雙角獸素材，這樣說起來我比較像敲竹槓的。」

「『敲竹槓』……這個詞一點都不適合用在妳身上。」

「……『盡量拿錢來』也不像我會說的話啊。」

這是沃爾弗初次送她回綠塔時開的玩笑。

開玩笑的人或許早已忘了這件事。

「妳當時好像還氣得對我說：『我才不會說那種話！』」

看來他還記得。

沃爾弗忽然用手扶著下巴，微微歪頭，讓妲莉亞有些在意。

「……妲莉亞，我認真想了一下，妳的綠塔餐廳值得大量投資。所以我說『請讓我盡量撒錢給妳』並沒有錯。」

「到底是怎麼想才會得出這個結論……」

沃爾弗冷不防的笑話簡直和那天一模一樣。

回到綠塔，爬上二樓，妲莉亞脫下外套開始準備。

她遞給沃爾弗氣泡水和鹹奶油餅乾，要他坐著等待。

撞到心窩有可能會受內傷，只是沒察覺到。雖然他本人一再強調沒事，但妲莉亞還是希望他好好休息。

妲莉亞來到廚房，從食材櫃中拿出最細的乾燥義大利麵。

煮義大利麵時加入小蘇打粉，能讓麵條變得有點像前世的拉麵。儘管口感和味道有所差異，但在這世界是很好的替代品。

她邊煮水邊從冰箱裡拿出雞高湯，加點鹽後開始加熱。

麵煮好後裝入深盤中，注入熱高湯，再放上冷藏過的雞絲和水煮蛋，撒上大量蔥花。

這道勉強可說是鹽味拉麵的「鹽湯義大利麵」就完成了。

她猜沃爾弗在外面喝完酒後，比起甜食，應該會更傾向以鹹食作為一天的收尾料理。

前世和她同期的同事喝完酒後喜歡吃拉麵，另一名女前輩則偏好吃聖代，妲莉亞都和他們去吃過，覺得兩種都好吃。

但不管吃什麼，隔天一定會反映在體重上。今世她稍微反省了一下，自己只盛了半碗。

「這是鹽湯義大利麵，可以依喜好加點白胡椒。」

她回到客廳，將深盤、筷子、叉子和大湯匙放在桌上。

沃爾弗看著面前的深盤興奮不已，妲莉亞實在很難假裝沒看到。

「……用你習慣的方式吃就好。」

「謝謝，那我開動了。」

沃爾弗看了眼坐在對面的妲莉亞，和她一樣拿起筷子。

鹽湯義大利麵冒著白煙，散發出雞高湯的香氣。

麵條加了小蘇打粉，稍微煮得久一點，口感已相當接近拉麵。無須咀嚼也能滑順入喉。雞高湯味道清淡，但由於多加了些鹽，嘗起來和麵很合。麵上的雞絲和水煮蛋也很搭調。

雞絲和水煮蛋原本是她為了減肥而準備的，卻成了很好的配料。之後或許也可以做些雞肉叉燒。

可能是因為想起前世，又想起今世和父親卡洛一起吃拉麵的回憶，她感到有些懷念。

吃完麵後，她用大湯匙舀起散掉的蛋黃，再舀些湯一口吃下。

妲莉亞感受蛋黃和湯一同在嘴裡化開，望向對面的人，發現沃爾弗幾乎沒咀嚼，不知是這次的食物不合他胃口，還是因為這種麵條不太需要咀嚼。看他默默吸著麵條的他，妲莉亞很好奇他的感想。

「……好好吃……」

吃光麵和配料，將湯喝到見底後，沃爾弗終於開口了。

滿足而陶醉的黃金色眼睛，揚起弧度的嘴角，額頭上尚未被擦拭的汗水。

看來這道鹽湯義大利麵也深得他心。

「為什麼義大利湯麵不是義大利湯麵？」

「請不要突然問這種哲學問題。我用的是市售的義大利麵，只是煮的時候加了點小蘇打粉而已。」

「這是普通的麵嗎？不是進口來的？」

「我買的是只要七枚銅幣的超值量販包，非常普通。」

「我不懂……為什麼任何東西來到這裡都會變好吃呢？」

沃爾弗不停追問，已經到找碴的程度。她只是稍微改變調理方式，之所以覺得好吃應該只是因為稀奇而已。

見沃爾弗陷入沉思，妲莉亞提議道：

「要不要再煮一點？高湯也還有。」

「謝謝，方便的話可以教我怎麼煮嗎？」

「可以是可以，但你們在軍營會煮義大利麵來吃嗎？」

「不能在遠征時煮來吃嗎？」

「有點困難，因為需要大量的水。」

「我們有水魔石和魔導師，應該沒問題。」

沃爾弗的眼神很認真，但鹽湯義大利麵似乎不適合遠征時吃。高湯和麵條要分開料理，很花時間。以這世界的技術也很難做出泡麵。

「還是另外做些省時的料理比較好……遠征用爐交貨時也附上食譜好了。可能稱不上食譜，只是烤肉醬汁、烤魚、起司鍋之類的做法，主要都是之前請你吃過的料理。」

「謝謝妳的好意，不過我有點不想將這些食譜告訴別人……」

「難道是擔心會搶了料理負責人的工作嗎？」

妲莉亞完全遺漏了這點。若遠征中有負責做菜的人，菜色應該會由那個人來決定才對。或許不該附上食譜，而該和沃爾弗討論，再提供意見給料理負責人參考會比較好——她這麼心想時，對方搖搖頭。

「不，遠征時喝的湯只需要把水煮滾就好，所以沒有固定的負責人。純粹是我個人的私心，覺得這樣會讓『綠塔限定菜色』的特別感變低……」

「不會變低啊。唯有在綠塔做、在綠塔吃的菜，才叫綠塔限定，不是嗎？」

「是嗎……唯有在這裡做、在這裡吃的菜，才叫綠塔限定……」

沃爾弗的低喃中間有個微妙的停頓。

後來沃爾弗的心情莫名愉悅，妲莉亞教他鹽湯義大利麵的做法，煮了第二碗麵。

沃爾弗吃完第二碗鹽湯義大利麵，洗完盤子後，舒適地靠在沙發上。

他剛結束訓練，妲莉亞原想叫他休息，自己來洗，卻被對方笑著拒絕。

可能是因為魔物討伐部隊規定自己用的碗盤要自己洗吧。

「真希望妳開一間餐廳賣這些料理，而且最好開在王城附近。」

妲莉亞將氣泡水和萊姆置於矮桌，聽見沃爾弗皺著眉喃喃自語。

「怎麼突然這麼說？」

「最近餐廳的飯不怎麼好吃。因為人數很多，很花時間，所以提供的大多都是能夠常溫保存的食物。我知道這是個奢侈的煩惱，有飯吃就該感激了。但在這裡吃過美食後，還是忍不住這麼想……」

「天氣開始變熱，有些菜做好之後不能久放。」

王城這麼大，應該有很多騎士和士兵會去餐廳用餐。食材的調理和保管想必很麻煩。不知道有沒有能幫得上忙的魔導具。

「餐廳裡沒有大型魔導爐，或者大型冰箱嗎？」

「在一般人可以看見的範圍內，有幾十台比普通魔導爐再大一點的爐子。那裡是用整間倉庫來冰東西，比較像冷藏室。裡頭雖然有肉類，但不會將盛裝料理的盤子特意冰過。」

「要是有大型魔導爐和大型冰箱就好了。不過似乎只有王城的魔導具師和魔導師才做得出來。」

「王城的魔導具師會做這種東西嗎……我聽說他們製作的魔導具幾乎都以學術研究為主，但不知道具體在做些什麼。」

「以學術研究為主的魔導具」聽起來極具吸引力。

是在開發奇幻故事中的隱身戒指、飛天魔毯、轉移魔法陣、能收納物品的隨身空間嗎？還是在研究無頭騎士或被詛咒的劍？抑或懷抱著製作飛行大陸、生成賢者之石之類遠大的目標？她好想好想知道。

「妲莉亞會做大型魔導具嗎？」

「不，對我來說很困難。若製作過程涉及賦予，就需要大量魔力。此外若該魔導具大到無法移動，就必須長時間待在同一個地方將之完成，需要相當高的專注力。」

「妳專注力很高啊。」

「普普通通，而且我沒自信能在王城內保持專注……」

她去過王城兩次，兩次都緊張得要命。基於很多原因，她希望能盡可能避免進城。

「多去幾次就習慣了。」

「就是沒辦法多去幾次啊。」

沃爾弗笑著說道。住在那裡工作的他，和身為平民的自己對王城的感覺差太多了。

妲莉亞決定換個話題。

「正式交貨時吃到的煙燻培根好好吃。哪裡有在賣呢？」

「那是東幹道養豬場出產的大豬(Big Pig)培根。是我們之前去過的『黑鍋』副店長告訴我的。隊上也決定採購。」

她想起他們倆去過的港邊餐廳「黑鍋」，恍然大悟。

那間店的人想必很清楚哪裡能買到美味的食材。

他們副店長以前也是魔物討伐部隊員，推薦肉品時應該會將保存期限等問題納入考量。

「太好了，這樣遠征時也能吃到美味的肉了。」

「是啊，大家肯定會很高興。正式交貨結束後，古拉特隊長帶著遠征用爐到等候室，現場烤給大家吃……好多人都聞香而來。」

這也沒辦法。培根那麼香，大家當然會聚集過來。

不過妲莉亞有點擔心那些煙燻培根真的夠他們吃嗎？

「因此今天的討伐大野豬訓練，大家都特別認真。」

「是因為家豬和野豬長得很像嗎？」

「也可以這麼說。東邊山上有很多大野豬，然而整群裡面只會有一頭公的領袖，年輕的公豬會被趕出來。有時那些公豬會闖入養豬場。」

「是想占據地盤嗎？」

「因為管理方便和肉質優良的關係，牧場裡養的幾乎都是母豬。所以對於年輕的公豬而言，牧場是極具魅力的相親場所。牧場雖然也有自己的警衛，但夏季至秋季闖入的公豬較多，有時會找我們去幫忙。」

「原來是要找老婆啊。」

由於事關煙燻培根，也難怪大家會在訓練中拿出幹勁。

不過妲莉亞有點同情那些公的大野豬。

對那些大豬也是，牠們原本或許能談一場跨越種族的戀愛。

「說找老婆不太精確……大野豬是一夫多妻制，一頭公豬可以帶走二十隻以上的母豬。

要是有太多大野豬闖入，牧場就得關門了。」

收回前言，這樣的話當然得認真驅趕大野豬。

為了遠征的伙食，為了守護煙燻培根，討伐都是必要的。

「而且業者說，大野豬做的煙燻培根帶有野味，又是另一股風味呢。」

「大野豬煙燻培根……」

「討伐完立刻拿到牧場，他們還能用便宜的價格替我們加工。我會盡量不留傷痕打倒大野豬的！」

沃爾弗雖然面帶笑容，但那眼神不像騎士，反倒比較像掠食者。

不，說不定聽說這件事的每位隊員，都露出了同樣的眼神。

「……訓練加油。」

妲莉亞默默祈禱大野豬一路好走。

「關於今天多明尼克先生說的事，妳會想取得男爵之位嗎？」

沃爾弗將萊姆汁擠進氣泡水裡，忽然抬起頭問。

「我現在對此滿有興趣的，雖說這樣好像有點不自量力……沃爾弗是不是只差一點就能取得？」

「再過幾年就有了，若強烈向家人索取推薦，現在應該也拿得到。只不過……」

「覺得很麻煩嗎？」

「除了麻煩外，也覺得搶在隊上前輩之前取得爵位很不好意思。畢竟我對部隊的貢獻沒那麼大。」

「你是赤鎧，已經算很有貢獻了。」

「赤鎧這個職位雖然顯眼，但我個人只是在前方戰鬥，從未受過重傷。像蘭道夫這樣的盾兵比較容易受重傷，負責補給的隊員也同樣危險。準備退休的前輩若能取得男爵位，就能獲得更高的退休金……」

你也很危險，甚至還被飛龍抓走不是嗎？——妲莉亞原想這麼說，但說不出口。

「而且我無法判斷取得男爵之位後，周遭的人會更囉嗦還是變安靜。」

不知道沃爾弗當上男爵後，貴族的相親邀約和追求者會減少還是增加。

他嫌戀愛麻煩，對此毫無興趣，應該不希望這種機會變得更多。

「那就等你有意願時再積極爭取吧。」

「也是。對了，我乾脆等妳受封男爵時一同取得爵位吧？」

「……我們業種不同，不用勉強。」

妲莉亞差點對他說「不用取得爵位也沒關係」。

要取得爵位需要當十年赤鎧，不知道還剩幾年。會不會受傷？危不危險？就算幸運活下來，還會來綠塔嗎？問這類問題，也只會讓沃爾弗困擾而已。

她將想說的話全部吞回去，勉強笑著喝了口氣泡水。

今晚的萊姆氣泡水十分苦澀。

「取得爵位後，妳會搬到貴族街嗎？」

沃爾弗突然這麼問，令她有些驚訝。

男爵之位僅限一代，即使收了魔導具師徒弟，也無法讓對方繼承爵位。

當上男爵後雖有權利搬到貴族街，但她有綠塔了，因此想都沒想過。

「不會，家父當上男爵後仍留在綠塔。若我真能取得男爵位，也打算留在這裡。」

「太好了，那妳當上男爵後，我還能繼續來這裡打擾嗎？」

見沃爾弗露出安心的笑容，她不知為何也鬆了口氣。

妲莉亞不再強顏歡笑，打從心底笑著回答：

「那當然，我會在這裡等你的。」

幕間 商業公會長與貴族作風

伊凡諾正在整理文件時，忽然被公會長傑達子爵找去。

他很快就會正式離開商業公會。不知公會長找他過去，是想和他形式上打聲招呼，還是因為某位貴族的關係——伊凡諾穿上深藍色外套，前往公會長辦公室。

「打擾了。」

「你來啦，伊凡諾。你今天有多少空檔？」

向他搭話的是坐在黑皮革沙發上的嘉布列拉。

傑達子爵坐在房間深處的辦公桌前，身旁站著男性侍從。

「早上可以撥出時間。下午要去拜訪佐拉商會長。」

「這樣啊。那麼，你有沒有什麼事要『問我們』？」

看來嘉布列拉已知道他昨天和福爾圖會面。伊凡諾在她催促下坐在對面的沙發，雙手交握。

「方便的話，想請教服飾公會長福爾圖納托．路易尼大人的事。」

「貴族用的起泡瓶現在由我負責仲介，這則情報的費用不如就從中扣抵，怎麼樣？」

「好的，麻煩您們了。」

「你現在知道多少？」

「去年前公會長突然生病引退，福爾圖大人升為公會長。他出身高等學院騎士科，畢業後不知為何進入服飾公會，深受貴族女性歡迎。雖是次子卻繼承了家主之位。太太是伯爵家出身的美女，個性有些剛強。兩人育有一子一女。我蒐集到的資訊只有這些。」

「還不錯，我再為你補充些資訊吧。」

嘉布列拉閉了閉眼，目光移至伊凡諾身上。

「路易尼家代代都是騎士。前代因為經濟困難，福爾圖納托大人便向服飾公會毛遂自薦。加入公會後開始服務貴族女性，不但在工作場合十分活躍，在晚宴上也是萬人迷。六年前娶了伯爵千金，當上副公會長。現在和貴族婦女仍有密切往來，至今依然會親自拜訪已婚的高階貴族女性，向她們推薦禮服。」

「福爾圖納托先生的兄長和兩位弟弟任職於王城騎士團。三人劍術不錯，但不擅權謀。長兄主動將家主之位讓給福爾圖納托，說要一輩子當騎士。兩名弟弟則分別入贅至子爵家，以及服飾業的商人家。」

看來福爾圖的事業如日中天，各方面都沒有弱點。家人也沒問題。

這下伊凡諾徹底明白，若要做服飾方面的生意，最好別和福爾圖為敵。

「我還有一個問題，請問這枚戒指值多少錢？」

他拿出用手帕包裹的銀製戒指。那是福爾圖昨晚送他的。

「哪來的戒指？」

傑達在辦公桌後方以低沉的聲音問道。

「昨天我們一起喝酒時，福爾圖大人送我這枚戒指。據說有防毒、防混亂、防媚等效果。」

「鑑定一下。」

「失禮了。」

侍從自伊凡諾手中接過戒指，戴上藍色鏡片的單片眼鏡檢視。

「……確實有三種效果。但只有中等程度，無法完全防禦。」

「請問若在魔導具店買要多少錢？」

「差不多五枚金幣。」

這價格讓伊凡諾目瞪口呆，他沒想到竟然這麼貴。

五枚金幣已超過他一個月的薪水。和福爾圖沒有交情的他，似乎不該輕易收下。

「是不是不該收下這枚戒指？」

「他送你這東西，自然有他的道理。他有沒有挖角你，或探問羅塞堤商會的內情？」

「我喝了福爾圖大人請的藥酒，說了些妲莉亞小姐的事。不過妲莉亞小姐沒做虧心事，我又這麼正直，沒說什麼不該說的話。」

「藥酒……？」

「是的，會讓人說溜嘴的那種酒。我管不住自己的嘴，忍不住咬了下唇，福爾圖大人見狀送我一瓶回復藥水。雖然報銷了一條手帕，但後來就收到這枚戒指，應該算賺到吧。」

昨晚他接受福爾圖的邀請，沒告訴任何人就自行赴約。

儘管嘉布列拉可能會罵他太沒戒心，但他仍刻意用開朗的語氣說明。

「……這樣啊。」

嘉布列拉的雙眼笑瞇成了一條線。朱紅色的嘴唇向上勾起，雙手在桌上緊緊交握。

當他發現事情不對勁時，已經太遲了。

「服飾公會長福爾圖納托大人，不但允許你叫他『福爾圖』，還這麼好心教了你『貴族的作風』啊。」

「嘉……」

聲音卡在喉嚨，喊不出來。他嚇得背脊發涼。

嘉布列拉露出這個表情和動作，就代表她真的生氣了。

除了她丈夫傑達子爵外，恐怕沒有人能讓她息怒。

伊凡諾望向傑達子爵想尋求協助，發現他臉上也帶著同樣的笑容。

這下他完全沒轍了。真希望能有人來救救自己。

「親愛的，我們也得回敬對方才行。」

「是啊。下個月起我們家批發給福爾圖納托先生的東國絲綢，全部調漲一成好了。」

「聽起來真不錯。」

見兩人以冰冷的笑容對話，伊凡諾冒著冷汗，擠出聲來。

「那個，我喝了藥水很快就痊癒了，還有，福爾圖大人也送了我戒指，用不著做到那麼絕……」

伊凡諾當時雖然忿忿地心想「這就是貴族作風嗎」，但他並不恨福爾圖。要是做得那麼絕，可能會使雙方今後的關係惡化。

正當他拚命組織語言想為對方說話時，那雙深黑色眼睛望向了他。

「別搞錯了，伊凡諾。這可不是為了你一個人。我是商業公會長，也是羅塞堤商會的保證人。再說，『傑達家主』可不會眼睜睜看著妻子的『徒弟』被傷害。」

他現在才知道這個男人的聲音也能如此冰冷。

並且終於體認到，眼前這兩個人是如假包換的貴族。

伊凡諾和他們共事多年，看到的或許一直都是兩人對待平民的那一面。

「我不熟悉『貴族作風』，因此這部分都交由他負責。」

「沒錯，這部分由我負責。既然福爾圖納托先生要玩貴族那套，我隨時願意奉陪。看是要以商會保證人身分回敬，還是兩個公會長互鬥，由他選擇。」

乍看沉著冷靜的傑達子爵，事實上似乎相當好戰。仔細想想，過於冷靜而沒有行動力的人，不可能長久勝任商業公會長一職。

但這樣發展下去，伊凡諾可能就得向福爾圖賠罪了。

「那個，非常感激兩位的心意，但這次請讓我自己回敬福爾圖大人，拜託了……！」

見他持續低頭拜託，兩人沉默了一會兒。

「好吧，那就只調漲東國白絹的價格，下個月起調漲兩成。」

「總覺得不太夠，但也只能這樣了。」

「請問……東國白絹是貴族新娘服的布料對吧？」

「沒錯，高階貴族都會選用白絹。」

「我最多只能讓步到這樣。對了伊凡諾，以後就叫我『雷歐涅』，也請跟妲莉亞小姐這麼說。」

「什麼？」

傑達子爵很少允許別人喊他的名字，如今卻主動這麼說。就伊凡諾所知，就連商業公會的商會長們頂多也只會喊嘉布列拉的名字，很少有人直呼雷歐涅之名。

「這名字在貴族間還算有名。我是羅塞堤商會保證人，這麼喊沒問題。」

「謝謝您。」

伊凡諾抬起的頭再次俯下，由衷地道謝。原以為自己做出了點成績，卻發現原本那套完全無法應用在貴族身上。他連戰鬥規則都不了解。

現在他們商會只是一隻受雷歐涅的羽翼庇護的雛鳥。

「這次的事還是別告訴沃爾弗雷德先生比較好。妲莉亞小姐可能也沒辦法應對。這種事對他們兩位來說還太早了。」

「不能告訴沃爾弗大人嗎？」

「他生性溫厚，但他家人可不是如此。服飾公會去年才剛換過會長，要是再換人會很麻煩。」

雷歐涅說得好像很嚴重，讓伊凡諾有些難以理解。外表先擺一邊，伊凡諾覺得和沃爾弗相處起來很放鬆。

沒想到他出身的斯卡法洛特家族做事手段這麼激烈。

「抱歉打斷各位談話。雷歐涅大人，時間差不多了。」

「是嗎？我該去王城一趟了。多了兩三件要仔細思考的事呢。」

雷歐涅在侍從呼喚下起身，心情略顯愉悅。伊凡諾感到不太妙，但又不敢問出口。

最後和嘉布列拉一同目送不同於平時的男人離去。

「嘉布列拉小姐，那個，我是不是不該將福爾圖大人的事告訴你們？依我之見，這麼做好像太過火了……」

伊凡諾忍不住用抱怨的口氣說，因為覺得他們倆剛才太可怕了。

「若你是被福爾圖納托的話語籠絡，或是喝醉了、在美女環繞下不小心說出口，我們也不會插手。但在酒裡加吐真劑可不同，這是違背道義的事。而且貴族在家族名聲或『自己人』受到傷害時，不可能坐視不管。福爾圖納托應該也猜到我們會有這樣的反應。」

「貴族真不簡單……」

繼昨天之後，他深切體會到這點。自己對那個世界一無所知。

即使背下貴族禮法，還是不懂和貴族做生意與交手的訣竅。

「話說初次聚會就請你喝吐真藥酒，還真是典型的貴族歡迎方式。這部分的知識我無法教你。不如請我丈夫介紹能教這類知識的人吧？」

「不，您的好意我心領了。這樣的話您的『徒弟』永遠無法獨立。」

剛才雷歐涅說「『傑達家主』不會眼睜睜看著妻子的『徒弟』被傷害」。他們將他視為必須守護的自己人，為他遮風蔽雨，他不想再仰賴他們更多。

所幸羅塞堤商會雖是雛鳥，仍可自行覓食。他們今後還是得從傑達夫妻的羽翼下爬出，獨立飛翔。

或許有一天，雙方的羽翼還會因衝突而碰撞在一起。

「接下來一段時間，我們將師事佐拉商會長與福爾圖納大人。對了，首先就以能和福爾圖大人平起平坐、共存共榮為目標好了。」

「平起平坐、共存共榮啊……」

嘉布列拉像貓一樣瞇起眼睛，注視伊凡諾。

不知從何時起，他開始明白這眼神代表的不是懷疑，而是擔心。

「不過，我想在衰老而死之前贏過他。」

「能不能在我活著的時候達成？我也想看到徒弟徹底打敗他再死。」

看來嘉布列拉對自己有很高的期待，伊凡諾苦笑著回答：

「可能至少得讓您等上二十年了，師父。」

炸雞塊和年長的男性友人

「好久不見……我可以這麼說嗎，馬切拉先生？」

「沒問題。倒是我，真的能用輕鬆的口吻和你說話嗎？」

在綠塔二樓，沃爾弗和馬切拉面對面坐在沙發上。

窗外射入的陽光變暗了些，再過不久就會轉成夕陽的紅色。

「我和妲莉亞也是這麼說話的，而且我生性不愛拘謹，講話太多禮反而會很累。」

「好，那我就不客氣了。若有得罪的地方再跟我說。不過稱呼呢？該叫你沃爾弗雷德大人，還是沃爾弗大人？」

「可以互相稱呼『先生』就好嗎？在綠塔聽到別人稱呼我『大人』總覺得不太自在。」

「知道了，沃爾弗先生。」

綠塔是你家嗎——馬切拉忍住想調侃對方的衝動答道。

今天他和妻子伊爾瑪一同造訪妲莉亞家。由於四個人剛好都有空，便決定共進晚餐。

妲莉亞和伊爾瑪正在廚房做菜。兩位男士也想幫忙，但他妻子笑著說「吃完再交給你們收拾」。這也沒辦法，畢竟妻子不信任他的料理手藝。

馬切拉在閒聊中對上沃爾弗的視線，感覺到一絲異樣。

「總覺得那副眼鏡看起來怪怪的……你可以拿下來一下嗎？」

「……好。」

眼前的男子愣了一下，隨即摘下眼鏡。

剎那間，馬切拉啞然無語。

那雙眼睛不再是溫柔的綠色，變成了閃耀的金黃色。方才的溫順氣質消失無蹤，顯露出的美貌連男人也會看呆。

看來那副眼鏡應該是變裝用的魔導具。這下他明白沃爾弗為何一臉憂鬱。

「真是辛苦你了，難怪需要魔導具。你的女人緣應該好到很困擾吧？」

「我也不願意。」

見他毫不否認、打從心底厭惡的樣子，馬切拉忍不住說：

「我是能理解啦，但每個男人都希望能有這樣的煩惱。」

「那個，馬切拉先生，你後面……」

沃爾弗略帶顧慮地說完後，有什麼東西貼到了馬切拉背上。

「請說明一下，什麼叫『每個男人都希望能有這樣的煩惱』～」

「呃，我說的是一般人，我才不羨慕他咧，我有妳了嘛。」

馬切拉的愛妻不知不覺間來到了他身後。

耳邊的低沉嗓音令他相當，不，有一點緊張，但他努力不表現出來。

「初次見面，斯卡法洛特大人。我是馬切拉的妻子，伊爾瑪·努沃拉里。」

伊爾瑪離開他身後，朝沃爾弗低下頭。

「妳好，我是沃爾弗雷德·斯卡法洛特——叫我沃爾弗就行了，也請放輕鬆和我說話。

我剛剛才和馬切拉先生這麼說。」

「真的？這樣不會不敬嗎？」

「不會。」

伊爾瑪用紅褐色眼睛盯著男子。那確認似的眼神讓沃爾弗繃緊神經。

「金色的眼睛很少見呢，真漂亮。」

伊爾瑪淡淡地說。

她只是興味盎然地欣賞沃爾弗的眸色，眼中沒有一絲憧憬或慾望。

「謝謝……」

沃爾弗深深鬆了口氣。馬切拉察覺到他的心思，不禁同情起他來。

「你受歡迎到連這種時候也得提高警覺啊？真辛苦……」

「抱歉，自我意識過剩……」

沃爾弗尷尬地道歉，馬切拉搖了搖頭。

「不會過剩，你長那麼帥當然要自保。尤其是貴族，應該會遇到很多麻煩事吧。」

馬切拉雖是平民，但聽說過貴族的故事。長得好看的貴族常被利用，或者得面對不合意的相親邀約。沃爾弗長得如此俊美，應該為此吃過不少苦頭。

「馬切拉先生，你經常出入貴族宅邸是嗎？」

「我是運送公會的搬運工，有時會送東西到貴族宅邸。也聽說過有些長得漂亮的女人因為被貴族看上而吃盡苦頭……」

他含糊地結束這個話題，沒有人追問下去。

「沃爾弗先生確實長得很英俊，但對我來說就只是個『普通人』。」

「希望你聽了別介意，會這麼說只是因為她的喜好太過特定。」

伊爾瑪還沒說完，馬切拉就搶著解釋。沃爾弗疑惑地望著他們。

「我活到現在覺得『帥氣的男人』，就只有馬切拉一個人。」

伊爾瑪說得輕鬆爽快，這就是她最自然的模樣。

不知是品味差，還是感受力異於常人，她絲毫不會被馬切拉以外的男人吸引。身為美容師，伊爾瑪有時會觀察男女性的頭髮、眸色和膚況，但頂多就只有這樣。

打從兩人認識，伊爾瑪就對馬切拉投以熱切目光，至今依舊不變，令人感到不可思議。

但聽到她說得這麼直接，馬切拉還是有點害臊。

「呵，看到了嗎，這就是愛的力量！」

「……好羨慕。」

那感傷的低語讓馬切拉的害羞之情全消。

男子瞇起金色眼睛，落寞地笑著。

他明明有妲莉亞，怎麼還會露出這種表情？

「怎麼啦沃爾弗先生，你長這麼帥，至今交過的戀人應該不下十幾二十人吧？」

「馬切拉，你搞錯位數了吧？」

「不然是一兩百嘍？」

「一個都沒有。」

「竟然是戀愛新手……那妲莉亞呢？」

「我和妲莉亞是朋友。我——配不上她。」

沃爾弗的話語停頓了一拍，聽起來不像在開玩笑。他眼中帶著遲疑和放棄的神色，令馬切拉不知該說些什麼。

「配不上有很多意思……」

妻子以只有他聽得見的音量悄聲說道。

馬切拉微微點頭，仔細打量這個金眸男子。

從初次見到這個男人起，他就很不放心。

妲莉亞才剛被悔婚沒多久，他不想看到她接連受傷。有機會的話，他很想摸清楚這個男人的底細。

「沃爾弗先生，你們魔物討伐部隊員是不是都挺強的？」

「應該吧，但我在隊上並不算強。」

「要不要和我比摔角，作為今天的紀念？」

「摔角？」

「對，現在下去院子裡玩一下。」

「可以是可以……」

沃爾弗說著露出困擾的表情，顯然意願不高。

馬切拉假裝沒注意到，興沖沖地站起身。

「就這麼說定了。我們去去就回。」

「咦，沃爾弗和馬切拉呢？」

妲莉亞拿著盤子從廚房來到客廳，詢問迎面走來的伊爾瑪。

她身上穿的不是直至去年常穿的灰色寬鬆連身裙，而是樣式清爽的水藍色洋裝，並在這件伊爾瑪讚譽有加的洋裝上，圍上了白色圍裙。

「他們去庭院比摔角。很快就回來，不用擔心。」

「為什麼要比摔角……？」

「男生間鬧著玩啦。馬切拉說之前去外面喝酒時也和托比亞斯比過。」

「我都沒聽說。」

托比亞斯不像愛玩摔角的人，也不擅長摔角。重點是他和馬切拉體格差太多了。妲莉亞無法理解他為何會做這種事。

「只是托比亞斯沒跟妳說吧？因為他只撐了十秒。」

「什麼十秒？」

「只撐了十秒背部就碰到地面。摔角時只要背部碰到地面就輸了嘛。畢竟托比亞斯是魔導具師，又不靠身體吃飯，這也是當然的。」

「咦，可是沃爾弗……」

沃爾弗是現職的魔物討伐部隊員，平常交手的對象不是人，而是魔物。

老實說，她覺得無論馬切拉摔角再怎麼強，都不可能贏過沃爾弗。

「從我認識馬切拉以來，他背部一次也沒碰地過。」

「但沃爾弗是魔物討伐部隊的騎士，平常都是和魔物交手……」

見伊爾瑪一臉從容，妲莉亞反替她擔心起來。

要是馬切拉受傷就不好了，而且比完之後氣氛可能會很尷尬。

「那他們應該能玩得很起勁吧。待會兒再問問誰比較強。好了，來做菜吧。得趕在他們回來前完成。」

伊爾瑪愉快地笑了笑，將手放在妲莉亞肩上。她手腕上戴著金色的婚約手環，上頭的鳶色寶石閃閃發亮。

「我們家馬切拉絕對不會輸的。」

◆◆◆◆◆◆

沃爾弗和馬切拉一同來到綠塔後方的空地。

在沒鋪草皮的土地上，馬切拉做了些簡單的伸展運動，藉此暖身。

「就在這裡比吧。沃爾弗先生，你有身體強化的能力對吧？我也有一點。不過可以請你別發動攻擊魔法嗎？」

「我沒有外部魔力。」

「這樣啊，那就沒問題了。」

「等等，我脫一下手環。」

沃爾弗取下天狼手環，用手帕包好，放在附近的石頭上。

雖然機率不大，但若不小心對馬切拉使出天狼魔力，可不是開玩笑的。

「我也把手環拿下來好了。萬一彎掉可能會被伊爾瑪罵。」

馬切拉摘下金底鑲著石榴石的婚約手環，放進褲子後方的口袋中。

「我們互相揪住對方，背部先碰地的人就輸了，可以嗎？」

「好，沒問題。」

該放水到什麼地步才不會讓他受傷——沃爾弗邊想邊站到馬切拉對面，男人微微皺眉。

「你是不是在想該保留多少實力？」

「我擔心會讓你受傷。」

「不管誰受傷，只要向妲莉亞借回復藥水來喝就行。」

沒想到妲莉亞的朋友這麼好戰。

還是說，這對平民來說是稀鬆平常的事？沃爾弗分辨不出來。

部隊裡也有平民出身者，例如多利諾。他雖曾在訓練中與之交手，但不曾穿著便服和對方比摔角。

沃爾弗多少有過在酒館被人找碴而打起來的經驗，但現在情況不太一樣。

馬切拉沒有敵意，而且還是妲莉亞的朋友。他不希望把對方弄受傷。

「好，開始吧。」

對方雖然比他矮一些，但身體的寬度和厚度都不容小覷，體重應該也比他重得多。曬黑的面容和軀體十分精悍，看上去不輸魔物討伐部隊員。

然而沃爾弗並未從他身上感受到敵意或殺氣，因而有些無所適從。

「準備好了嗎？」

「隨時可以開始。」

馬切拉在沃爾弗回答的同時動了起來。超乎想像的速度令他略微著急。

見對方從斜下方伸手企圖揪住自己的領子，沃爾弗用左臂揮開，右手抓住對方肩膀。

接下來只要抓著他繞半圈，再施予一記掃堂腿，對方就會向後傾倒，比賽也會就此告終。不能太用力，以免弄傷他——沃爾弗這麼想的瞬間，馬切拉的身體下沉了一個頭，沃爾弗連忙鬆開他的肩膀，打算往後跳開。

沒想到這次換自己手臂被男人輕鬆抓住。對方力氣大到他無法輕易甩開，只好刻意將手臂往前頂。

馬切拉隨即鬆開他手臂，抓住他另一隻手，牢牢固定他的肘關節。

沃爾弗不知該保險一點喊暫停，還是發動身體強化抽回被抓住的手，繼續和對方比摔角。

「你果然沒有認真把我當對手……」

馬切拉鬆開他的手肘，該處還隱隱作痛。鳶色眼睛飽含遺憾地望著他。

必須放水，以免對方受傷——沃爾弗對於這麼想的自己深感慚愧。

現在反倒是馬切拉在對自己放水。

「抱歉，是我失禮了。可以讓我測試看看嗎？」

他發動身體強化，朝馬切拉伸出雙手手掌。男人沒有回應，默默將手扣了過來。兩人呈手扣手比力氣的姿勢，沃爾弗施了很多力，但都推不動馬切拉，兩人力氣幾乎不相上下。雙方腳尖深踩進地面，把庭院土地弄得有些凌亂。

「不錯嘛，馬切拉先生，身體滿結實的。」

「你也是啊。抱歉多加條規則，可以允許肩部以下的搏擊與踢擊嗎？以不骨折為準。」

見對方露出凶猛笑容這麼說，沃爾弗明白了一件事。

馬切拉知道不用顧慮那麼多後，似乎很開心。至於沃爾弗自己知道後感覺如何，就不用多談了。

「好，但若下手重了些，先向你說聲抱歉。萬一骨折就去神殿吧。」

「屆時我們再一起聽兩位美女說教吧。」

「沒問題，要開始嘍。」

砰！無比堅硬的聲音響起。雙方發動身體強化對撞的聲音，鈍重而低沉。猶如樹幹與樹

幹相撞的聲音接連傳來。

可以多用點力嗎？可以再快一點嗎？

回過神才發現，雙方都逐漸加大力道，加快速度。

馬切拉的拳頭打在沃爾弗格擋的手臂上。

儘管發動了身體強化，骨頭仍為之震顫，強大的力道和痛楚讓沃爾弗不禁勾起嘴角。

他回以踢擊，同樣被馬切拉的腿擋下，那條腿堅硬得像一棵青剛櫟。即使用了身體強化，腿骨深處仍嘎吱作響。

他人施予的近距離搏擊、赤手空拳出擊的重量、快而有力的踢擊。這些都是沃爾弗在隊上難以體會到的感覺。比起訓練，更像是在打架，對他而言十分新鮮。

不會危及生死，沒有要守護的東西，不用在乎他人眼光，無關身分。

雖然有點痛，但這種從未體驗過的嬉鬧對打，更讓他覺得好玩。

在互相搏擊與閃躲的過程中，有股雙方呼吸漸趨一致的奇妙感受。

再玩一下、再一下下——就在兩人這麼想的時候，一陣布匹撕裂聲使他們停下動作。

「啊，抱歉，勾到你衣服了……」

「別在意，這布料很薄。」

看來可能是馬切拉拳頭一滑，扯到布料。沃爾弗襯衫胸口處破了個大洞。

一回神，太陽已快要下山。兩人打得太入迷了。

「馬切拉先生，你好強。要不要來我們部隊工作？」

「我這人很膽小，看到魔物可能會哭，還是算了吧。」

「該哭的是魔物吧……」

沃爾弗摳著嚴重破損的布料笑道。

「好像打得太過火了。」

馬切拉仔細端詳自己的手臂。兩人手臂上都有幾處快瘀青的地方，腳上也殘留著鈍痛，沃爾弗不太想捲起褲管確認。

「你們在做什麼！」

聽見那怒氣沖沖的聲音，沃爾弗連忙回頭，只見紅髮女子氣喘吁吁地站在那裡。

「妲、妲莉亞……」

「啊，妲莉亞，我們在……」

「我聽見巨響跑下來看，這哪裡是在玩摔角，根本是在打架！」

男人們同時說到一半，妲莉亞以飽含怒意的聲音打斷他們。

摔角確實演變成了近似打架的切磋。

「不，我們沒打架，這是摔角訓練的一環……」

「畢竟，我們男人都是用拳頭交流的嘛……」

「赤手空拳互毆，要是受傷怎麼辦！」

兩個男人都說不下去，只能呆站在原地。

兩人都沒見過女子如此生氣。

伊爾瑪從火冒三丈的妲莉亞身後緩步走來。

「我的天哪，馬切拉。竟然把沃爾弗先生衣服弄成這樣……你是想看他的腹肌嗎？」

「對啊！真的有六塊肌呢。」

「馬、馬切拉。」

「不愧是魔物討伐部隊，果然鍛鍊得很紮實。」

「沃爾弗先生的體態維持得很不錯喔。四肢的肌肉都硬得恰到好處……」

「到底在說些什麼！該吃晚餐了，我先去盛盤！」

妲莉亞一個人拉高嗓門，快步走回綠塔。

將憋笑的夫妻和茫然失措的沃爾弗留在原地。

「妲莉亞從窗戶往下看，看得很擔心。即使我說你們只是在打鬧，用不著擔心，她還是全力衝下樓，途中還跌倒……」

「妲莉亞沒有兄弟，大概不習慣這類打鬧場面吧？」

「對，所以才會以為你們在打架。我的說明她又聽不進去……」

伊爾瑪微微苦笑。

「我有點過意不去，想去向她道歉，害她擔心了。」

「我也是，一不小心就得意忘形起來。」

「那就回二樓向她道歉吧。」

沃爾弗前去拾起天狼手環，馬切拉則重新戴上婚約手環，接著三人便跟在妲莉亞身後走進綠塔。

伊爾瑪手中的魔導燈照亮了昏暗的樓梯。

「馬切拉，妲莉亞剛剛就是在那裡跌倒的。樓梯上有個缺角。」

「等我一下，我馬上補。」

馬切拉伸出右手，朝缺角處注入魔力。深灰色的石頭填補了小小的凹陷，最後完全看不出受損痕跡。

「馬切拉先生，你有土魔法啊。」

「有一點。」

伊爾瑪聽著兩人的對話，手持魔導燈在樓梯上來回檢查。

「馬切拉，這裡也有。雖然只是一點裂痕，但擴大的話就危險了。」

「我來補。也是，托比亞斯不在了，就沒人修補……抱歉，當我沒說。」

馬切拉一臉懊惱地閉上了嘴。

「你說的是妲莉亞的前未婚夫吧？他會修補樓梯？」

「是沒錯啦。」

「還有什麼事是他以前會做，但現在沒人做而讓妲莉亞感到困擾的？」

「沃爾弗先生，你和妲莉亞不是『朋友』嗎？問這個做什麼？」

「因為她很照顧我，若有我能做的，我想盡量幫她。」

伊爾瑪聽見兩人的對話回過頭，用那雙石榴石色的眼睛緊盯沃爾弗。

「沃爾弗先生，外面的人都說是你在『照顧』妲莉亞。」

「我們只是朋友，不是那種關係。」

「我不知道她困不困擾，但托比亞斯平常替她做的都是些體力活。像外出購物時幫忙提東西、搬運素材、修理圍牆等等。現在都委託宅配和相關業者處理。」

馬切拉用腳尖輕踢樓梯，接著說道：

「瞞著她偷偷做的就只有修補樓梯和地板。畢竟要是她跌倒就不好了。我發現時會主動說一聲，盡可能幫忙。此外還會偷偷代為應付難纏的客人，接受魔導具相關的客訴，以免她被罵或被找碴。現在有伊凡諾先生在，這一塊也不用擔心了。」

「馬切拉。」

伊爾瑪喊了他一聲，不知是想制止他，還是不想讓沃爾弗知道更多。即使如此，男人仍繼續說下去。

「那傢伙對妲莉亞做的事差勁透頂，我並沒有要替他說話，但他以前還算是個苦幹實幹的人。比起未婚夫，更像一個保護過度的哥哥。」

「……這樣啊。」

沃爾弗只靜靜聆聽，沒特別說什麼。

而後三人不發一語，修補完幾處肉眼可見的樓梯裂痕後，爬上二樓。

上到二樓，只見妲莉亞手裡拿著一件黑色T恤。沃爾弗之前也借來穿過。

「沃爾弗，換件衣服吧。這樣好像被強盜洗劫過一樣。」

「謝謝，剛剛很抱歉。」

「抱歉哪，妲莉亞。胡鬧得太過火了。」

「真是的，你們兩個，沒必要玩到衣服破掉的地步吧……」

她的語氣從生氣轉變為擔心，讓沃爾弗更內疚。

正當他思考該如何道歉時，馬切拉點了點頭。

「也是，應該把上衣脫掉才對。」

「……馬切拉。」

「你們乾脆兩個人都把上衣脫掉，玩個過癮怎麼樣？我和妲莉亞可以帶著酒和椅子，一起到庭院觀戰。」

「我才不要！你們先擺餐具，我去把菜端出來。」

將餐盤和一大把刀叉塞給伊爾瑪後，妲莉亞獨自走向廚房。她走得太快，沃爾弗完全來不及向她搭話。

「妲莉亞生氣了……」

「玩笑好像開過頭了。伊爾瑪家的貓以前也會那樣。」

「貓?」

「對，伊爾瑪娘家的貓。牠以前看到我都會哈氣，表情和妲莉亞剛剛一模一樣。」

這比喻很失禮，但沃爾弗不得不同意。妲莉亞確實變得和平常不一樣，有點難以親近。

要是一個不小心，對方可能會滔滔不絕說教下去，或是露出冷淡笑容與他保持距離。這兩種情況他都想極力避免。

「我們家的貓以前看到馬切拉都會避開。因為馬切拉當時經常往來於王都與外地，運送成箱的藥草。」

「這也沒辦法，因為我身上會沾染到貓討厭的氣味。不過我現在成了牠最愛找的人。」

「因為你現在很會討牠歡心啊。」

沃爾弗對馬切拉投以期待的目光。

說不定能以此作為參考，讓妲莉亞心情好轉。

「你用什麼方法討牠歡心?」

「餵牠吃喜歡的食物，拚命摸牠覺得舒服的地方。最推薦的是耳根、脖子和背部。」

「喔……」

這方法完全沒有參考價值，讓沃爾弗的頭鈍痛起來。

妲莉亞端來第一盤菜後，所有人一起幫忙，在廚房和餐桌之間忙進忙出。

沃爾弗拿出愛爾啤酒和葡萄酒，將冰塊裝進冰桶，拿到客廳。

「沃爾弗、馬切拉，乾杯前先喝點回復藥水吧。你們手臂上好多瘀青。」

所有人在餐桌前坐定，妲莉亞將一瓶回復藥水放在桌上。

「這點瘀青不算什麼，連受傷都稱不上。」

「我也沒事……不，馬切拉先生，我們還是乖乖地一人喝一半吧。」

「可是這很貴吧？」

「還是在事情變嚴重前先喝吧。這次由我出錢，當作聚餐的紀念，之後你再請我喝酒就好。」

「……好吧。」

凝視兩人的那雙綠眸有點可怕。此時要是拒絕了，妲莉亞很可能會在擺滿美酒佳餚的餐桌上，語重心長地對他們曉以大義。感受到妲莉亞從斜對面投來的強烈目光，馬切拉也表示同意。

「知道了，這次就讓你請。下次我請你。」

「那我先倒一半出來。」

沃爾弗正要拿玻璃杯時，伊爾瑪突然拿起手邊的小碟子。

「等等，沃爾弗先生。倒一點給我。」

「伊爾瑪小姐，妳受傷了嗎？」

「不是我。妲莉亞剛剛不是在樓梯間跌倒嗎？手掌伸出來我看。」

「……沒事。」

妲莉亞尷尬地別開視線，伊爾瑪沒有理會，逕自抓起她的手。

「來，手張開。看來沒有大礙。」

伊爾瑪用指尖沾了點藥水，按在妲莉亞手上。妲莉亞似乎感到有些刺痛，瞇了一下綠眸，藥水中明明沒有酒精，她還是頻頻朝手掌吹氣。

「再來是膝蓋，一定擦傷了。把裙子拉起來……啊，男士們把頭轉過去，喝你們的藥水。」

「好喔。」

「好。」

沃爾弗乖乖背過身去，和馬切拉一同喝下藥水。

身後的妲莉亞因膝蓋上的傷口受藥水刺激，而發出奇妙的哀號，令人無比同情。

「回復藥水真有效！腳一下子就不痛了。」

男人一口氣飲盡藥水後不由得讚嘆。

沃爾弗看向自己的手臂，瘀青確實逐漸褪去。原本沒怎麼察覺到的足部鈍痛，如今也完全消失。

「馬切拉，你說藥水有效，就代表剛才真的受傷了吧？」

「在樓梯上跌倒的妳不也痊癒了嗎？」

「真是的，我可沒有在開玩笑。」

「妲莉亞、妲莉亞，適可而止吧。馬切拉這個人就是愛胡鬧，再說下去愛爾啤酒就不冰了。」

「妳是我老婆，不是該一心向著我嗎？」

「現在有比妲莉亞做的美食更重要的事嗎？」

「也對，當然沒有。」

沃爾弗深表贊同。

伊爾瑪無視刻意垂下頭的馬切拉，對沃爾弗笑了笑。

那眼神和妲莉亞一樣，將他當作個體看待，讓沃爾弗深感心安。

而後四人終於能好好乾杯。

「愛爾啤酒是沃爾弗帶來的、水果是馬切拉準備的、三明治則是伊爾瑪做的。冰鎮蔬菜可依喜好搭配美乃滋或醬料食用。這盤菜則稍微用鹽醃過。」

鋪滿冰塊的盤子上有冰過的小黃瓜、小番茄，以及燙過的花椰菜和胡蘿蔔，全都切成好入口的大小。一旁的盤子上則有切成薄片的白蘿蔔和茄子。

此外還有厚三明治、各式切片水果、魚露烤克拉肯，以及起司拼盤。然而正中央最大的盤子卻是空的。

「我再把炸雞塊回鍋炸一下。」

「需要幫忙嗎？」

「不用，我很快就回來。」

妲莉亞回以微笑，再度回到廚房。沃爾弗望著她的背影，喝光了杯子裡的酒。黑愛爾雖清涼可口，他的心情卻不太平靜。

「沃爾弗先生，沒事的，她很快就回來。」

「真希望我也能幫得上忙。」

「待會兒幫忙收拾就好。」

伊爾瑪笑著回應，後來聽說沃爾弗每次來的時候都會幫忙洗碗，目瞪口呆了好一會兒。

「久等了。」

幾分鐘後，妲莉亞端著仍滋滋作響的炸雞塊上桌。

「這是炸雞塊，有兩種口味。你們可以都吃吃看，再挑自己喜歡的吃。」

炸雞塊在餐廳和居酒屋都吃得到，不算特別稀奇的菜色。

但盤內散發出的香料氣息與充分油炸過的色澤，還是讓人食指大動。

在妲莉亞催促下，沃爾弗用叉子叉起一塊，送入口中。

「啊，請各位回去後認真刷牙，因為炸雞裡加了大量大蒜。」

沃爾弗聽著她這麼說，趕緊趁最美味時一口咬下。

麵衣的酥脆聲傳來，連嘴脣都變熱了。

先是嘗到大蒜和生薑的香氣，接著鮮甜的肉汁迸發開來。由於有些燙口，他連忙咀嚼了幾下，略鹹的調味反而是很好的收尾。

細心品嘗完炸雞並吞下後，手自然而然伸向黑愛爾。清涼的酒流過喉頭，帶走肉味和油脂，讓口中有股煥然一新的清爽苦味。愛爾啤酒的美味竟也被襯托出來，令人覺得十分有趣。

「又是這種組合，一定會吃個不停……」

身旁的男人喝光黑愛爾嘆道，沃爾弗深感同意。

另一座堆成小山的雞塊比剛才的更偏茶色。沃爾弗原以為可能帶點焦香，嘗了一口，被肉塊的柔嫩和甜味嚇到。肉汁雖一樣多，嘗起來卻是完全不同的風味。

咀嚼良久吞下之後冒出的甘甜餘韻，也和愛爾啤酒很搭。

炸雞塊吃太多很容易膩，但有這兩種口味配上黑愛爾，根本停不下來。

「妲莉亞，這種妳是用什麼醃的？」

「蜂蜜和魚露，還有少許檸檬。這種冷掉也很好吃，所以很適合作為便當的配菜。」

「待會兒可以給我食譜嗎？」

「好啊，我等一下寫給妳。」

四個人三言兩語之間，就把炸雞塊清空了。

紅髮女子望著空空如也的盤子，露出滿意的微笑。

「你們還吃得下嗎？還有醃好的雞塊，我去炸。」

「妲莉亞，我最愛妳了！」

「那就麻煩妳嘍。我下次送幾隻活跳跳的雞過來。」

「別這樣，我才不要養雞。」

妲莉亞回應馬切拉夫妻的玩笑話，那模樣令人莞爾。不過沃爾弗覺得自己也得表達一下意見。

「我也想吃，麻煩妳了。」

「你待會兒幫我洗碗，我就炸一大盤。」

「只洗碗怎麼行？方便的話，我想連魔導爐和流理台一起洗。」

「那我就把廚房牆壁和地板刷得光亮如新吧。」

兩人的語氣無比認真，令伊爾瑪笑了出來。

「太好了，妲莉亞。妳家廚房會變得很乾淨喔。」

「呵呵，真期待。我這就去再炸點雞塊。很快就好，等我一下。」

紅髮女子快步走向廚房。

她會端出剛才那兩種雞塊嗎？但按她的個性，也許會端出不一樣的口味——沃爾弗很是期待。

來到綠塔，和妲莉亞作伴，與人輕鬆聊天，品嘗美酒佳餚。直到近幾個月他才體驗到這樣的生活，一方面感到開心，另一方面又有些害怕。

如果有人要他回到以前的生活，他絕對辦不到。

「……真想再和你們喝酒。」

「好啊，下次和妲莉亞一起來我們家吧。」

馬切拉聽見沃爾弗喃喃自語，立刻回應道。

「等你來喔。這次換我大顯身手，做菜給你們吃。」

「謝謝。如果不麻煩的話，我非常想去。」

沃爾弗很開心能和他們聊天。

但他們心裡應該覺得很麻煩吧？一想到此，他不禁垂下視線。

「……要是擔心在我們家附近被人發現，那你戴眼鏡時，我們就稱呼你為『烏爾夫』如何？只要說你隱瞞身分、我們什麼都不知道，這樣對外就說得過去了吧。」

「好主意。如果戴了眼鏡還是會擔心，可以等到傍晚再出門，這樣就不會太顯眼了。」

「謝謝兩位。」

兩人完全看穿他的心思，讓他既難為情卻又安心。

夫妻倆都體貼地在為他想辦法。

「來到平民區的巷子，就不會碰見認識的人了吧？在我們那兒，連在戶外也能放心喝酒。沒人會在意其他人，還有很多便宜的酒可供挑選。不過桌椅上都沾著酒，環境有點髒，還有醉鬼在路上亂晃，不太推薦女士們去那邊……」

「感覺挺好玩的。」

「哦，你不介意啊！那我們去那些只有男人才會去的店，像是會提供不明混酒的巷中酒館、髒亂的立飲酒吧，一家接著一家喝吧，『烏爾夫』。」

「好，期待那天到來，『馬切拉』。」

見兩人越聊越起勁，伊爾瑪狐疑地瞇起紅褐色眼睛。

「總覺得我家老公好像有意帶壞沃爾弗先生……」

「怎麼啦，太太，妳不知道啊？」

馬切拉手裡拿著黑愛爾啤酒，故作正經地說：

「身為年長的男性友人，本來就有義務教他一些壞壞的遊戲。」

第四次製作人工魔劍　～哀嘆的魔劍～

餐後收拾由沃爾弗和馬切拉負責，三兩下就結束。

他們不只洗碗，還真的連牆壁和地板都刷得乾乾淨淨，令妲莉亞看得很是緊張。

打掃完後，由於伊爾瑪的美容院明天一早還有客人預約，夫妻倆只好依依不捨地先行離開。

屋內只剩妲莉亞和沃爾弗兩人，他們便下至綠塔一樓的工作間。

和上次隔了段時間，今天終於要來製作人工魔劍。她已在白天做完大致上的準備，再來只要嘗試複合賦予就行。

「我聽奧茲華爾德先生說了幾種複合賦予的方法，想試試最簡單的一種。這把短劍和我們上次失敗那把構造相同，沒問題吧？」

「沒問題，希望組起來後賦予能夠生效。」

附螺絲的短劍已拆解開來，置於工作桌上。

鉛色的劍刃已賦予免磨，劍鍔裝上洗淨用的水魔石，劍柄則裝上加速用的風魔石，劍鞘賦予輕量化，螺絲賦予硬度強化。

初次嘗試時，由於魔法干涉導致零件互斥，短劍組裝不起來。

後來用黃史萊姆成功避免互斥，魔法卻無法發動。

有鑑於此，她這次打算用魔封銀進行複合賦予。

她從口袋中拿出纖細的金色手環，以做準備。

「這是奧茲華爾德先生借我的手環，有護身效果，可在賦予的時候用。據說能防毒、防止混亂，還能讓安眠藥失效。」

「魔導具師送或借徒弟手環，是很常見的事嗎？」

「不，不常見。稀有素材和普通的素材不同，可能導致狀態異常，所以他才會借我這只手環以策安全。我跟他約定好，等自己有能力製作這種手環後就還給他。伊凡諾也建議我外出時最好戴著。」

「可以借我看一下嗎？」

「請看。手環內側鑲有各式素材，白色是獨角獸（Unicorn）的角，黑色是雙角獸的角，紅色是火龍（Fire Dragon）鱗片，綠色則是森林大蛇（Forest Snake）的心臟。連接素材的魔法迴路刻得非常細緻……」

沃爾弗一面端詳手環，一面靜靜聆聽妲莉亞詳盡的解說。

「還以為這是奧茲華爾德送妳的禮物。」

「你誤會了。這東西很貴，我甚至覺得自己應該付他租金。」

妲莉亞邊說邊從架上拿出一個盒子，有兩個手掌那麼大。

盒子雖然不大，但意外地沉重。裡頭裝著濃稠的銀色魔封銀。

魔封銀是一種被稱為特殊礦材的金屬，賦予了魔法後會從液體變為固體。由於魔法難以穿透，常被用來製作裝素材的盒子，或防護用的盾牌。

「若要進行複合賦予，必須將魔封銀塗在接合處。」

「是魔封盒用的那種魔封銀嗎？」

「沒錯，魔封銀以塗在魔封盒上聞名，也會用在魔導具上以防魔力逸散。據說這樣就能防止魔劍發生魔力互斥。一般來說無法對已賦予魔法的東西進行多重賦予，但只要將魔封銀製成接合的零件，就能解決這個問題。」

妲莉亞用玻璃湯匙從黑色盒子裡舀了一點魔封銀出來。

魔封銀滴在劍刃上，顏色比水銀稍亮一些。她使液體匯集成一顆櫻桃大小的圓粒，再用指尖的魔力讓魔封銀在劍刃上滾動。滾動到指定位置後，液體便擴散變平。

魔封銀包覆住劍刃和劍柄嵌合的部位，形成一層硬硬的薄膜。

「這步驟不需要太多魔力，我就一口氣做完嘍。」

妲莉亞接著對劍鍔的接合處、劍鞘內側、螺絲的螺紋進行賦予。小小的銀色球體在她指尖的指揮下滾來滾去，有如滑稽又可愛的生物。

「妲莉亞，這東西該不會其實是小隻的銀史萊姆吧？」

「這只是普通的液態金屬。我又不是童話故事中的『魔物馴獸師』。」

「也對。仔細想想，妳可是『史萊姆的宿敵』呢。」

「『魔物的死對頭』有資格說我嗎？」

妲莉亞邊和他鬥嘴邊完成賦予，接下來輪到沃爾弗組裝。

他熟練地將劍刃和劍鍔合在一起，插進劍柄中。鎖螺絲時零件雖有輕微地反彈，但仍順利組了起來。

「只拿劍鞘的話感覺滿輕的，這部分沒問題。來試試速度強化的部分。」

沃爾弗單手持劍揮了一下，發出「咻」的異樣風聲。

妲莉亞下意識縮起身體，沃爾弗見狀連忙轉向她。

「抱歉，我沒想到速度這麼快。看來劍柄的速度強化也生效了。」

「洗淨功能呢？」

沃爾弗按住劍鍔，一道細細的水流便沿著劍刃流出，滴落在桌上，看起來就只是普通的水。水量有點不足以清洗短劍。

不過沃爾弗說用布擦劍時這個水量就夠了，妲莉亞這才鬆了口氣。

短劍經賦予後，順利收回劍鞘裡。

「成功了呢！沒想到這麼快就成功了。」

「太好了！和之前那些劍相比，這把劍平和無害多了。」

說是「平和無害的魔劍」好像也怪怪的，但和之前那三把劍比起來，這把確實堪稱成功品。最重要的是，它不會傷害到持劍的人。

雖然只完成了幾項簡單的賦予，兩人還是開心地相視而笑。

「要幫它取名嗎？」

「它出水的時候很像在哭，叫『哀嘆的魔劍』怎麼樣？」

「你怎麼又想出這種魔王式的比喻？何不直接叫『出水魔劍』就好？」

「那樣就變成茶或咖啡了吧？」（註：日文的「水出し」有冷泡之意）

她的命名品味差到不行，沃爾弗也只會取魔王式的名字。

不管怎麼取都取不出一個正經的名字。

「這把可以放我那邊嗎？這種劍可以帶進軍營。」

「可以是可以，但既然要帶走，我再做一把好一點的給你吧。」

「這把也不錯啊。刀鋒不會變鈍，遠征時又能製造水來喝。」

「這樣行李會變重，請直接帶水魔石。」

「被飛龍抓走時我的應急腰包裡有一顆，沒想到腰包斷裂掉落。所以我才想說遠征時可以把它當作備用短劍，收在衣服內側。俗話說有備無患嘛。」

「沃爾弗，你這樣說好像預設自己又會被飛龍抓走一樣……」

想起初次相遇那一天，妲莉亞最後含糊帶過。真不想再看到他滿身是血、傷痕累累的樣子——如此心想時，忽然聽見沃爾弗以低沉嗓音說：

「妲莉亞，妳對我好『客氣』。」

「咦？」

「妳對馬切拉他們用的口吻，和對我的口吻不一樣。我希望妳用同樣的口吻跟我說話，這樣妳會有壓力嗎？」

「呃，這……」

難。

就算兩人交情再好，沃爾弗畢竟是伯爵家的一員。要妲莉亞用平輩口吻和他對話有點困

再者她已習慣用這種方式和他交談，無法輕易轉換過來。

「在外面用平輩口吻跟你說話不太好，而且我連在王城也曾不小心直呼你的名字……」

「……抱歉，是我太強人所難，忘了我說的吧。」

沃爾弗嘴角仍保持微笑，黃金色眼眸卻像領悟什麼似的冰冷。

妲莉亞擔心彼此距離拉遠，連忙說下去。

「不，不會強人所難！……但能不能等我取得男爵之位再說呢？到那時候我應該會更接近你一些。」

她被自己說出口的話嚇到，沃爾弗也微微睜大雙眼。

「不過就算我取得爵位，雙方的爵位差距還是很大……」

「若我也當上男爵，我們就地位相當了。」

沃爾弗爽朗地回應慌張的她之後，笑逐顏開。

「為了自行取得男爵之位，我會努力戰勝飛龍的。」

「別這樣，萬一被抓走就糟了！」

她不禁當真起來，沃爾弗笑著摸了摸短劍。

那動作輕柔得像在摸貓一樣，讓她看呆了片刻。

「妳真的好強，竟能在這麼短的時間內成功做出魔劍。」

「這都是託奧茲華爾德先生的福，而且這把劍威力還不夠強，也不知道能否做出相同功能的長劍。再說，魔法輸出較高的物品我也做不出來，你可以委託魔力較多且值得信任的人製作，就說是你自己想出來的點子，不用提到我的名字沒關係。」

「妳不想當王城的魔導具師嗎？可以盡情使用預算和稀有素材。我哥哥應該能替妳寫推薦函。」

「不用了，我的魔力沒那麼多，而且我想做的是日常生活用的魔導具。」

預算和稀有素材雖然吸引人，但和她想做的東西方向差太多了。

除了沃爾弗的魔劍外，她想做的都是生活用魔導具。

她認為既然從事這個職業，就要做出能夠讓生活更便利、讓人們一展笑顏的東西。

「而且伊凡諾也跟我說，要是貴族發現像我這樣的弱女子會做魔劍之類的武器，可能會以僱用之名把我強制囚禁起來。」

「妲莉亞，妳好像忘了我也是貴族。」

「不，我當然沒忘……」

「放心吧！我暫時沒有這方面的興趣。」

「什麼叫暫時沒有！」

妲莉亞不由得提高音量，沃爾弗調皮地咯咯笑了起來。

最近沃爾弗的玩笑越來越壞心眼了。

為防止傷害擴大，妲莉亞決定換個話題。

「最近天氣漸漸變熱，遠征時應該很辛苦吧？」

「熱的時候我們會用水魔石沖洗四肢和頭部，有時也會用冰魔石變出冰塊來降溫。」

「感覺好克難……」

「畢竟沒辦法帶著冷風扇去遠征。擅長風魔法的人偶爾也會刮點風讓我們吹吹，但無法一直這麼做。要是悶熱的天氣持續好幾天，或動或躺，背部和腋下都會溼溼黏黏，一不小心就會長痱子。但又不能脫掉盔甲，所以無法經常更換衣物。」

看來光靠五趾襪和鞋墊還不足以預防痱子。遠征環境就是如此嚴苛。

「不只熱，冷起來也很難受。」

「冷？」

現在是夏季，「冷」這個字聽起來格外遙遠。

「對，像是流了汗、淋了雨，或是身上沾到魔物的血，用水沖洗之後，連在夏天也會渾身發冷。我們還年輕，在帳篷裡裹著毛毯就能撐過去，但年紀較大的前輩們膝蓋和肩膀都會隱隱作痛。」

「真難熬……」

「上次遠征有位前輩感冒，喉嚨腫得吞不下肉乾和黑麵包。我們勸他接受治癒魔法，他也不答應。」

「為什麼？治癒魔法應該能消除喉嚨痛吧？」

「他說治癒魔法治不好感冒，喉嚨痛又很容易復發，魔法用在自己身上太浪費。遠征回程時萬一遇到魔物也需要治癒魔法，所以他不肯接受。」

遠征不只討伐中會有危險，來回的路途中也可能遇到魔物或動物。

確實該將治癒魔法和回復藥水保留下來，以備不時之需。

「真希望部隊能早點採購遠征用爐，讓大家吃到溫熱的食物。」

「是啊……」

他們從事的是討伐魔物這般重要的工作，卻還得面對戰鬥以外的困擾。

考慮到伙食不佳、容易著涼等問題，妲莉亞更想做好遠征用爐獻給他們。

若部隊認為價格過高，她願意以個人名義捐贈，但想必會被伊凡諾阻止。只能設法壓低價格讓部隊採購了。

「我該回去了……啊，又下雨了。」

沃爾弗望向窗外的天空，有些苦惱地說。

雨剛下不久，旋即轉為淅瀝嘩啦的滂沱大雨，感覺一時半刻不會停。

「這件借你穿。」

妲莉亞取下掛在牆上的大衣。

那件外層是砂蜥蜴（Sand Lizard），內裡是飛龍皮的黑色大衣，正是初次相遇那天她借沃爾弗的衣物。

他卻面露難色，不肯收下。

「我不好意思再借用令尊的大衣……而且這件妳也會穿吧？」

「不用客氣，我們家雨衣多的是。」

「可是這件是高級品，又是令尊的遺物。還是借我其他雨衣吧……」

妲莉亞對沃爾弗笑了笑，打開一旁的大箱子。

「有高雅的緋紅色、水藍色底搭配深藍點點，以及鈴蘭圖案的雨衣，你要哪一件？」

她拿出露琪亞設計的女用雨衣，一本正經地問。

沃爾弗瞪大眼睛看著那些五顏六色的雨衣，最後笑著伸出右手。

「抱歉，借我剛才那件大衣就好，『達利』先生。」

●友人的誤解與微風布

妲莉亞午後獨自一人來到王城。已經第三次了，她還是不太習慣。

不過她今天只是來遞交遠征用爐和烘鞋機的報價單，不像之前那麼緊張。

伊凡諾本來也要一起來，但公務纏身，妲莉亞就不麻煩他了。他連烘鞋機那一大筆訂單的報價單也一併交給了她，不知是何時完成的，令她很是驚訝。

沃爾弗正在受訓，於是由蘭道夫帶她到魔物討伐部隊大樓。

但不知為何，蘭道夫不是帶她到負責收取報價單的櫃檯，而是三樓深處的房間。門上掛著「魔物討伐部隊　隊長室」的銀色牌子，古拉特和一名壯年騎士正在裡頭等他們。

看見貴重的家具，妲莉亞內心有些緊張，但還是繳交了報價單，隨後壯年騎士請她在沙發上坐下。

她戰戰兢兢坐下後，女僕端來紅茶和糕點。

難道是鞋墊或遠征用爐出了問題？還是又要找她聊足癬話題——妲莉亞繃緊神經，卻見古拉特露出親切的微笑。

「感謝妳抽空前來。來都來了，吃點蛋糕再走吧。」

「這是王城中央大樓的起司蛋糕，連國王也是吃這個。」

「謝、謝謝。」

妲莉亞面前擺了個對她而言過於高級的烤起司蛋糕。

尺寸比店家賣的稍大一些，感覺沉甸甸的，十分厚實。整體呈漂亮的奶黃色，表面則是美麗的焦糖色。旁邊附上滿滿的鮮奶油，上頭撒了些花朵形狀的小糖珠。放在深藍色盤子上顯得很像藝術品。

對方催促了兩次她才敢開動，發現這蛋糕意外地不怎麼甜。

儘管起司味濃郁而強烈，甜度卻控制得剛剛好，因此不膩口。隨後起司味變得柔和，浮現出一股淡淡的甜味。

多嘗幾口後，她才意識到表層和下層的起司在味道和口感上有所差異。原來正是為了製造差異，蛋糕體才會做這麼厚。這是她第一次吃沾了鮮奶油的起司蛋糕，起司的鹹突顯了鮮奶油的甜，味道富有變化，讓人吃得很開心。

妲莉亞和古拉特、壯年騎士、蘭道夫一同吃完起司蛋糕，聽他們聊起魔物和遠征的話題。像是稀有魔物與討伐方式、遠征時的交通與飲食問題，妲莉亞對這些話題都深感興趣。

他們也問起魔導具相關的問題，妲莉亞越回答他們問得越起勁，不知不覺聊了很久。

最後一直聊到午茶時間，過程中喝了很多紅茶。

離去時蘭道夫貼心地詢問她，回馬場前要不要先去一樓的化妝室。她不禁反省，喝三杯紅茶實在太多了。

不知道王城的女用化妝室是不是都這麼大，還是只有訪客用的才如此豪華。連小隔間都有綠塔的四倍大，而且到處都鋪著高級的大理石。要是在這種地方跌倒感覺會很痛。

「對不起！」

妲莉亞惶惶不安地走出小隔間，忽然有名女子從後方撞上她，連忙道歉。

「弄溼您的裙子了……我是新人，還請您見諒……」

對方似乎是魔物討伐部隊大樓的女僕，身上穿著常見的深灰色制服。一面拚命道歉，一面擦拭妲莉亞的裙子後側。那生澀的模樣，讓妲莉亞也跟著緊張起來。

「沒關係，不用在意。」

「真的、真的很抱歉……」

女僕數度致歉後，逃也似的離去。她們若得罪訪客，可能會受到很重的懲罰吧。妲莉亞邊想邊走出化妝室。

她沿著走廊往前走，看見一名深藍色頭髮的騎士站在蘭道夫剛剛站的位置。

「羅塞堤商會長，抱歉嚇到您了。古德溫臨時被長官叫過去，由我送您去馬場。」

騎士致意完，忽然皺起眉頭。

「那個，有點難以啟齒……您的裙子沾到墨水了。」

「咦？謝謝您告訴我。」

妲莉亞輕輕扯過裙子一看，發現淺綠色裙子從側邊到後方都有黑墨水暈染的痕跡，那正是女僕剛才擦拭的位置。她可能用到髒抹布了。若穿的是深藍或深綠色衣物還沒什麼問題，但印在她今天穿的衣服上相當顯眼。

「請在此稍候，我去叫女僕過來。」

妲莉亞有點猶豫，不知該不該說女僕的事。女僕的神色那麼慌張，感覺不像惡作劇。

她想了想，所幸今天穿的是上衣配長裙。只要將裙子前後反過來穿，再用包包遮住，就不會那麼顯眼了。

她向騎士告知了一聲後返回化妝室，將裙子反穿再回到走廊上。

「抱歉讓您久等了。這樣就好。只要用包包擋著，就幾乎看不到了。」

「原來如此，反過來穿就行了啊！……抱歉，我講話有點粗魯……」

騎士尷尬地將藍眸撇向一邊。

「請別在意。我是平民，用您習慣的方式和我說話就好。」

「那就失禮了……我們曾在會議上見過一次，我和沃爾弗同為赤鎧，名叫多利諾・巴提。平民出身，以前也住在平民區，禮數不周、講話粗魯之處，還請多多包涵。」

「我也是平民，家住西側城牆附近。講話隨意一些沒關係的。」

「聽妳這麼說我就放心了。」

多利諾的表情自在許多。放鬆下來的樣子感覺更能讓人安心信賴。

而且聽到他是沃爾弗的朋友，妲莉亞有點開心。

多利諾可能也是他說的「隊上為數不多的友人」之一吧。

「您是赤鎧，那麼除了沃爾弗外，也和蘭道夫大人一起共事對吧？」

「……沃爾弗和蘭道夫、大人？」

妲莉亞笑著開啟話題，多利諾卻莫名地壓低嗓音，瞇起深藍色眼睛。

「……他們倆都中招了啊……唉，還真快。」

妲莉亞不明白他在說什麼，只見他用冰冷的目光望向自己。

「不像一般女生那樣嬌滴滴的，感覺很好聊。沃爾弗身邊確實不曾出現過這樣的類型。但沒想到蘭道夫也淪陷了。」

「咦？」

「連沃爾弗都對妳失去戒心，可見妳馴服男人的功夫還真是了得。」

「什麼馴服，我和沃爾弗是朋友……」

眼前的男人也是沃爾弗的朋友。

她拚命想解開誤會，但除了「朋友」一詞，找不到其他話語說明自己和沃爾弗的關係。

「羅塞堤商會的商品的確對魔物討伐部隊很有幫助，我對此心懷感激。但拜託妳——別讓他們倆傷心流淚。」

多利諾深深低下頭說完，不待她回答就逕自往前走。

走廊上還有其他往來的人，妲莉亞因而不發一語。

直到搭上馬車前，他們都沒有再交談。

⬢ ⬢ ⬢ ⬢ ⬢ ⬢

接近傍晚時，沃爾弗在軍營內的房間換好衣服，正準備走出房間。

他聽見敲門聲打開房門，見到蘭道夫與站在他身後的多利諾。

「沃爾弗，我們要出去吃飯喝酒，你呢？」

「我跟你們一起去。」

「要找寇克嗎？」

「不用，寇克回家了。他明天休假。」

平常來敲門的都是多利諾，今天他卻站在蘭道夫身後默不吭聲。

「多利諾，你怎麼了？」

「沒事……」

他嘴上雖這麼說，卻用鞋後跟在地上敲出奇妙的節奏。這是他心情不好時特有的習慣。

「等一下，我拿眼鏡和錢包。」

沃爾弗開著門，返回房內。

牆上掛著由砂蜥蜴和飛龍皮做成的黑色大衣。前幾天從綠塔回來時忽然下起雨，便又向妲莉亞借來穿。多利諾從門口瞧見大衣，瞇起藍眸直盯著看。

「那件大衣還在啊……說起來，你找到之前被飛龍抓走時，幫助你的那位商人了嗎？起初整天吵著要找他，後來怎麼就沒再提了？」

沃爾弗視線游移起來。

其實他還未向隊上任何人說明「達利先生」的真實身分。

總覺得很難開口。不，應該說他不想告訴別人。

「那個……其實被飛龍抓走後，在森林裡幫助我的『達利』先生，就是妲莉亞……」

「什麼？商人不是男的嗎？羅塞堤商會長是女的耶。」

他邊走出房間邊回答，多利諾聞言不禁提高音量。

「妲莉亞在森林裡假裝是男性，好讓我感到自在一點。我想向她道謝而找到她……後來就聊開了。」

「讓陌生男子搭自己的馬車，提供藥水和食物，出借大衣，還貼心地假裝是男人，連住址都沒說就瀟灑離去……真有男子氣概。」

「蘭道夫，你用錯詞了。『男子氣概』只會用在男人身上。」

蘭道夫的母親出身自鄰國，他自己也長期在鄰國留學。因此鄰國的語言更像他的母語。至今一些用語和表達方式仍不太精確。

「是嗎？所以該說『女子氣概』嘍？」

「沒有『女子氣概』這個詞，也許可以說帥氣的女性……？或者把『男人味』改為『女人味』？好像也不太對……該怎麼說比較好？」

沃爾弗和蘭道夫困惑不已，開始用鄰國的語言討論起來。

沉默的多利諾臉色逐漸發青，最後雙手掩面彎下身體。

「……嗚哇！我有夠差勁！」

「多利諾，你幹嘛？」

「怎麼了，多利諾？」

見到朋友突然間的異樣反應，兩人同時向他搭話。

「我對羅塞堤商會長做了蠢事，得向她道歉……」

「什麼蠢事？」

「那個……我誤會了她，對她說了些難聽的諷刺話……」

沃爾弗走了幾步，站在多利諾面前。不知為何，心跳聲大到連腦袋都在嗡嗡作響。

「多利諾，告訴我，你對她說了什麼？」

「……我有在反省了，這就寫信向她道歉。下次見面會跪著向她認錯。」

「你對妲莉亞說了什麼？」

他不自覺地散發出冰冷的威嚇之氣，質問多利諾。

多利諾整個人僵住，硬擠出聲來。

「連沃爾弗都對妳失去戒心，可見妳馴服男人的功夫還真是了得。」

剎那間，他的手已伸向多利諾的衣領。

左手一把將友人抓了起來，絲毫感受不到重量。

他將友人按在牆上，又驚又怒，說不出話。

他怎麼也不明白為什麼多利諾會對妲莉亞說那種話，為什麼自己的朋友會說出那種話。

「沃爾弗，住手！」

蘭道夫試圖從背後阻止他。沃爾弗右手輕輕一揮，卻聽見重物撞上牆壁的聲音。

「沃爾……對不……起，我會……道歉……」

被他左手揪住的多利諾漲紅了臉，斷斷續續地這麼說，沃爾弗這才回過神鬆開手。多利諾跌落在走廊地板上，猛咳起來。回過頭，後方的蘭道夫也還沒能站起來。

沃爾弗望著自己緊握的左手，好不容易才調整好呼吸。

「……抱歉，多利諾，我太生氣了。」

「不，這全都是我的錯。我才該道歉。」

「蘭道夫，抱歉。有沒有受傷？」

「沒事，別放在心上。」

三人尷尬地交談了幾句，這時住在附近房間的人走了出來，問他們剛才為何發出巨大聲響。多利諾回說打鬧得太過火，不小心跌倒了。

「多利諾，我們現在就去向她道歉。」

「現在？這個時間去人家家，不會失禮嗎？」

「我希望你立刻道歉。這樣下去妲莉亞心裡一定很難受。」

「知道了。抱歉，沃爾弗，那就麻煩你帶路和調停了。」

多利諾在他面前深深低下頭。

◆◆◆

馬車急急忙忙開到綠塔時，太陽已逐漸西沉。

沃爾弗單手輕觸大門，將門打開後，按下綠塔的門鈴。

熟悉的腳步聲響起，妲莉亞從門內探出頭來。她身上穿著圍裙，可能正在做晚飯。

「沃爾弗，怎麼了？」

「抱歉突然跑來。那個……我帶多利諾過來，要他為今天的事向妳道歉。蘭道夫也跟我們一起來了。」

從年少時馬車被襲擊那天一直到今天，沃爾弗從未對人認真發怒過。

回想起自己今日在軍營的所作所為，他仍有點擔心聽到多利諾的道歉後會抓狂。因此才會請蘭道夫一起來。但他剛才失控到連蘭道夫都撞飛，只能不斷提醒自己保持冷靜。

「呃，在這邊說話會被路人看到，要不要進去說？」

「可以進去塔內嗎？在後院說也行。跟多利諾說話會不會不舒服？」

「有你在，不要緊的。」

妲莉亞回以微笑，讓他一陣心疼。

她聽到多利諾的名字未顯露不快，沃爾弗不禁擔心她是不是在逞強。

沃爾弗將門外的兩人叫進來，四人一同進到一樓的工作間。

多利諾隨即在妲莉亞面前左膝跪下。

「羅塞堤商會長，今日我基於誤會對您說了惡毒的話，請容我收回前言，並向您道歉。

真的很抱歉！」

他深深低下頭，久久沒有抬起。

騎士單膝下跪並低下頭，意味著強烈的歉意和反省。他們不常這麼做。

「呃，請起身把頭抬起來吧，巴提先生！」

沃爾弗站在慌張的妲莉亞身旁，用低沉的嗓音問：

「多利諾，請說明一下你為什麼會有這種誤會。」

「……因為她不只直呼你的名字，還喊了蘭道夫的名字，甚至還對我笑。此外又和你過從甚密，所以我還以為她是商會的『魅惑女』……」

「什麼叫『魅惑女』？」

妲莉亞不解地詢問，多利諾悄悄別過視線。

「有些商會為了讓王城的人優先購買自家商品，或為了哄抬價格，會利用女色發展出假的戀愛關係。這類例子在王城內意外地多。不只『魅惑女』，還有『魅惑男』……」

「等等，多利諾。你只因為她對你笑，又和我很好，就誤會她？」

「這很不尋常好嗎？我在王城內向人介紹自己來自平民區，除了『魅惑女』之外，很少有年輕女生聽到之後會對我微笑……」

多利諾語帶嘆息地說完，沃爾弗歪了歪頭。

「不是也有女生找你講話，還有女僕遞情書給你嗎？」

「來向我搭話的人幾乎都是想認識你，情書也都是寫給你和蘭道夫的。我叫她們自己交給本人，全部退了回去。」

「你怎麼都沒跟我說？」

「說了你會在意啊。就算不在意，也會覺得很煩吧。」

從未意識到的事實令沃爾弗頭腦有些混亂，但仍繼續問下去。

「即使如此，妲莉亞也不可能是『魅惑女』吧？」

「很難說……商會有時也會派完全不像『魅惑女』的清純少女，或者氣質優雅的女生來誘惑目標對象。我們隊上也有前輩中招而被開除。老實說我入隊一陣子後也差點中招。所以……就產生了不好的聯想。」

「看來是基於個人經驗引起的誤會。」

原本一直保持沉默的蘭道夫這才第一次開口。

「多利諾，我是因為妲莉亞小姐是沃爾弗的朋友，加上王城裡姓『古德溫』的人很多，所以才請她叫我蘭道夫的。」

「我們認識兩個多月後，你才允許我叫你『蘭道夫』耶。你和羅塞堤商會長才見過幾次？也太快了吧。」

「剛進魔物討伐部隊那陣子我一直很在意自己的口音，不敢向人搭話。雖說現在也一樣不太會說話。」

「原來是這樣……」

蘭道夫的母親出身自鄰國，他在鄰國和本國，兩種語言環境中長大。原以為他的沉默寡言是個性使然，但似乎不只如此。

疑問大致解開後，男人們安靜下來，視線自然而然集中至妲莉亞身上。

「呃，上述內容我都明白了，只要說『我接受巴提先生的道歉』就行了嗎？」

「怎麼說都行。真的很抱歉！我後來才知道您是沃爾弗的恩人……」

「沃爾弗，你告訴他們森林裡的事了嗎？」

聽見妲莉亞這麼問，面前的兩人搶在沃爾弗回答前用力點頭。

「對，他那時候成天在餐廳唉聲嘆氣。」

「我也聽到他一直重複說想找到妳。」

「你們別再說了。」

沃爾弗抬手制止兩人。他不想讓妲莉亞知道自己當時軟弱的模樣。

「那個……沃爾弗，你可以來一下嗎？」

「怎麼了？」

身旁的妲莉亞小聲向他搭話，他微微靠了過去。

「伊爾瑪和她媽媽本來要來吃晚餐，但她媽媽感冒臥床，伊爾瑪擔心自己也被傳染感冒，請人傳話說她們沒辦法過來。我還在想已經煮好的菜要怎麼辦……雖然只是些簡單的料理，但想問你們願不願意留下來吃？」

「……老實說，我不太想讓他們上去。」

「喔，也對……雖然你不介意，但按常理來說，請王城騎士吃剩菜未免太失禮……」

「不，我不是那個意思……」

沃爾弗望向對面的友人，多利諾臉色陰鬱，蘭道夫也罕見地面露愁容。

「我擔心這樣會讓妳感到不舒服，也不想麻煩到妳。」

「聽到那段話的當下我確實嚇了一跳，老實說直到剛剛都很苦惱，不知他為何會說那樣的話。但現在他道過歉，也說明了原因，我已經沒事了。而且，巴提先生是因為擔心你們二位，才那麼說的。」

「擔心我們？」

「他低頭拜託我說『別讓他們倆傷心流淚』，所以我當時就意識到這中間可能有什麼誤會。」

「羅塞堤商會長，我……」

多利諾尷尬地欲言又止，搔了搔頭。

「呃，總之，是我自己搞錯了，衝動地說了那種話，我很抱歉。真是太丟臉了……」

「多利諾，為什麼要那樣？」

「當然是因為重視你和蘭道夫先生吧？畢竟他對我說那種話也得不到什麼好處。」

妲莉亞罕見地打斷沃爾弗，如此斷言。

多利諾瞪大眼睛，用那雙藍眸注視著她。

「這次吵架……不，不知道說吵架適不適當——能否看在妲莉亞小姐的面子上，到此為止呢？」

蘭道夫說完，妲莉亞笑著點頭，其他兩人的表情才終於放鬆下來。

最後他們答應妲莉亞的邀請，一同前往二樓。

走在最前面的她在上樓梯前忽然停下腳步。

「突然想到家父說『男人間吵架，只要互相道歉、喝杯酒就忘了』，真的是這樣嗎？」

「還真有幾分道理。不過跟女性友人吵架又是如何呢？」

「只能拚命道歉了吧，不然就是要默默聽對方碎唸。」

「家父說跟女性吵架『要做好心理準備，過了熟成期可能會被翻舊帳』。他當時在和一位男性友人喝酒，趁我去廚房時說的。很過分對吧？」

「……熟成期。」

蘭道夫喃喃重複其中一個詞，沃爾弗聽了嘴角扭曲。

「真不希望事情都忘了還被翻舊帳……」

「沒錯……」

三名男子都將視線撇向其他地方。

所有人都望著遠方，不知在看哪裡。

「只要好好溝通，不要吵架就行了嘛。」

妲莉亞從樓梯上回頭嫣然一笑，忽然顯得格外成熟。

⬢ ⬢ ⬢ ⬢ ⬢ ⬢

「不好意思，菜色的外觀……可能有點幼稚。」

請他們在二樓入座後，妲莉亞小聲地說。

三名男子目不轉睛地盯著桌上的盤子。

「好強，火腿捲得像玫瑰花一樣……」

「櫻桃蘿蔔也雕成了美麗的花……」

這原本是頓女性限定的聚餐，因此她在做大盤沙拉時忍不住玩起雕花。

不過只是將火腿和櫻桃蘿蔔做成花、小黃瓜做成葉子而已，沒那麼講究。

「香腸、是魔物造型……？」

問題在於香腸。她看肉舖在特價便一下子買了很多，不禁想起前世而興奮過頭，在香腸上切出八隻腳，讓它們站在盤子上。看起來確實有點像魔物。

「不是魔物，而是章魚……但不用太在意。」

桌上的菜量不太夠，她打算再去切一點沃爾弗帶來的起司和火腿。

「你們先吃，我去端酒水和料理過來。」

「我也來幫忙。」

「那可以請你幫忙切起司和火腿嗎？」

「那個……有什麼我們能做的嗎？」

「多利諾，我再多拿幾副餐具過來，你可以幫忙布置餐桌嗎？」

「好。」

沃爾弗表現得就像這個家的主人，但一點也不突兀。

她和沃爾弗一同進廚房，打開魔導爐的開關。

「伊爾瑪小姐和妳是兒時玩伴吧？她母親現在還住在綠塔附近嗎？」

他邊用鋸齒刀切著起司，邊這麼問。

「現在因為先生工作的關係搬到了中央區。原以為可以久違地見上一面……」

「抱歉沒派使者就直接過來。要是伊爾瑪小姐她們在就糟了。」

「不會，這樣我也就不用繼續煩惱了，謝謝你們。」

她邊說邊啟動廚房的烤箱。裡頭已經有菜，只要稍微加熱就行。

接著她確認了一下油鍋的溫度，從冰箱裡拿出準備好的食材。

「那是橙蝦嗎？」

「對，聽說這一季大豐收，魚鋪的人還特地跑來推銷。」

橙蝦是種常見的蝦子，體型稍大，對妲莉亞而言較好料理。

這種蝦又稱「平民蝦」，比一般蝦子便宜，但有點土腥味。不過只要一天多換幾次水讓蝦子禁食，再用高溫烹煮就沒問題了。

「我要做炸蝦。這分量應該不夠大家吃，待會兒乾杯完再做點什麼端上桌好了。」

還好她買了十隻體型較大的蝦。

不只是因為伊爾瑪她們今天要來，她心想沃爾弗下次來的時候也可以吃，才會買這麼多。不過還是別告訴他吧。

「切好之後可以幫我挑酒嗎？我不知道其他人的喜好。」

「抱歉，我下次會補償妳的。」

「沒關係，這不是你的錯。那個……請別再責怪巴提先生。我不希望你們吵架。」

「好，我們不吵架……」

妲莉亞不禁望向越說越小聲的沃爾弗，只見他臉上浮現反省的神色。

看樣子他可能還想再唸多利諾幾句，還好有事先提醒他別吵架。

「……這鍋湯好香。」

「也許只有聞起來香而已。這是用橙蝦煮的法式濃湯。不像餐廳做的那麼講究，只是

『仿作』而已。」

法式濃湯這名字聽起來很厲害，但她只是用炸蝦不要的蝦頭和蝦殼熬出高湯，再將多餘的蔬菜切碎，和番茄、適量的鮮奶油加進去一起煮而已。

對於訓練了一整天的騎士們而言，口味可能清淡了些。所以她又加了一點鹽和奶油。而後炸好蝦子，將湯和菜盤端上桌。

她回到客廳，將菜放在惶恐的多利諾，以及一直乖乖坐著的蘭道夫面前。

「就由妲莉亞來帶領大家乾杯吧？」

「我想想……祈求魔物討伐部隊成員們的安全與明日的幸福，乾杯。」

「「祈求幸福，乾杯。」」

「……感謝羅塞堤商會長寬宏大量，乾杯。」

唯有一人低聲說著不同的祝禱詞，但她決定不多說什麼。

妲莉亞口有點渴，便先品嘗偏甜的紅酒，這時周圍的人開始喃喃自語。

「好好喝……」

「好讚！還以為是番茄湯，原來是蝦子煮的……」

菜色似乎很合沃爾弗和多利諾的胃口。他們開心享受料理的模樣令妲莉亞鬆了口氣。

她看向對面始終保持沉默的人。只見蘭道夫面不改色，以優雅的動作喝著濃湯。他感覺很常喝真正的法式濃湯。妲莉亞默默祈禱不會被拿來做比較。

「這是蘆筍嗎？」

「對，沒錯。」

大盤子上裝著蘆筍培根捲。

長長的蘆筍被培根裹住，外緣煎到焦香，盛盤後再撒上黑胡椒，因此仍散發著香氣。

她用叉子叉起來送入口中，培根的鹹味與油脂和蘆筍的甜味十分搭調。

身旁的沃爾弗咀嚼次數變多，可見他也很喜歡。

斜對面的多利諾則試圖用刀子切開培根，正在苦戰中。

「巴提先生，用刀不好切，直接用叉子叉起來吃吧。」

「抱歉，吃相有點難看……」

「不會，這在我們家很正常。家父甚至用手抓來吃呢。」

「羅塞堤商會長的父親不是男爵嗎？」

「是的，但他是平民出身，不懂禮數。我也一樣。」

「我來這裡吃飯的時候也不用講究禮數，真是太感謝了。」

沃爾弗說著便用叉子刺起培根，大口吃起來。

多利諾顯然鬆了口氣，繼續用餐。

蘭道夫默默吃著菜。沃爾弗勸他再喝杯酒，但他拒絕了。

「這蝦子感覺好高級……」

「不，就只是普通的橙蝦。」

每人都拿到一個餐盤，上面裝有兩隻大炸蝦。旁邊還附上塔塔醬和蔬菜。

一口咬下還很燙的炸蝦，蝦身極為彈嫩，濃郁的蝦味在口中擴散。

若不顧熱量沾上大量塔塔醬，兩種味道混合在一起會更好吃。

「……這絕對不是平民蝦，應該是貴族或大商人吃的……」

有人對著蝦子喃喃自語，但妲莉亞自己也忙著吃蝦，決定假裝沒聽到。

吃完炸蝦之後，妲莉亞回了廚房一趟。

她在事先煮滾的水中放入義大利麵，做了道不花時間的蒜炒義麵。裡頭多放了些鹽、辣椒和大蒜。

後來沃爾弗和多利諾大快朵頤的樣子，讓她看了很有成就感。

他們倆都吃了兩盤，顯得心滿意足。
但蘭道夫卻拒絕再來一盤，而且也不喝酒，改喝白開水。
果然不合他的胃口吧？總覺得讓他吃平民的食物很不好意思。
「我做了麵包布丁當甜點，各位要吃嗎？但還滿甜的。」
「抱歉，我吃不下了。」
「我也是。這些菜太好吃，我不小心吃太撐了。」
「……我可以來一份嗎？」
其他兩人都拒絕，唯有蘭道夫客客氣氣地要了一份。
可能是顧及她的心情才勉強答應的。妲莉亞感到更抱歉了。
她連忙回廚房加熱，將熱騰騰、裝著麵包布丁的陶器放在小木盤上，擺至蘭道夫面前。
他道謝後開動，每次舀的量從第二口起減為原先的一半。
妲莉亞擔心他覺得難以下嚥，正想告訴他可以剩下來沒關係，復又作罷。
因為她發現蘭道夫開心到眼角微微下垂。魁梧的他拿著相形之下顯得很小的湯匙，一口一口珍惜地品嘗。
說不定蘭道夫其實喜歡吃甜食？酒之所以喝得比較少，或許也是因為比起喝酒，更喜歡

吃甜的東西。

「蘭道夫大人，麵包布丁還有一份，您需要嗎？」

「呃……好，謝謝。」

他瞬間面露喜色，就像個靦腆的少年。妲莉亞決定偷偷幫他多加點蜂蜜。

而後她又多附了一小碟蜂蜜，連同麵包布丁一起給蘭道夫。他將蜂蜜全部加進麵包布丁裡，吃得一乾二淨。

還好這餐裡有蘭道夫吃得慣的菜——正當她鬆口氣這麼想時，蘭道夫忽然拿起紅酒瓶。

「妲莉亞小姐，今天的菜全都很好吃，謝謝妳。請容我為妳倒酒。」

「謝、謝謝。」

對方突然這麼說，令她有點嚇到。

一旁的沃爾弗瞇起眼睛看她。

貴族主動為身分低的人倒酒時，好像帶有感謝和勉勵之意。禮法書應該有解釋這個行為，但妲莉亞一時之間想不起來。

「噢，妳坐著就好，在這裡無須講究貴族禮儀。」

制止完準備起身的妲莉亞，蘭道夫站了起來。

他走過來在妲莉亞杯中注入紅酒，嘗起來甜得令人安心。

「好了，酒足飯飽之後……該來場爆料大會，代替自我介紹了。」

「咦，要玩爆料大會嗎？」

「原來羅塞堤商會長也知道爆料大會啊。那就不多作解釋嘍。」

多利諾瞇起藍眸，露出調皮的笑容。

「多利諾，雖然騎士間會用爆料大會代替自我介紹，但不適合在女性面前這麼做吧？」

「可是我想玩嘛。總之我先來爆一個料。我一開始以為沃爾弗是個討人厭的傢伙！」

多利諾根本是在爆自己的料，讓妲莉亞差點嗆到。她好不容易才放下喝到一半的酒水。

「初次見面只說制式的招呼語，笑容像假的一樣，收到女生的情書連碰都不碰就退回去，甚至打斷女生的告白，即使對方哭了也把她扔在原地。我心想這男的也太跩了吧，結果他的本性竟是這樣。」

「多利諾，『這樣』是怎樣？還有這件事我已經聽你說第三次了。」

沃爾弗苦笑著補充。看來他們朋友間早已聊過這個話題。

「我想讓羅塞堤商會長更了解你嘛，而且我能跟她聊的話題也很少。你應該知道我大致會聊哪幾件事吧？」

「別胡鬧，多利諾。那些事不適合在有女生的場合說。」

「那就來聊聊歷來糾纏過你的女性吧。來回顧一下最令人衝擊的前三名，或者最不知羞恥的前三名。」

「別說了，酒都變難喝了！」

沃爾弗大聲制止，不慎弄掉正準備送進嘴裡的櫻桃蘿蔔沙拉。花朵造型的櫻桃蘿蔔掉回盤中，美乃滋噴到了他的手和袖子上。

比起方才提及內容，妲莉亞更在意他袖子上的美乃滋洗不洗得掉。

「沃爾弗，需要幫你清洗嗎？」

「沒關係，我去洗個手就好……」

他板著臉快步走出客廳。

「羅塞堤商會長，我們是來道歉的，妳卻還請我們吃了頓大餐，真是太感謝了。雖然不足以作為謝禮，但關於沃爾弗妳若有任何擔心或想問的事，都可以問我。」

「沒有，如果有的話我會問他本人。」

她明白多利諾的用心，但與其聽旁人的說法，不如直接問本人。

認識沃爾弗後她了解到事實會被謠言扭曲，也曾親身體驗過。

「這樣啊。那就趁沃爾弗不在時繼續進行爆料大會吧。」

「趁本人不在時爆他的料，有點……」

「呃，我不想聽那些會讓沃爾弗不愉快的事。」

才剛拒絕完，多利諾就想爆沃爾弗的料，妲莉亞趕緊打斷他。

但他卻將杯中的酒一飲而盡，接著說下去。

「反正妳今後也會聽別人提起，我就先講幾個王城內有名的事蹟吧。去年有謠言指出沃爾弗帶女人回軍營，但其實是有個勇者半夜想從窗戶爬進沃爾弗房間。對了，他房間在三樓。」

「……還真有勇氣。」

男性在室外朝女性的房間告白——故事中雖有這類情節，但她還是第一次聽到女性付諸實行。那個女生還真有行動力。

不過房間在三樓，可能得從逃生梯沿著陽台爬過去，或者自備長梯吧。

「還好沃爾弗不在房內，那個女人也沒有從窗外欄杆摔下去。受到傷害的只有她用以爬上三樓的那棵樹，事發之後被連根砍斷；此外還有隔壁房的我，打開窗戶時嚇個半死。」

「……真令人同情。」

半夜打開窗戶，看見陌生人爬上三樓，就某方面來說根本是恐怖故事。

若在綠塔發生這種事，她鐵定會放聲大叫並投以對付魔物用的魔石。

「……友人不在時說這些有點過意不去，但我也來爆個料。」

「結果連你也要爆料嗎！」

多利諾不禁吐槽，但蘭道夫表情依舊沒變，雙手交握在桌上，一本正經地望向妲莉亞。

「最近大家議論紛紛，說沃爾弗和名叫寇克的後輩很親密。阿斯托加前輩還幫忙掩蓋事實。這件事妳今後可能也會聽說。」

「喔，寇克最近老是待在沃爾弗身邊嘛。阿斯托加前輩在雙角獸那場戰役和沃爾弗一起出任務，可能誤以為看到的是寇克……」

多利諾聞言喃喃自語，妲莉亞不太明白他在說什麼。

「抱歉，不小心聊起我們隊上的事。寇克是隊上的後輩，個性很好、很為隊友著想，因為尊敬沃爾弗而一直跟在他後面跑。沃爾弗平時也會陪他訓練、對他多加關照。」

「和後輩相處融洽不是好事嗎？」

沃爾弗無論做什麼都很引人注意，就算是一點小事也會受人議論。

「羅塞堤商會長，我可以保證沃爾弗喜歡的是女性。不對，由我來掛保證好像也不太對……」

「呃，我對於他人喜歡的是同性或異性沒有偏見。和後輩感情好是好事，我也不介意。」

在這王國雖然比例不高，但戀愛和結婚都不僅限一男一女。

而且無論沃爾弗和誰談戀愛，她都沒立場干涉。

對話戛然而止。她一回神，才發現蘭道夫用紅褐色的眼睛盯著自己。

「原來如此，這就是本國人說的『大老婆的餘裕』嗎？」

「什麼？」

「蘭道夫，你安靜點。待會兒再請沃爾弗用你聽得懂的話解釋清楚。」

多利諾扶著額頭望向妲莉亞。

「羅塞堤商會長，抱歉。蘭道夫在用語和感受上都比較偏向鄰國人。他對這個詞的理解可能不太正確。」

大老婆的餘裕這個詞本不該用在未婚的妲莉亞身上。

她不懂鄰國語言，因此也推測不出蘭道夫原本想表達什麼。

「別放在心上。那個，一直叫我商會長……我感覺很不好意思。」

「那妳可以叫我多利諾，不用加大人。而我則稱呼妳為妲莉亞小姐，可以嗎？」

「好的。」

對方不只省略商會長的頭銜，連姓氏也不喊了。但妲莉亞並未感到不適，反倒覺得早該如此。

多利諾也是沃爾弗的好友。如今已解開誤會，妲莉亞希望能和他保持良好關係。

「謝謝。我還是想再為今天的事說聲抱歉。在我看來……沃爾弗最近變得很像一隻親人的狗，彷彿生來第一次得到食物和溫暖的棲身之所。」

「沃爾弗像狗嗎……」

「沒有貶意。但他以前就像一匹孤狼，絕口不提自己的事，即使在遠征中受傷也瞞著大家……他有次為了保護我而受傷，我直到回到王城，聽到他被醫生罵才知道這件事。三番兩次向他搭話，花了三年他才像現在這樣和我們打成一片。所以我才會疑神疑鬼。對不起。」

三年一詞觸動了她的回憶。

她也和沃爾弗當了一陣子的朋友，但相處時間不像眼前這兩個人那麼長。多利諾無論於公於私都和沃爾弗互相扶持了許久，見到他身邊突然冒出妲莉亞這個人，當然會擔心。

「請不用再道歉了，我真的沒放在心上。」

「謝謝。對了，妳裙子上的汙漬洗掉了嗎？」

「呃……我重新染了一遍。」

「重新染？自己染的嗎？」

「對，家裡剛好有深綠色染料，染得很漂亮。」

從王城回到綠塔後，她怎麼樣也洗不掉裙子上的墨水，又因為想起多利諾的話而煩惱不已。胡思亂想了一陣子，最後為了拋開煩惱決定拿出魔導具用的染料，將裙子重新染色。

那染料名為「深碧」，原料是東之國採集到的一種青苔，染過之後不容易褪色。裙子搖身變為韻味十足的深綠色，正吊在陰影處晾乾。她對於成品滿懷期待。

「是椅子上沾到墨水嗎？」

「其實……是有位女僕撞到我，說弄溼了我的裙子而用抹布幫我擦拭，但用的好像是髒抹布。」

兩人聽到這裡表情突然變得嚴肅起來。

「我代表魔物討伐部隊向妳道歉。若記得那名女僕的長相，請告訴我們。我會告知隊長，由我們這邊來處理。也會支付妳應有的賠償。我想這件事可能跟沃爾弗有關……」

「謝謝，但我記不清對方的長相，所以就不用深究了。」

她只記得對方有著茶色頭髮，身穿女僕服。憑這些特徵應該很難找到本人。

「只要把女僕全部叫來接受指認就行了。屆時可以請會用『威嚇之氣』的騎士出席，這樣應該能從表情上看出端倪。若對供應商品的商會長做出了不敬之舉，我們會予以減薪或解僱處分。」

蘭道夫靜靜地說。那語氣前所未有地冰冷，令妲莉亞緊張地搖搖頭。

「感謝兩位的好意。但有可能真的是不小心的，我下次注意一點就好。」

話一說完，沃爾弗正巧也回來了。

「爆料大會下次再繼續吧……對了，隊上所有人都已經拿到鞋墊，真的很好用呢。」

見沃爾弗回來，多利諾趕緊轉換話題。

「鞋墊能被更多人使用真是太好了。」

「要是有像乾燥鞋墊那樣的衣服就好了。夏天遠征時一流汗衣服就會黏在身上，很不舒服。」

「夏天全副武裝時也是。我自己身上長滿痱子後，終於明白為何會有前輩用冰魔石消暑

而被凍傷。」

「在盔甲底下想抓癢也抓不到，超級難受……」

男人們眼神哀怨地你一言我一語，十分令人同情。

初次見面那天沃爾弗也曾提及此事，看來他們部隊的汗疹問題相當嚴重。妲莉亞也想開發出能消暑的衣服，可惜並不容易。

她想起自己過去的失敗作，不禁望向遠方。

「要是能開發出涼爽的衣服就好了。我雖然也曾試做過，卻做出了奇怪的東西……」

「難不成衣服爬走了嗎？」

「才不會爬！沃爾弗，你在想什麼？」

「我不小心想到另一個東西……」

他似乎聯想到「爬行的魔劍」，笑了笑含糊帶過。

「會爬的東西，是史萊姆嗎？話說回來，是怎麼個奇怪法？變得更熱了嗎？」

「應該說……穿起來不太舒服。」

「是觸感很硬、很粗糙嗎？若只是觸感有點不適，我們可以忍耐。」

「該怎麼說呢……請等一下，廚房裡應該有剩下的布料……」

與其用口頭說明，不如直接給他們看實物。

妲莉亞走到廚房從抽屜裡拿出一捆布。原本想拿來當抹布，但還沒裁切，因此看起來就像一條淺綠色的圍巾。

「看起來很普通啊。」

「你圍在脖子上就知道了。」

沃爾弗接過布一臉困惑。拿在手上似乎感受不出來。

他照妲莉亞說的將布圍在脖子上。

「……唔……這還真、有點……」

說著一口氣抽下那塊布，頻頻摩擦脖子。

多利諾正在喝酒，因此他先將布交給蘭道夫。

「……唔！」

蘭道夫將布圍上脖子那瞬間，眉頭便緊皺起來。他略微顫抖肩膀，忍耐了一下，最後還是默默將布取下，低著頭單手交給多利諾。

「你們怎麼了？」

多利諾不解地看了看那塊布後，同樣圍到脖子上。他不知在想什麼，竟在脖子前打了個蝴蝶結。

「嗯？……唔唔唔！哈哈！這不行啦，太癢了！」

他笑得眼淚都流了出來，好不容易將布抽開。

這是妲莉亞以前用綠史萊姆賦予的布料。

只要有些許空氣流動，布料就會微微顫動。有時像蟲在蠕動，有時像多利諾說的那樣，猶如被搔癢的感覺。無論是哪種穿久了都不舒服。

她也試過改變風力大小，但不管怎麼做都無法完全消除那種感覺。

「為什麼會這樣？做成鞋墊時一點都不癢啊。」

「鞋墊有一定的厚度，不會動來動去。加上人體重量壓在上面，就不容易覺得癢。」

幾年前的夏天，她心想要是將風魔法賦予在衣服上一定很涼——心血來潮就開始試做。而且用的還不是給沃爾弗他們試的這種布，而是將更強的風魔法直接賦予在一整件圓領短袖衫上。

「我做了一件透氣上衣。」她對父親如此說明完就去上洗手間，與此同時父親穿上了那件衣服。

見父親噙著淚笑到在地上打滾，妲莉亞無力阻止，只能用蠻力扯破衣服，這才脫了下來。

要是事情到此結束還不打緊，不巧托比亞斯就在這時從客戶那裡回來。

女兒手中拿著從父親身上扯下的衣服，父親則含淚笑倒在地——這令人費解的一幕使他看得目瞪口呆。

「妳再做一件，好讓他體會看看是怎麼回事。」她照父親說的再做了一件同樣的上衣。而托比亞斯那件衣服則由父親幫他扒下。

她還記得托比亞斯笑得肚子痛到站不起來，告誡她說：「下次試做前要先想清楚。」自己只能不斷向他道歉。

後來她不願再回想那慘痛的失敗經驗，不過說起來凶手確實是自己。

「這好像可以用來當遊戲的懲罰……」

妲莉亞才剛想起難堪的回憶，多利諾的話讓她心頭一驚。

「懲罰嗎？」

「對，酒會或宴會時或許可以用。我們通常會罰輸的人喝酒，但有些人沒辦法喝，所以有其他類型的懲罰，像是在大家面前唱歌、喊出心儀對象的名字等等。至於醉到無法接受懲

罰，或是在酒館睡到叫不醒的人，我們則會用毛皮或旗子包起來扔回房間。」

「我以前也被漁網捲起來過。」

「因為蘭道夫你太大隻，旗子不夠包嘛。」

不知他是喝得爛醉，還是睡著了，不過還是別問了。

要是用漁網捕到像蘭道夫這樣的大魚，肯定是大豐收吧。

「布……網子？……啊！」

妲莉亞想到一件事，再度跑進廚房。

她拿著類似紗布的粗織白布回來。那是煮湯時用來過濾食材的布。她打算拿來加工，因此拿了一捆新的。

「不好意思！我去一下工作間，很快就回來。」

「妳要試做東西嗎？那我也一起去。」

妲莉亞說著便跑出客廳，沃爾弗隨即跟在她身後。

她至一樓的工作間拿出綠史萊姆粉末，倒入玻璃杯中，與魔導具用的藥水攪拌在一起。

接著用指尖注入魔力，液體逐漸變得黏稠。

再用指尖的魔力控制淺綠色黏液，賦予在攤開的粗織白布上。

但她並未全部塗滿，而是留有一定空隙，形成格子狀，並將風的方向固定為正面流向背面。

黏液順著妲莉亞指尖的魔力規則地縱橫流動，與布料表面貼合。

她小心不在布上賦予過強的風魔法，並注意讓格子保持均等間隔，持續賦予下去。

那塊布面積不大，加上她的魔力也比以前高，意外地很快就完成了。

妲莉亞用左手摸了摸，確定黏液固定後，做好心理準備圍到脖子上。

在脖子上繞了一圈，脖子至外側立刻感受到一陣涼風。

儘管布料內側緊緊貼合在脖子上，但由於賦予呈格子狀，布料材質又類似紗布，不太會有黏膩感。而且空氣是由內向外流動，也不會有搔癢感。

雖然不知道和穿在外面的衣服或盔甲搭不搭，但至少可以確定穿戴在身上沒有問題。

或許不一定要做成衣服，以布料形式圍在容易流汗的部位即可。

「這樣應該很涼！」

她將布從脖子上解下，交給沃爾弗。他旋即圍在脖子上。

那雙金眸睜得圓滾滾的，臉上浮現大大的微笑。

「好涼……這樣就不癢了！」

多利諾和蘭道夫跟著來到樓下，各自試用了一下。兩人臉上也漾起笑容。

「這超棒的！」

「好涼好舒服……」

「那麼，這樣的風量似乎就夠了。」

妲莉亞將剛才的步驟記錄在筆記本上。

騎士們則輪流將圍巾圍在頸部或手臂上，各自發表起感想。

「夏天穿騎士服的時候，背上貼一塊這種布，汗量感覺會少很多。」

「沒錯，要是能貼在腋下更好。」

「穿武裝時則需要前後各貼一片。」

「武裝……盔甲內側應該沒辦法貼東西吧？」

「可以貼，我們通常會在盔甲內容易摩擦皮膚的部位墊一塊布或襯墊。」

「那麼換成這種布或許還不錯。此外還要將風向固定為同一方向，稍微加強風力。」

會不會覺得癢，每個人的感受都不一樣。

可以多做幾種不同的風力強弱類型，供人選擇。她將這點也加進筆記中。

「要是能黏貼在頭盔內側，也能避免汗水流進眼睛。」

「可是如果頭盔上有硬度強化之類的賦予，恐怕會有魔力互斥的問題……啊，用薄布做成帽子怎麼樣？這樣也比較容易更換。」

綠史萊姆產出的風魔法基本上是消耗品。

製作起來雖然簡單，但和鞋墊一樣，用久了必須更換。

「這樣更好。魔法耗盡後只要將魔法剝除，再次賦予就行了。王城魔導師或魔導具師三兩下就能剝除。」

「王城的魔導師真的很厲害呢。一般要剝除魔法很耗費時間和金錢。」

聽說要剝除賦予在物品上的魔法，需要耗費許多魔力。王城裡的魔導師和魔導具師，魔力量應該都很高吧。

「若能貼在手套內側，手就不會因出汗而溼滑了。」

「不，布這麼薄，直接做成手套就好吧？外面再戴我們現在用的手套。」

「能讓手汗減少弓騎士應該會很開心。」

妲莉亞邊做筆記邊提問，騎士們也提出自己的希望與看法。

或許因為酒意的關係，一群人聊得很熱絡，轉眼間妲莉亞手中就累積了一大疊筆記。這疊筆記讓她很是興奮期待。收集到這麼多自己從未想過的點子和用法，笑意自然湧上來。

「呵呵……這些點子都很有趣，我從我會的開始試試看！」

「……啊，等等，妲莉亞！先和伊凡諾商量一下吧。」

原本笑瞇瞇望著她的沃爾弗，臉色突然嚴肅起來。見他倏地變臉，妲莉亞有些疑惑。

「我當然會和他商量。怎麼了嗎？」

「抱歉，也請兩位別說出去。這種布今後可能也會供隊上使用，不能太早讓部隊以外的人知道。」

「嗯……我大概明白你的擔憂。聽說上次量產鞋墊時也弄得人仰馬翻。」

連多利諾也頻頻點頭。

妲莉亞望向蘭道夫，只見他直直盯著沃爾弗。

「我需要去締結神殿契約嗎？」

「締結神殿契約做什麼？」

「保守這個祕密。畢竟我母親是鄰國伯爵家出身，我也在鄰國留學了五年之久。」

「不用了，你是我朋友啊。」

「縱使你覺得不需要，但妲莉亞小姐是商會長。考量到商會的安全，還是有必要吧？」

他們的話題和視線忽然帶到自己身上，令她慌張起來。

但如沃爾弗所言，蘭道夫是他朋友。而且妲莉亞也不覺得他會說出去。

「不，沒必要。」

「那麼我在此對劍，不，對朋友發誓，絕不說出去。對妲莉亞小姐而言，這樣更值得信賴吧？」

「……謝謝。」

朋友比劍更有分量——聽到他這麼說，妲莉亞有點不知該回些什麼，但仍努力擠出一句謝謝。

望著她的那雙紅褐色眼眸中，似乎帶有笑意。

後來他們又聊了一會兒，話題告一段落後一同收拾餐桌。

隨後男人們向妲莉亞道謝完，一塊兒走出綠塔。

月亮已掛在深藍色天空中。

「沃爾弗，你可以留下來啊。反正明天休假，可以待久一點。」

「時間不早了，一起回去吧。」

回去的路上綠塔仍舉目可見，藍眸青年露出淺笑。

「沃爾弗，你和妲莉亞小姐在交往吧？」

「我們是朋友。話說你是從什麼時候開始喊她妲莉亞的？」

「剛剛。你們只是『朋友』啊。所以如果我或蘭道夫想向妲莉亞小姐認真提交往，你也不會阻止嘍？」

「我……不會阻止。」

「啊？」

「什麼？」

多利諾和蘭道夫的疑問聲重疊在一起。

「我無法阻止別人向她提交往。如果你們是真心喜歡她，我絲毫沒有權利阻止。但若只是想玩玩，我當然會強烈反對……」

他邊說邊往前走，步伐卻突然變得沉重。連兩位友人停下腳步都沒發現。

多利諾望著他的背影，對蘭道夫低語。

「比初等學院的小男生還誇張。哪有二十幾歲的男人像他這樣？」

「全體過半數同意。不過沃爾弗即將成為『侯爵家』的一員，可能很多時候無法隨心所欲吧。」

「唉，當貴族還真麻煩……對了，待會兒再到某人房間喝個兩杯吧。」

「好啊。」

多利諾追上前方的高挑背影，向他搭話。

「沃爾弗，告訴你一件事。我是胸派加金髮派，喜歡的不是那種類型。」

「……是喔。」

「蘭道夫，你呢？」

「我認為妲莉亞小姐會是位體貼的好妻子。」

「蘭道夫……？」

看見那搖曳的金眸，多利諾拍了拍他的肩膀。

「沃爾弗，放聰明點，他是在捉弄你。這傢伙長得很老實所以看不出來，但他其實滿愛捉弄人的。」

「我只是說出自己的想法，並沒有想和她交往。起身替她倒酒也只是感謝她請我們吃飯，沒有『**想和妳更進一步**』的意思。」

「**想和妳更進一步**」這部分，蘭道夫特別換成鄰國語言說。

貴族男性起身為爵位較低或沒有爵位的女性倒紅酒，也包含了「想和對方更進一步」之意。若女方也起身接受倒酒，代表理解男方的心意。妲莉亞似乎完全忘了這點，但沃爾弗母親的禮法書中有提到。

「蘭道夫……」

「怎麼了，沃爾弗？」

蘭道夫的表情毫無變化，但沃爾弗看得出他回望自己的眼眸中滿是笑意。

沃爾弗不聲不響地移至他身邊，手部發動身體強化，抓住他的手臂。

其力道強到幾乎要發出嘎吱聲，使赤銅髮色的男人挑起一邊眉毛。對方的手臂也發動了身體強化，將沃爾弗掐在自己手臂上的指頭反彈回去。

兩人若無其事地開始用身體強化較勁，讓多利諾看傻了眼。

「你們別在這兒胡鬧了，快點走吧。」

沃爾弗和蘭道夫這才分開，一行人繼續行走在夜路上。

「話說真沒想到多利諾你會說那種話，我嚇了一跳。」

「對不起嘛。我們認識七年，起初卻花了三年的時間才像這樣聊開。你和妲莉亞小姐才認識多久就混這麼熟，我當然會擔心啊！」

「……謝謝你，多利諾……」

沃爾弗悄聲向對方道謝，多利諾刻意大嘆一口氣。

「你雖然有著王子或貴公子般的長相，個性卻像十幾歲的小毛頭。」

「這麼說太過分了吧？虧我剛剛還有點感動。」

「沃爾弗，你最好學著客觀看待自己。」

「連蘭道夫也這樣……你們今天不欺負魔物，改欺負我了嗎？」

話語中充滿揶揄和笑聲，久久不歇。

在商業公會二樓，羅塞堤商會租用的辦公室內，妲莉亞和伊凡諾正面對面坐著。

「妲莉亞小姐，妳又做出了不得了的東西呢……」

伊凡諾望著那一大堆文件，臉上露出平靜的微笑。

其中有涼感布的規格書、預定製作的衍生商品清單，以及製作方案。她將昨晚和沃爾弗他們討論到的點子全都整理了出來。

順帶一提，伊凡諾脖子上也正圍著淺綠色圍巾。

「我想做的東西很多，無法一次做完，但這些方案都是可行的。」

「這些全是服飾相關的商品對吧？那麼我除了通知嘉布列拉小姐外，也會和服飾公會的福爾圖大人商量，可以嗎？」

「好，麻煩你了。」

透氣的涼感布很適合用來做內衣褲，最好還是商請服飾公會協助。

「除了沃爾弗大人外，還有誰知道這些設計？」

「沃爾弗的朋友也有幫忙一起構思，他們也是魔物討伐部隊員。沃爾弗已請他們別說出去。」

「那就不需要擔心了。」

伊凡諾拿起文件在桌上咚咚敲了兩下，全部整理成一疊。

接著斂起笑容，嚴肅地以深藍眼眸直視妲莉亞。

「我必須提醒您，會長。這些商品相當危險。」

「也是……之後綠史萊姆可能會不夠用吧。」

製作防水布那時候，因為藍史萊姆不足而給冒險者公會添了許多麻煩。

她不希望這次又過度消耗綠史萊姆，造成人家麻煩。或許該等材料和製作工序確定下來，確認過數量後再製作。

「不，這當然也是個問題，但無論騎士團裝備或服飾都牽扯到利益，且和貴族脫不了關係。今後這些商品可能會從貴族社會普及至民間，若不預先做好準備，一定會有人來強占或干預這筆生意。」

「那麼該中止開發嗎？但我希望至少能提供給魔物討伐部隊……」

「不，不用中止。我不是說過『妳想做什麼盡量做』嗎？量產、通路和安全問題，都由我來想辦法。」

伊凡諾用指尖輕撫圍巾，勾起嘴角。

「所以會長主要是想將此商品提供給魔物討伐部隊，是嗎？」

「是的，希望能稍微減輕他們的負擔。」

涼感布雖然無法解決騎士服過熱的問題，但至少能減緩遠征時的不適。她向眼前的男人說明背後的用意，對方閉著眼睛，邊聽邊點頭。

「我已明白您的想法。對此，我有兩項提議。一是邀請服飾公會的福爾圖大人共同開發商品，共享這份名譽，以確保資金與安全。二是向魔物討伐部隊的古拉特隊長提議，讓魔

物討伐部隊享有商品的優先採購權，相對地，隊長則必須擔任羅塞堤商會與王城交易時的窗口。」

伊凡諾說得容易，但對方是子爵與侯爵。一介平民開設的商會，能向他們提出這種要求嗎？

「這樣不會造成福爾圖大人和古拉特隊長的困擾嗎？」

「我倒認為他們會舉雙手贊成。福爾圖大人想必希望自己擔任服飾公會長期間有所表現，古拉特隊長肯定也想讓魔物討伐部隊享有優先權。」

「或許是這樣沒錯……」

「倘若有人敢對羅塞堤商會動手，就會被商業公會長、服飾公會長和魔物討伐部隊長報復。沒有人會明知如此還自找麻煩吧？」

「除非是公爵家或王室。」伊凡諾半開玩笑地補充，但不可能有這種事。

妲莉亞表情僵住笑不出來，對方接著說下去。

「此外若方便的話，也該向沃爾弗大人的哥哥打聲招呼。」

「沃爾弗的哥哥？」

「對，據說他明年將繼承爵位，並升為侯爵。是傑達大人，不對，糟糕，我還叫不習慣……是雷歐涅大人告訴我的。」

商業公會長傑達要伊凡諾和妲莉亞別再喊他姓氏，而改以名字稱呼他。但兩人都還叫不習慣。

既然商業公會長都這麼說了，應該是真的。

明年沃爾弗將從伯爵家晉升為侯爵家的一員。妲莉亞覺得與他之間的距離又更遠了，因而感到有些寂寞。即使如此她仍慎選言詞，盡量不表現出來。

「真是可喜可賀。」

「是啊。說起來現在好像有四家公爵與七家侯爵？我國的高階貴族比其他國家少，可能是因為和平時期較長吧。」

「這是好事。倘若發生戰爭，國家就不會如此繁榮，也沒辦法隨心所欲製作魔導具。」

就妲莉亞所知，他們國家「奧迪涅」從未有人因立下戰功而封爵。畢竟在建國後就沒發生過戰爭。

相對地，有很多人由於在基礎建設、教育、農業、貿易等方面有所貢獻，或者發明新事物、開發魔導具，因此受封爵位、加官晉爵。不過若侵占公款、收賄或涉嫌犯罪，王廷也會毫不留情地立即剝奪其爵位。

「會長，若上述提議讓您感到不快，我可以重新擬定計畫。身為魔導具師應該會想以自己的名義登錄，而非和福爾圖大人共同開發吧？」

「不，用共同名義登錄沒有問題。比起登錄的名義，我更在意商品有問題時，客訴內容能否確實傳達給我。」

「原來如此……說起來乾燥鞋墊也接到一些客訴，希望能重複使用、希望降價、希望增加不同尺寸，這些意見您都看了吧？」

「看了，還有其他問題嗎？」

「最近接到將近二十件客訴，都在催我們『生產得再快一點』。這種心情可以理解，但真想叫他們別強人所難。」

妲莉亞聽了很開心，不禁露出笑容。

鞋墊不只受魔物討伐部隊歡迎，如今在王城和各公會間也普及開來。

聽到自己的商品能幫助到人，身為開發者欣喜萬分。

「接下來就趕緊製作涼感布吧。所幸已經入夏，可以優先試做給魔物討伐部隊使用，明年再正式量產。現在這季節正適合。」

伊凡諾很會操控人心。妲莉亞即使知道這點仍時常受他操控，或許是因為她的職業是魔導具師，而非商人的緣故吧。

「會長還有什麼事要跟我討論嗎？」

「對了，我在王城發生了一些事……」

妲莉亞將女僕一事告訴伊凡諾，他面色隨即凝重起來。

「真抱歉，我果然還是該跟去才對。要是有侍從在就不會發生這種事了……最好是能兼任護衛的侍從。」

「連在王城內也需要嗎？」

「是的，這樣比較令人放心。該找個魁梧的男人來當侍從，這樣光憑外表就能發揮嚇阻效果。不過最好還是要有一定的身手。只可惜男性無法跟進化妝室內，要是能找到能當護衛的女性侍從，就更完美了……」

身手強到可以擔任護衛的女性侍從——感覺就很難找到。

妲莉亞認真思考了一下。王城的房間和走廊上大多有騎士，那麼只要盡可能不去化妝室就行了吧？

「我下次進王城前盡量不喝水，在那邊也盡量不喝茶，這樣應該就不會再發生同樣的事了。」

「請不要這樣，妲莉亞小姐。夏天不喝水會熱昏的。」

「沒事的。我在綠塔專心試做魔導具或忙不過來的時候，也會盡量少喝水……」

「……會長。」

伊凡諾壓低嗓音喚了她一聲，令她感到不解。

那雙深藍眼眸比平常更藍，像貓一樣瞇了起來。正當妲莉亞心想「跟嘉布列拉好像」時，就聽見他以低沉嗓音繼續說道：

「您平常不是都叫我不要加班，要注意身體嗎？」

「呃，是沒錯……」

「您是我的上司，在上位者要以身作則才行。」

接著伊凡諾開始懇切叮嚀她補充水分的重要性。

此外也答應她在找到護衛之前，自己都會與她一同前往王城。

⬢ ⬢ ⬢ ⬢ ⬢ ⬢

「服飾魔導工房」在服飾公會主導下建成，據說當時因為急著要做五趾襪和鞋墊，興建得相當趕。

但當妲莉亞受邀至那裡，卻發現那是棟又大又堅固的紅磚屋，占地廣闊，連馬場都很大。

妲莉亞被帶到有著紅色地毯與亮麗深茶色桌子的會客室，坐在鬆軟的黑色皮革沙發上。房內有服飾公會長福爾圖納托、他的侍從與女僕，以及露琪亞、伊凡諾和妲莉亞。

伊凡諾已大致向福爾圖說明過計畫。他們今天帶了幾塊試做的布料來，要和對方討論能否實際應用。

「……簡言之，我們希望與您共同開發這種布料，並將試作品提供給魔物討伐部隊使用，預計從明年開始量產。」

「真是一項劃時代的發明。貴商會開出的條件我方都接受。我謹代表服飾公會向貴商會道謝。」

福爾圖脖子上圍著淺綠色圍巾，臉上洋溢著開心笑容。負責說明的伊凡諾也露出同樣的笑。

見兩人打成一片，妲莉亞不禁好奇他們是從什麼時候開始變得這麼好的。

「那就來簡單討論計畫內容吧……首先是頭盔下要做帽子還是頭巾，為了方便替換，還是做成頭巾，請騎士們學習頭巾綁法比較好。亦可少量生產帽子給需要的人。而圍巾可以自由調整長度，因此現在這樣就行了。」

「關於貼在胸背上的布，您有什麼想法？」

「騎士們的體型各不相同，一開始可以在布上開洞，從頭套進去，之後再改良成無袖內衣。」

福爾圖翻著文件，流暢地回答妲莉亞的問題。

「福爾圖大人，能否從一開始就做成短袖內衣，讓布料貼合腋下呢？」

「騎士很重視肩膀的活動度，因此大多喜歡穿無袖內衣。可以兩種都生產。再來是四角褲……由於他們經常騎馬，這部分必須先生產。為避免褲腳捲起來，褲管要做長一點。」

「活動度……若膝蓋後側貼著布，會妨礙行動嗎？」

「有些人可能會在意，這點也要看個人喜好。不如做成可自行替換的襯墊或可穿脫的護膝形式，供他們選擇。」

不愧是福爾圖，既是服飾公會長，又對騎士深有了解。他修正試做方案的缺點，迅速在素描簿上畫出草圖，那些圖美到可以直接掛起來當裝飾。

「初步方案就先這麼定下來吧。順利的話除了騎士外，也會受到王城貴族的歡迎。」

「王城裡不是有冷風扇和冰風扇嗎？」

「有是有，不過貴族男性的正裝是外套、長褲加背心的三件式西裝，即使穿的是夏用薄衫，還是會流很多汗。」

「但大人您總是看起來一派輕鬆。」

「我靠的是意志力和魔導具。」

福爾圖說著脫下外套，從領口及口袋取下一個小型魔導具。

輕薄的機體大約有妲莉亞兩隻手那麼大，上面接著長長的管子，伸進背部與袖子。福爾圖將管子抽了出來，放置在桌上。

「這是『小型送風器』。以風魔石為動力來源，透過管子將風吹向背部和袖子。我們在走廊行走或去化妝室時會把它打開，吹乾汗水。」

「不能一直開著嗎？」

妲莉亞忍不住追問。聽起來能用的時間很短。

「這東西有點吵，無法在安靜的地方使用。再者風也挺強的，容易使衣服凹凹凸凸，不方便一直用。味道也是個問題。」

「男性們在王城內不能脫外套或穿短袖嗎？」

「先不論女性，單就男性而言，穿著長袖、不脫外套是種禮儀。城內雖有冷風扇和冰風扇，但唯有高階貴族能坐在比較涼的位置。經歷長時間的會議，站起來時總會捏把冷汗。若能用這種布料，汗漬應該會變少。」

「貴族也很辛苦呢……」

貴族雖有小型送風器這類魔導具，但在酷暑中同樣得用意志力苦撐。

「不過王族及會用冰魔法的貴族應該不需要。他們若魔力強到一定程度，就能在天氣熱時變出大顆冰塊，或者吹出冷風讓房間降溫。」

這樣的能力在夏天真令人羨慕。他們可能連冷風扇或冰風扇都不需要。

「要是能將所有衣服整合成一件就好了。」

「整合成一件？」

「把袖口和襯衫露出來的部分剪下來，縫在外套上之類的……但不知道這麼做會不會有失禮節……」

「妲莉亞，這想法真有趣！我下次來試試看。」

露琪亞說著終於伸手拿起涼感布。

或許是因為顧慮福爾圖，她在此之前都只默默旁聽，沒有碰布料。

「好涼……」

她先是用指尖輕觸淺綠色的布，接著圍到脖子上，最後將整張臉埋進去。

「露、露琪亞？」

「……好想用這種布做內衣褲……超想要的！」

她抬起頭，幾近呼喊地說。

「這種布不是能防止腋下出汗嗎！好想用來做胸罩和束腰的內裡！也好想用來當內褲後側和襯裙內側的布料！這樣禮服上就不會浮現汗漬了。」

「我懂了。這種薄布可以貼合在腳上，用來當內裡的話，連夏天也能輕鬆穿上多層式禮服。」

福爾圖似乎已習慣露琪亞的失控，泰然自若地點點頭。

「腋下和背部的汗水易使衣物受損的問題，也能靠這種布解決！」

「是啊，也很適合用在夏季的婚紗上，畢竟白色布料容易浮現汗漬。貴族女性儀式上穿的禮服布料很重，改成這種布她們一定也會很開心。」

「如果可以的話……希望有天也能生產給一般大眾。」

「一般大眾，是指平民嗎？」

福爾圖疑惑地問，他似乎沒想過這種布也能用在平民身上。

「對，夏天從事體力勞動的人最怕酷暑，因痱子而苦惱的人也很多。」

「原來如此。若是這樣，其實光是圍一條涼感巾感覺就差很多。」

這點妲莉亞已和伊凡諾討論過。

除了騎士和貴族外，倘若也能做給平民使用，生產規模就能擴大，使價格得以降低。最初雖然只提供給魔物討伐部隊，但她希望將來能由服飾公會擴展銷路，以量制價。因此她想將這種布定位成平價商品，而非高級品。

「那麼，明年就需要比現在多幾十倍，不，幾百倍的綠史萊姆……史萊姆須由冒險者公會和服飾公會共同養殖，而且從現在起就得新增養殖槽。」

「不好意思，又要麻煩你們了……」

「不麻煩，我反倒很歡迎呢。如果冒險者公會不願合作，服飾公會這邊會自己想辦法。就算把我家和別墅院子都改成史萊姆養殖場也無妨。」

「福爾圖大人……？」

他家應該在貴族街上，在家裡院子養史萊姆真的沒問題嗎？雖不知道他的別墅在哪裡，但他家人、傭人和鄰居看到那麼多史萊姆，想必會很害怕。

「妲莉亞，我問妳喔，這可以改成更薄的布嗎？」

「可以，只要是能透氣的布就行。」

「那顏色可以換嗎？我想用不同顏色的布。」

「可是……這是綠史萊姆本身的顏色。」

綠史萊姆的顏色是極具風魔法特色的綠。她曾嘗試使用市面上販售的色粉中和劑，顏色卻變得有點混濁，無法完全去除綠色。

「……可以去除。」

「咦，可以去除嗎？」

聽見福爾圖喃喃自語，妲莉亞忍不住追問。

「魔物類的染料大多可以用相反色遮蓋，或用相反的素材淡化。若這原則能應用在綠史萊姆上，就能去除綠色。不過配方只有染色師知道……啊，這點請幫我保密。」

「福爾圖大人，您好厲害！」

露琪亞發出歡呼。的確，如果能成功染色，就能製造更多樣化的衣服。

「這樣一來做成拋棄式的好像有點可惜。」

「嗯？……妲莉亞小姐，紅史萊姆和藍史萊姆賦予在魔導具之後，也會留下顏色嗎？」

「是的，多少都會留下一點顏色。紅史萊姆去除毒性後還能做成口紅。」

「也就是說，它們都能作為染料嘍？」

「是的，可以這麼說。」

「那麼要不要逐一嘗試服飾師和染色師的『定色法』呢？」

「『定色法』？」

魔導具師雖然也會用到染料，但她沒聽過這個方法。

也許是服飾師和染色師的專門技術吧。

「『定色法』不是魔法，而是藉由加熱或冷卻，並加入各種藥品，使顏色固定的方法。賦予的魔法之間不會互斥，因此值得一試。總共有八十種方法，從中或許能找到可行之策。再來還得測試一下，要先染色再定色，還是先定色再染色……」

「可是懂定色法的工匠應該很忙吧？」

「不不，包含我在內，我們很樂意以這項工作為優先。」

福爾圖的語氣聽起來很雀躍。一旁的露琪亞還在用臉磨蹭布料。

「妲莉亞，妳想好這種布要叫什麼名字了嗎？」

「還沒。這布涼涼的，叫『風布』或『低溫布』怎麼樣？」

「聽起來好像會讓人感冒。『流風布』、『涼風布』……不行，我想不到好名字。」

「……有創意點，叫『微風布(Auratelo)』如何？」

「就像從另一個世界來的一樣，好酷喔！」

「福爾圖大人，您簡直是位詩人……」

妲莉亞同意伊凡諾的讚美。福爾圖的命名品味和她天差地遠。

「另外，如果風能再強一點，就會更涼了……」

「我有做風力較強的版本。」

聽見露琪亞這麼說，妲莉亞從包包裡拿出一個小魔封盒，裡頭裝著小條的白色紗布手帕。紗布有兩層，背面塗有格子狀的淺綠線條。

「可惜失敗了。或許是因為面積太小、線條太粗，導致風力過強。」

光是拿在手上就能感受到風壓。

露琪亞接過手帕後攤開來，貼在自己臉上。

「妲莉亞，用這個來做吊襪帶吧！」

「如果覺得裙子太熱，可以把布裹在膝蓋上……呃，露琪亞？」

露琪亞突然掀起自己的裙子，將手帕塞進大腿處的長襪開口。

接著猛地站起身，裙襬隨即飄了起來。

「我要的就是這個！這樣不需要裙撐，裙子也能膨起來！腰部線條既纖細又性感！如此一來就能設計出更多樣的禮服了！」

「原來還可以這樣用啊，露琪亞！這樣就能盡情疊加蕾絲和雪紡紗，創造新的禮服類型！」

見男人笑容滿面，妲莉亞明白了一點。

自己至今見到的福爾圖是服飾公會長，是擁有子爵之位的貴族。

但他內心和露琪亞一樣，住著一位「服飾師」。

「妲莉亞小姐，我由衷感謝您。今後想必能製造出很多有趣的東西。」

「我才要謝謝您。」

「能受邀共同開發這項商品，我感動到想獻上我的劍，全力守護您……」

「那、那個，福爾圖納托大人？」

騎士只會將劍獻給自己認定的主人，或者所愛之人。

雖然知道他是在開玩笑，妲莉亞還是嚇到喊出他的全名。

「妲莉亞，我們來聊聊可以怎麼運用這種布吧！妳今晚來我家過夜！或者我去綠塔也

行！」

「露、露琪亞。」

露琪亞摟著妲莉亞的手臂，眼睛已不只閃閃發光，甚至堪稱目露凶光，令人有些害怕。

不過她遠比妲莉亞更懂布料和服飾。

或許該趁早和她詳談，討論出運用方式和可改善之處。

「這種布的用途感覺還很多，可以依風力強弱製作不同的商品……對了，兩位待會兒要不要直接來我家？既能在那裡討論，我家又有工房，可以盡情使用布料和素材試做。還可以請值得信賴的裁縫師過來，一項一項試做，應該會很有趣。」

「好主意，福爾圖大人！」

「此外，我出於興趣收藏了一些魔物素材製成的布和絲線，數量還不少，您要來參觀嗎，妲莉亞小姐？」

「魔物素材製成的布和絲線……」

「各種蝴蝶、蜘蛛、鄰國的魔蠶和魔羊，以及八腳馬(Sleipnir)和獨角獸做的布，更稀奇的還有大螯蝦鬚做的絲線。」

「聽起來好吸引人……」

妲莉亞原想替他們踩煞車，自己卻也變成加了油的車輪，跟著被吸引過去。

「一定會很開心。即使不喝酒也能歡談一整晚。」

福爾圖不是以服飾公會長身分，而是露出服飾師的神情笑了。

就在福爾圖露出少年般的表情時，伊凡諾悄悄將椅子後退了些。

他已然插不上話。

伊凡諾已了解到露琪亞的個性和妲莉亞差不多，但他還以為福爾圖會基於利益考量將自己拉進來討論，並適時拉住那兩人。

然而事實證明，他也是個熱愛創造的人。儘管會交替顯露出貴族、商人和服飾師等不同的神情，但他對布料和服飾的投入程度不亞於露琪亞。

三人聊到近乎失控的程度，憑伊凡諾一人很難讓他們停下來。而且聊這些也有益商業發展，他就不出言制止了。

他維持著僵硬的笑容轉過頭，稍微舉起手中的茶杯。

前來為他加茶的不是女僕，而是在一旁待命的福爾圖侍從。

只見對方眼中也帶著無奈和了悟，伊凡諾默默喝起紅茶。

一小時後，三人決定至福爾圖的宅邸過夜，被伊凡諾和侍從全力阻止。

儘管沒去成福爾圖家，當天晚上服飾魔導工房中某個房間仍一直點著燈，傳出歡快的交談聲，直到深夜。

⬢ ⬢ ⬢ ⬢ ⬢ ⬢

午後，王城內的魔物討伐部隊大樓罕見地充滿鼎沸的人聲。

「好涼！這樣夏天遠征時就不會感到溼熱了！」

「也不會手滑，導致弓瞄不準！」

「微風布，你真是重裝騎士的救星……」

「臀部也不會再長痱子……」

隊員們的歡呼聲此起彼落，讓走廊變得甚至有點吵。

他們在其他房間換好衣服後來到大會議室集合，排成兩列。前方擺著兩張桌子，一邊是攤開素描簿的福爾圖、露琪亞與副隊長，另一邊則是拿著筆記的妲莉亞、伊凡諾和沃爾弗。

「戴了頭巾後，頭盔就不那麼熱，但風向似乎有些問題。會吹到眼睛。」

「阿斯托加前輩，你的頭巾是不是戴反了？」

「噢，有可能。我就覺得奇怪。希望能做成帽子，並標出正反面。」

「好，我會加上容易辨識的標籤。」

每位隊員都會在其中一張桌子前，描述自己試用微風布的感想與希望。妲莉亞若有不清楚的地方，也會主動詢問。

「希望能出貼在背上的可拆式微風布，風再強一點會更好。」

持盾的重裝隊員這麼說。

「戴在手套內容易滑，能不能直接縫在手套上呢？」

隊上的弓箭手認真地詢問。

「圍巾在戰鬥時得用別針別起來，或者塞進盔甲內。要是被東西卡到導致脖子被勒住就糟了。此外希望風再弱一點，並且可以自由拆下。對我這年紀的人來說太冷了。」

壯年隊員比手畫腳地說。

「這個超棒的，可是背好癢……」

還有年輕隊員眼眶微微含淚。

每個人的感覺各不相同。或許該依風力強弱多設計幾種類型，盡可能符合他們的期待，讓每位隊員自行選擇。

隔壁桌的福爾圖與露琪亞邊和隊員交談，邊在素描簿上畫下新的設計圖。今後微風布的種類顯然會越來越多。

從前陣子起，妲莉亞連續九天每天都去服飾魔導工房，和露琪亞、福爾圖從早討論到晚，和服飾公會僱用的魔導具師、服飾師、染色師與裁縫師等不同的工匠反覆嘗試。

第二天起，她就將賦予方法教給了服飾魔導工房的魔導具師和魔導師們，但要將綠史萊姆均等地呈格子狀賦予在布上似乎很困難。他們花了好幾天才做出理想的成品。

過程中福爾圖和工匠們表示想嘗試染色與固色法，妲莉亞便一邊教他們，一邊拚命製作微風布。

第一天才過三小時她就耗盡魔力，福爾圖見狀拿來一大箱魔力藥水。魔力藥水很貴，一瓶就要兩枚金幣。

妲莉亞起初再三婉拒，但福爾圖說那是服飾公會的備品，不收她的錢，要她儘管喝。不僅如此，還將藥水倒入大玻璃杯中，擺在她面前。藥水開封後就很難保存。最後妲莉亞只能將魔力藥水當作紅茶來喝，邊喝邊做事。

不過那畢竟是藥水，因此不怎麼好喝。

療傷用的藥水有股青草味，魔力藥水喝完則有股莫名的澀味。

很像澀柿汁加水稀釋後的味道，她不管喝幾瓶都無法習慣。

「古拉特隊長，您除了圍巾外不嘗試其他用品嗎？」

「我都穿在裡頭。有內衣、四角褲和護膝。」

「全副武裝呢……」

「像這樣靜止不動，甚至覺得有點冷。」

魔物討伐部隊長古拉特和一位略微年長的騎士，坐在妲莉亞他們後方的椅子上交談。

委請古拉特擔任王城窗口一事，別說妲莉亞，就連伊凡諾都沒出馬。

羅塞堤商會寫了封信打算先向古拉特打聲招呼，剛好那天福爾圖要進城，便替他們捎去，回來時竟帶著古拉特的同意信。

妲莉亞問福爾圖究竟說了什麼，他微笑回答，就只是將圍巾圍在古拉特脖子上。

後來他們決定在遠征用爐正式簽約時，讓隊上有興趣的人試用。

但她萬萬沒想到所有隊員都有興趣。

接著就聽說服飾公會的魔導具師、魔導師和工匠們「拚盡全力趕工」。

之所以說「聽說」，是因為伊凡諾每到傍晚就會把妲莉亞帶走，不讓她留在那兒加班，也不許她在綠塔工作。他說妲莉亞若要加班，自己也有這個權利，妲莉亞只好克制一點。

到了今天，他們終於準備好一定數量的微風布圍巾和內衣，讓隊員們輪流試用。

「就算請他們加緊趕工，也來不及在下次遠征前出貨……」

「體驗過微風布的美好後，遠征實在很難熬啊。」

其他隊員豎起耳朵，聆聽古拉特和騎士的低聲對話。

「不能請他們先提供這批試用品嗎？」

「這樣大家恐怕會為了微風布殺紅了眼……」

「簽約之後，我們會立即提供每人一條圍巾。」

聽見眼前隊員間的對話，伊凡諾語氣開朗地插話。

「古拉特隊長……」

「隊長……！」

隊員們的視線一同轉向古拉特。那眼神已經不是期待，而是哀求了，男人見狀苦笑應道：

「好，那就簽約吧。反正本期的遠征改善預算已經下來。採購完遠征用爐就接著採購微風布。」

古拉特的回答讓隊員們歡聲雷動。妲莉亞雖感訝異，但也跟著露出微笑。

「羅塞堤商會長，我想確認一件事。」

忽然被點到名，妲莉亞連忙起身。伊凡諾也跟著站了起來。

「真的要由我來當王城的窗口嗎？不如申請成為騎士團的御用商會，如此一來預算就能提升，身價也會更高。貴商會為我們開發了這麼多商品。如果你們想申請，我可以當推薦人。」

「感謝您的好意，但敝商會還沒有這個實力，商品數量也有限。為了避免失禮，王族和貴族部分也委託福爾圖納托大人協助應對。」

妲莉亞說出和伊凡諾事先討論好的內容，這時福爾圖從隔壁桌走了過來。

「古拉特隊長，您若想確保每位隊員都拿得到微風布，就得擔任窗口，不然微風布可能會被貴婦們搜刮殆盡喔。」

「貴婦？」

福爾圖湊近古拉特，近到不能再近，在他耳邊低語。

「微風布可以用來做束腰和緊身內衣的內裡。據說有了微風布，穿禮服時走起路來更輕鬆，妝也不容易花。內人還是第一次如此急切地央求我呢。」

「……貴婦的部分可以交由你應對嗎？」

「沒問題，我會優先接待有介紹信的人，交給我吧。」

福爾圖笑著回應完，一派輕鬆地回到桌前。

妲莉亞看傻了眼，身旁的伊凡諾則深深嘆氣。

「抱歉扯遠了，我很樂意擔任窗口。」

「謝謝您，我們也會盡全力滿足貴部隊的期待。」

古拉特轉過來說完，妲莉亞和伊凡諾一同低下頭。

「若有其他單位想跟你們接洽，請聯繫我。對了，兩位可以叫我古拉特。我也可以稱呼妳『羅塞堤』嗎？」

「好的，謝謝您。」

「而你是『梅卡丹堤』對吧？」

「請叫我『伊凡諾』。恕我失禮，您何不直呼我們商會長的名字呢？」

古拉特皺了皺眉，顯得有些欲言又止。

「……我有點叫不出口。因為內人叫『妲莉菈』。」

坐在後方的沃爾弗肩膀微微一震，但沒說什麼。

眾人談得正開心時，一名侍從自門口快步走進來，附到古拉特耳邊說了幾句話。只見他略微板起臉，回了聲「讓他進來」。

「打擾各位了，我聽說古拉特隊長在這裡。」

進門的是一名和古拉特年紀相仿、金髮中夾雜著白髮的男人。

他身穿文官穿的深灰色三件式西裝，領子上別著金色的雙羽領針。

應該是位地位崇高的貴族。沃爾弗等隊員見到他後，隨即起身點頭致意。妲莉亞也退後數步，和露琪亞一同行了個長長的禮。

「妳是羅塞堤商會長吧？真巧，我來退回遠征用爐的預算書。」

「退回？」

古拉特面帶慍色地問，全場目光也都集中至男人身上。

妲莉亞第一個想到的是，會不會是遠征用爐的價格超出他們的預算？畢竟遠征用爐並不便宜。

「官員們對此有很多意見，看不出這東西必要性何在。你們至今沒有遠征用爐，不也撐過來了嗎？」

「這部分應該交由我們部隊來判斷才對。這應該包含在遠征改善經費內吧？」

「是的，但遠征用爐比一般的小型魔導爐還貴。」

「若要帶去遠征，勢必得做很多改良，改變形狀、減輕重量。我認為這些改良是合理的。」

果然和預算有關。妲莉亞感慨地心想，預算問題不論在前世或今世都是一大難關。

「此外官員們也表達了擔憂。」

「擔憂？」

「直截了當地說，就是羅塞提商會的信用問題。」

「難道保證人有什麼不足？」

「這部分倒沒問題。不過，他們商會今年才剛成立，就進城做生意、提供多種商品，這情況未免太不自然。還有人提到她曾任男爵的父親已經亡故，又沒有親戚擔任監護人，這些都啟人疑竇——女性商會長很少見，各種『傳聞』自然會甚囂塵上。」

他瞥了妲莉亞一眼後，又將視線移向沃爾弗，然後是古拉特。琥珀色眼眸顯得極為冰冷。

「不過是傳聞，我一點都不介意。」

「即使古拉特隊長您不介意，那些傳聞還是會給您帶來負面影響。比方說她被叫進隊長室，出來時衣服稍顯凌亂不潔——連這點小事也會被傳出去。」

「……吉爾多，你這傢伙……」

古拉特氣得用沙啞的聲音低吼。

但名叫吉爾多的男人依舊面不改色。

「抱歉這麼晚才向羅塞堤商會長自我介紹。我是財務部長，吉爾多梵・迪爾斯。我已將對妳不敬的那名女僕趕出王城。汙損的衣物，賠妳四枚金幣夠嗎？」

妲莉亞腦內一片混亂。

從剛剛起她雖能聽見對方說的話，但實在不願理解背後的意義。

前幾天那名女僕故意弄髒妲莉亞的衣服。命令她的恐怕就是這個男人。

這麼做似乎是為了找古拉特的麻煩。這出於惡意的行為牽連到了妲莉亞，但他卻絲毫不把她放在眼裡。

「……感謝您的自我介紹。我是羅塞堤商會的妲莉亞・羅塞堤。不需要賠我衣物的錢，

我現在穿的就是那天的裙子。」

那件裙子被女僕弄髒後重新染過色，現在就穿在她身上。深綠色的裙子上看不出一點汙痕。

「哦……羅塞提商會長。剛好妳在這兒，我就直接跟妳說了。可以請你們商會備齊遠征用爐的詳細說明書，以及符合預算的報價單，再次提交給財務部嗎？需要的話，我甚至可以安排一個場合，讓妳在王城內介紹商品。」

對方肯定量她不敢答應，眼中充滿揶揄的神色。

妲莉亞將湧上喉頭的憤怒與不安嚥下，回答他道：

「……那就麻煩您安排了。」

「妲莉亞小姐！」

伊凡諾小聲呼喚她。未和伊凡諾商量就答應是她不對，但若只提交文件，感覺會被輕易毀棄。她想要把握一線機會，好好向對方說明。

「好，那就訂在三天後的下午。過程中如果妳覺得辦不到，隨時可以透過古拉特隊長回絕。恕我告辭。」

見吉爾多臉上堆起完美笑容，她不由得全身緊繃。

對方以過近的距離與她擦身而過。正當她意識到這點時，低喃聲便傳入她耳中。

「我倒要看看『家貓』有多少能耐。」

「……唔！」

從此刻起，妲莉亞將這男人認定為敵人。

「家貓」一詞乍聽有點可愛，但在這個場合其實意味著「某人的情婦」。即使對貴族用語再怎麼不熟，這點她還是知道的。

妲莉亞沒有爵位，也沒有太多亮眼成績。外表和儀態或許也不足以在王城立足。

但是，難道他真的認為，魔物討伐部隊的成員被一個女人迷住，企圖利用職務之便圖利商會？

他到底把這些為了國民拚命和魔物奮戰的人當什麼了？

前世從大學的研究課到公司研習，她都很不擅長上台報告，但仍努力撐過來了。三天後就全力以赴，報告給他看吧。

她緊咬嘴脣內側，擠出笑臉目送男人離去。

吉爾多離去後門完全闔上，妲莉亞下意識吁了口氣。

她試圖轉身，卻辦不到。某種冰冷而恐怖的東西在她周圍流竄。她的身體僵在原地，既發不出聲音，也無法轉向。彷彿空氣突然變得稀薄一般，感到難以呼吸。

「他說姐莉亞是什麼……！」

「姐莉亞小姐讓重裝騎士得以享受涼風，他豈可如此不敬……」

「好想把我以前用的鞋墊放進那傢伙的鞋子裡……讓他得足癬。」

「……這種人感覺就會被人夜襲報復……」

「好了，你們這些傻瓜！別在這裡用『威嚇之氣』！」

壯年騎士大聲喝斥隊員們。

看來沃爾弗等運用身體強化能力、豎耳聆聽的隊員們，全都聽見了吉爾多說的話。

儘管在此狀況下，聽到他們為自己打抱不平，姐莉亞仍有些開心。

不久後終於能動了，她回頭一看，只見沃爾弗單手按著眼部，似乎在阻止仍想衝出體外的威嚇之氣。伊凡諾和露琪亞都臉色蒼白，福爾圖則面不改色，憂心地望著姐莉亞，不愧是福爾圖。

「各位，真是抱歉。剛才放出『威嚇之氣』和『不小心失言』的人，待會兒穿著盔甲去鍛鍊場跑五圈。當然，不准用微風布。」

「……是。」

隊員們語帶反省地回應完，騎士轉向古拉特。

「古拉特隊長，迪爾斯侯爵剛才那番話，實在對羅塞堤商會長太過失禮。請隊長正式提出抗議。」

「很感謝您的心意，但不用了。」

古拉特還沒開口，妲莉亞就先拒絕。

「羅塞堤商會幫了我們這麼多忙，我們可以代為抗議沒問題。」

「謝謝，但我想自己向他提出收回前言的請求。或許得不到他的道歉，但請容我們商會自行處理。」

妲莉亞向壯年騎士低頭請求道。

若請部隊代為抗議，或許能換得對方的道歉，但同時人們也會認為妲莉亞躲在部隊的庇護之下。而且由古拉特出面抗議，還可能使謠言越演越烈。

她沒有爵位，無法要求對方道歉，但可以請對方收回前言。雖不知道對方願不願意照做，但至少能避免誤會加深。

此外，她也聽見壯年騎士稱呼那個人為「迪爾斯侯爵」——既然是侯爵，就和古拉特同爵位。

與財務部發生糾紛，勢必會對魔物討伐部隊今後的發展不利。妲莉亞希望能避免這種情況。

「……羅塞提，很抱歉。他剛才說那些都是在找我麻煩。那些謠言由我去擺平。請妳不要怨恨他。」

「古拉特隊長！」

沃爾弗扯著嗓子大喊，古拉特露出自嘲般的表情，接著說下去。

「因為是我殺了那個男人的弟弟。」

突如其來的話語，讓全場啞然。

「過去曾有一名隊員在遠征回程途中落馬身亡。醫生說是貧血和營養失調所致。當時的伙食比現在更糟，他可能沒吃什麼東西。然而我卻沒注意到。」

「那不是古拉特隊長您的錯……」

「當時帶隊遠征的人是我。朋友將弟弟託付給我，我隨口答應下來，沒有信守承諾。我要為這一切負責。」

老人般沙啞的聲音，刺痛妲莉亞的耳膜。

魔物討伐部隊不只要在遠征中拚死拚活和魔物戰鬥，還得忍受飢餓與隨之而來的身體不適。

她想起初遇那天渾身是血的沃爾弗，心裡很難受。

「我會再跟財務部協商。若還是不行，就用已經撥下來的預算採購，不夠的部分由我自掏腰包。」

「謝謝，但我還是希望能親自介紹商品。」

「不用勞煩了。妳也看到他是怎樣的人，去了只會讓妳更不開心而已。」

「沒關係，我們商會難得有這種『鍛鍊的機會』，要好好把握。」

開發魔導具時經常會碰壁，得絞盡腦汁思考要跨越阻礙、破壞阻礙，還是改變方向。

而看伊凡諾就知道，做生意就像在編織一張多邊利益關係的網子。過程中必須再三碰撞、迴避，逐步找出可連接的線頭，十分費力。

開發魔導具和做生意都沒有捷徑。妲莉亞雖是一時情急答應的，但開發者兼商會長說過的話可不能不算話。她想盡可能做到好。

「『鍛鍊的機會』嗎……真可惜，若是男孩子我就能收為養子了……不，等等……」

古拉特掩著嘴嘀咕了幾句，妲莉亞聽不清楚。

正想追問時，壯年騎士輕咳了一聲。

「那麼能否向迪爾斯大人說明遠征伙食的重要性呢？」

「……就算告訴他，他也不見得能理解。」

對方的聲音中透著傷痛，姮莉亞聞言不禁低下頭。

「對不起，沒有多想就多嘴問這種事。」

「不，我很高興妳有這份心意。」

後來福爾圖加入對話，話題又回到微風布上，彷彿什麼事都沒發生。

然而大家都變得安靜許多，先前那種熱鬧氛圍已不復見。

最後，姮莉亞等人請部隊今後繼續試用微風布，並整理相關意見，試用會就此告一段落。

「姮莉亞……希望妳不要太沮喪。」

在王城馬場要踏上歸途時，同行的沃爾弗在馬車上如此說道。

伊凡諾說有事要找福爾圖討論，暫時離開馬車。

「妳做的東西真的對部隊很有幫助，大家都很感激妳。」

「謝謝。聽到你這麼說，我又有了努力的動力。」

今天發生太多事，讓她略感疲憊。接下來還得和伊凡諾開會，為報告做好充分準備。身為羅塞堤商會的代表，必須盡量說明遠征用爐的優點，好讓部隊得以順利採購——她心裡乾著急，下意識握緊拳頭。

「……不用那麼努力沒關係。」

「咦？」

「妳已經夠努力了。未來我們部隊也會採取行動，妳不用太為此煩惱。」

「我的表情有這麼沉重嗎？」

「有，沉重到讓人擔心妳這裡會長皺紋呢。」

沃爾弗指著自己的眉心笑道。那笑容讓她緊繃的肩膀自然而然放鬆了。

「我現在還不想長皺紋，會小心一點的。」

「現在還不想？意思是未來會希望有皺紋嗎？」

「是啊，到了一定年紀，臉上有點皺紋比較像『有威嚴的魔導具師』。」

「有威嚴的魔導具師……」

沃爾弗肩膀微微顫抖，拚命忍笑。

他還以為妲莉亞沒發現，但其實憋笑得很明顯。她不懂這有什麼好笑的，不過這種日常對話讓她鬆了口氣。剛才的事似乎意外地令她頗受打擊。

希望事情告一段落後，能和沃爾弗輕鬆喝著酒，毫無壓力地聊聊魔導具和魔物——妲莉亞稍微鼓起勇氣，主動提出邀約。

「沃爾弗，這次說明會結束後，要不要一起小酌一杯呢？」

「好啊，我來找找好喝的酒……抱歉，太習慣和多利諾他們這麼做。」

沃爾弗說到一半舉起手來，又連忙放下。或許是想和妲莉亞擊掌。

見他下意識做出只會對親近友人做的舉動，妲莉亞莫名開心。

她用指尖戳了戳對方垂下的手掌，笑著說道：

「我很期待喔。」

幕間　晚宴的護花使者與生平初次泡的紅茶

沃爾弗透過馬車車窗，望著雲朵間閃爍的星星。

今天他要負責在晚宴結束後，接前公爵夫人艾特雅回家。

他一如往常地參加完王城內的訓練，換了套衣服，坐上前來迎接的馬車抵達會場。

平常艾特雅離場前，他都會在馬車上小睡片刻，或吃點車內準備的輕食，今天內心卻不太平靜。睡也睡不著，看到用上好食材做的輕食也沒有食慾。

總覺得在馬車上等待的時間格外漫長。

艾特雅出席晚宴時總會比別人晚到，比別人早離開。護送她進場的，有時是一位擁有爵位的護衛騎士，有時是沃爾弗。她時而會和那名騎士一同離場，時而由沃爾弗來接她。

這工作偶爾也會換其他人做，但沃爾弗從未過問對方是誰。

前陣子妲莉亞將一份禮物託給沃爾弗，要他送給艾特雅，用以答謝她之前送的酒。

妲莉亞為此左思右想，認為送烘鞋機當回禮不太好，打算送小型魔導爐，但又不知道這樣會不會失禮。

由於小型魔導爐和沃爾弗較有關聯，他們最後便決定送小型魔導爐，但仍不知艾特雅會不會用。儘管心裡有這樣的疑惑，他仍將妲莉亞細心包裝的禮物帶來。

昨天在王城內發生了那種事，他很替妲莉亞擔心。

然而臨別之際，妲莉亞本人卻擔心起弄髒她衣服那名女僕的安危。沃爾弗為了讓她安心，便答應她會將這件事告知隊長和哥哥，請人確認女僕的狀況。

這件事多利諾和蘭道夫似乎早已知情，只有沃爾弗不知道。也許是巧合，又或者是不想讓他擔心。他雖能理解，但心情仍莫名複雜。

「艾特雅夫人即將離場。」

終於聽見侍從這麼說，沃爾弗檢查完自己的服儀，走出馬車。

眼前是一棟豪華的宅邸，有著純白的外牆和鮮紅色屋頂。路上的魔導燈多到恍如白晝，他沿著那條路向前走，接著用笑容迎接緩緩走出正門的女人，朝她伸出手。

「在下來接您了，艾特雅夫人。」

「謝謝你，沃爾弗雷德。」

這已不知道是第幾次。他要做的就只是在舞會或晚宴結束後，像這樣迎接艾特雅，送她

回宅邸。

眾多視線集中在他們身上，但艾特雅和沃爾弗都沒有理會。視線中隱含的不知是嫉妒、欲望還是嚮往。沃爾弗對此既沒有優越感，也毫無興趣。

他無視那些大到稱不上竊竊私語的聲音，護送艾特雅上馬車。

車門一關上，沃爾弗隨即長嘆一口氣。

「怎麼心不在焉的？在女人面前最好演一下，這也是護花使者的義務。」

「很抱歉，今後會注意。」

艾特雅面露調皮的笑容調侃道，沃爾弗認真地向她道歉。

自己經常讓她操多餘的心，確實很失禮。

「沃爾弗雷德，你有什麼煩惱嗎？」

「是有一點……」

「是工作上的事嗎？無法對我說的事？」

「不，並非部隊機密，而是在下擔任保證人的商會想將商品提供給部隊，但進展得不太順利。」

「如果你希望我出面處理，我可以幫這個忙。」

「謝謝，您的好意在下心領了。」

沃爾弗毫不猶豫地拒絕。妲莉亞肯定不希望艾特雅插手這件事。

「你表情那麼沉重，我還以為你想提『分手』卻開不了口呢。」

「『分手』？」

「是啊，和我分手。總是像這樣來接我，你珍視的人會吃醋吧？若你感到困擾，我們隨時可以結束關係。」

「不，在下和她不是那種關係。」

他完全無法想像妲莉亞為此吃醋的樣子。他們是朋友，這也是當然的。

「倘若見到那位朋友和其他男性跳舞，你也無所謂嗎？」

沃爾弗想像了一下妲莉亞當上男爵，在舞會上跳舞的模樣。她穿禮服應該很適合，但感覺對這種事不太擅長。此外他多少會擔心安全上的問題，但終究無法阻止她跳舞。頂多只能在一旁默默守護她。

「身為朋友雖然會有些擔心，但不會阻止她。我沒有那個權利。」

他的自稱不知不覺從「在下」變成了「我」，自己卻沒發現。（註：原文中的第一人稱從較為正式的「私」，變成私下場合用的、帶有男性色彩的「俺」）

艾特雅沒說什麼，就只是瞇著眼睛微笑。

回到宅邸後，沃爾弗只喝了一杯白酒就窩進客房。

女僕在艾特雅面前打開碎花圖案的包裝布，拿出小型魔導爐。裡頭還有張對摺的卡片，以工整的字跡寫道這是上次那瓶酒的回禮。

艾特雅將沃爾弗朋友送的小型魔導爐放在桌上。

她似乎對那爐子很感興趣，頻頻從不同角度欣賞，確認魔石的位置。

「艾特雅夫人，您要不要用它來煮水泡紅茶呢？」

見艾特雅心情愉悅，男侍從半開玩笑地問。

沒想到她竟笑著答應，還說要自己泡。甚至不讓人教她怎麼泡。

一旁的女僕顯得很慌張，並對侍從投以責備的目光。他感到很抱歉。

「話說……那孩子總是只願意收下自己還得起的禮物，好像很不喜歡欠我『人情』。」

艾特雅邊盯著小型魔導爐上方小鍋子中的熱水，邊抱怨道。

她接著用湯匙舀起放在旁邊的高級茶葉，舀了整整三杯，一股腦兒地倒進沸水裡。

女僕連忙摀住嘴巴，發出無聲的慘叫。

「或許因為他是男性吧，不想欠女性『人情』也很正常。」

「是嗎？希望他多依賴我一點，難道是奢求嗎？」

「按他的個性恐怕很難……」

侍從腦中浮現黑髮男子過於俊美的側臉。

那個名叫沃爾弗雷德・斯卡法洛特的男子。

他已出入艾特雅家多年，每次從晚宴上接她回來後，都會留宿在此。

但他從未與艾特雅同床共枕，也未收取分毫金錢。甚至不曾請有權有勢的艾特雅幫任何小忙。就只是純粹來這裡作客。

幾年前，沃爾弗雷德在魔物討伐部隊中升上自己嚮往的赤鎧一職。

艾特雅和侍從討論後，決定送他一個深紅狐（Crimson Fox）的零錢包作為賀禮。那是個有著精美雕花的高級品，價格不菲。

他收下後笑著道謝。侍從見狀鬆了口氣，心想他喜歡就好。

沒想到，他隔週竟回送艾特雅一個幾乎相同價格、甚至同為深紅狐材質的小包包。

收到地位較高、而且還是年長女性送的禮物，其實只要道聲謝，或者送朵花就夠了。但他卻沒這麼做。

後來他每次收到艾特雅送的禮物，都會回送等價的物品。

彷彿不允許兩人間的天平有些微傾斜，給人一種如履薄冰之感。

打從剛認識起，沃爾弗雷德身上就沒有他那個年紀應有的少年感，也不具青年氣息。

他總是彬彬有禮，連對侍從也會打招呼，從未顯得驕傲自大。

艾特雅教他跳舞時，他認真學習；教他貴族的禮儀與說話方式時，他認真聆聽。唯有嘗到美酒佳餚時偶爾會露出開心的表情，但也只有短短一瞬間。

侍從大致聽說過他過去的遭遇。他和任何人都互不相欠、保持一定距離，有時讓人覺得他身後是一片冰冷漆黑的世界。

然而他最近卻開始顯露出與年齡相符，不，甚至如少年一般的豐富表情。

艾特雅為此開心得不得了。

不知從何時起，艾特雅越來越常談論他的事。

「真希望沃爾弗雷德學著多依賴別人一點。世上的男人不都喜歡『女人的體貼』嗎？」

艾特雅說完，用纖白的手指關掉爐火。

接著巍巍顫顫地端起小鍋子，將茶水過濾後倒入茶杯中。

這樣泡茶顯然有許多問題，顏色深到想必嘗起來很澀，不過侍從決定默默旁觀。女僕臉色蒼白，侍從也不知道怎麼安慰她。

「這還是我生平第一次自己煮水泡紅茶呢。」

聽見艾特雅心滿意足地這麼說，侍從努力忍笑。

他試著想像待會兒可能嘗到的紅茶滋味，好不容易才忍住。

「對了，我想了解一下沃爾弗今天提到的那件事。」

「您不是答應他不出面干涉嗎？」

「我只說『不出面』，沒有說我『什麼都不做』啊。」

「……艾特雅夫人。」

「幫助溼漉漉的幼犬撐過風雨不為過吧？」

見艾特雅露出豔麗奪目的笑容，侍從深深嘆氣。

他服侍艾特雅多年，深知她的個性。到這個地步已沒人能阻止她。

「來嘗嘗這紅茶味道如何。」

她表面上是任性而為的貴族女人，實際上一直在為家國效力，對於自己人意外地有情有義。

這樣的女人第一次親手泡的紅茶——服侍她將近二十年，如今有幸第一個喝到，該對此心懷感激嗎？還是該為自己勇於挑戰的精神感到驕傲呢？

最後，那紅茶的滋味讓在場三人都忍不住痛苦哀號。

為誰打造的遠征用爐

在羅塞堤商會於商業公會租借的辦公室內，妲莉亞和伊凡諾隔著桌子相對而坐。伊凡諾剛才拿銀幣給幫忙商會撰寫文件和書信的人，要他們暫時去外面喝杯茶。因此現在辦公室內只剩下他們兩人。

從王城回來隔天起，兩人就反覆討論如何介紹遠征用爐、制定價格。

「商品介紹這樣就行了，問題還是在於價格。」

明天就要進城，他們倆在報告內容上總算達成協議，也已大致做好報告的準備。但對於價格的想法仍是兩條平行線。

「財務部嚴格審查魔物討伐部隊的預算好像是慣例。因為五任之前的魔物討伐部隊長曾浮報遠征經費，侵占公款。」

「聽起來是很久以前的事了。」

「是啊，當時我和會長您都還沒出生。是福爾圖大人告訴我的。正是這起侵占事件讓侯

爵家從八家變成了七家。該名隊長原是侯爵，事發後受到剝奪爵位的處分。」

妲莉亞稍微明白財務部為何會嚴格把關部隊的預算了。

但古拉特甚至說要為下屬自掏腰包採購遠征用爐。這樣的人絕不可能侵占公款。

「我還是要重申一次，就算交易對象是魔物討伐部隊，也不能損及商會利益，壓低價格。」

「降到和小型魔導爐差不多的價格，會太低嗎？」

「會。說難聽點，簡直『低得過火』。」

伊凡諾脫下深藍色外套掛在椅背上，在桌上雙手交握。他深吸一口氣後，滔滔不絕說了起來。

「會長，我父親被人稱作『仁德商會長』。在外號『精明商會長』的祖父過世後，父親對有困難的商會伸出援手，擔任貸款保證人，最後賠上了一切。信譽、客戶、財產、房子、家人和他本人的性命，全都沒了。」

「伊凡諾……」

「這麼說或許很自私，但賺錢是商人的根本。情義和尊嚴固然重要，但光靠這些活不下去。唯有將錢賺進口袋裡才稱得上商人，稱得上商會。我年輕時體悟到這一點，因此不希望身為商會長的妲莉亞小姐因懷抱理想主義，而重蹈覆轍。」

聽見伊凡諾真誠地這麼說，妲莉亞也認真回應。

「這或許是和部隊展開長期合作的契機。這次降價賣給他們，應該也是有好處的吧？」

「遠征用爐在設計上堅固耐用、不容易毀損，無法估算他們之後會回購多少台。而王城其他單位也用不到遠征用爐，只需要小型魔導爐就夠了，所以也不確定會不會訂購。考慮到這些，在一開始降價求售並非明智之舉。」

「光是提供五趾襪和鞋墊給部隊，不就已經能賺到一定利潤了嗎？」

「雖有利潤，但兩者是不同的商品。沒有商人願意賣不賺錢的商品。」

這麼說來，兩者確實不同。一個正常的商會，不會像這樣只調降單一品項的價格。妲莉亞拚命思考其他理由。

「這麼做或許能強化我們與部隊之間的關係？」

「現在已有沃爾弗大人和古拉特隊長能幫我們和部隊牽線。就讓隊員們個別購買，等商品慢慢普及吧。商品本身是好的，只要給它一定的時間，自然會開始流行。」

「在那之前難道只能袖手旁觀嗎？他們賭上性命到外地驅除魔物，結束後連一份營養美味的餐點都吃不到……他們的工作那麼危險，遠征中吃到的很可能就是最後一餐。」

「這只是您個人的『同情』和『擔心』吧？身為商會長、身為魔導具師，可以因為這樣的私人情感，而將遠征用爐推銷給部隊嗎？」

伊凡諾用那雙深藍色眼眸靜靜凝視她。

「恕我直言——『妲莉亞小姐』，妳是不是過於把沃爾弗大人和魔物討伐部隊混為一談了？」

「啊……」

妲莉亞的喉頭迸出小小的驚呼。

伊凡諾說得沒錯。一開始只是因為沃爾弗想用，她才著手改良，從沒想過要賣給部隊。如今卻希望部隊採購遠征用爐，讓遠征生活更為安全舒適。

會這麼想全是因為沃爾弗。

她一直忘不了初次相遇那天，他傷痕累累、渾身是血的模樣。

「遠征用爐確實能改善部隊伙食，隊員們一定也很感激您這份心意。但商會和部隊做生意應該是對等的工作，而非慈善救濟。若我們單方面削減利潤，對方早晚會感到顏面無光。畢竟他們是騎士，也是男人。」

「……對不起，我想得不夠多。」

妲莉亞向伊凡諾低下頭，咬緊下脣。

她將對友人的情感帶進工作，目光窄小，被內心的期待牽著走。實在不夠格當商會長。

「請您別灰心。我有時候講話比較嚴厲……」

「不會，謝謝你。你不說的話我根本不會注意到。」

「其實方法有很多，例如先將遠征用爐當作試用品借給部隊，等正式量產再向他們收取原價。不過我想那位財務部長應該不會輕易答應。」

他抓了抓芥子色頭髮，顯然很擔心妲莉亞，令她內心過意不去。

沒時間灰心喪志了。明天就要進城向財務部介紹商品。

「若您無論如何都想降價，就想想有沒有其他東西能作為商品的代價吧。不論是對商會有利，或對魔導具師有利的事物都行。」

「伊凡諾，這樣沒關係嗎？」

「只是想想又不會少塊肉。如果真的想降價，就先說服我吧，會長。不然那個『狡猾的老頭』也不會點頭，絕對會挑您的毛病。」

伊凡諾稱吉爾多為「狡猾的老頭」，露出一貫的笑容。

她深深慶幸眼前的男人是自家商會員。

「要告訴自己一定有辦法，反覆從不同角度思考。多花些時間也無妨。」

腦海中浮現父親製作魔導具時說過的話。

眼下必須找出能對魔物討伐部隊降價、又能維持羅塞堤商會利潤的方法，還得讓商人伊凡諾同意，並讓財務部的吉爾多點頭。

她不惜犧牲商會利益也要實現自己的願望，甚至可說是任性的願望。因此必定得為此絞盡腦汁到頭疼的地步。

「讓我思考一下。」

「好的，我會等到最後一刻。」

妲莉亞在桌上放了五張筆記紙，想到什麼就立刻寫下。她飛快動著鉛筆，一次又一次撕開包筆芯的紙捲。粗糙的筆記紙表面很快就被字填滿。

專心地寫著寫著，忽然發現自己正在咬左手拇指的指甲。早已忘卻的幼年習慣，不知不覺又跑了出來。

當時父親為了讓她改掉這個壞習慣，在她指甲上塗辣椒水。裝辣椒水的紅瓶子上，還貼著寫有「妲莉亞用」幾個大字的標籤。

小時候辣到流淚的記憶，使她覺得自己嘴脣一陣麻，不由得輕笑起來。

就在這時，她有了一個點子。

「……伊凡諾，可以跟你商量一件事嗎？」

「沒問題。要不要找嘉布列拉小姐？或者沃爾弗大人……不過有些事好像不方便問身為隊員的他。另外也可以找福爾圖大人，他感覺就很熟悉這方面的事務，應該能私下為我們做些事。」

「不，我就是想找你商量。」

「失禮了。請說，會長。」

伊凡諾理了理絲毫未亂掉的衣領，妲莉亞也挺直身體，和他正面相對。

倘若說服不了伊凡諾，就無法降價促成這次交易，也就無法將商品銷售給魔物討伐部隊，讓他們無所顧慮地使用。

「我這就開始說明。」

她在新的紙張上塗塗寫寫，娓娓道來。

於是，商會長和商會員就這樣詳談了良久。

◆◆◆◆◆◆

隔天，在前往王城的馬車上，妲莉亞不斷握緊右手不斷又放鬆。她的手指明顯在顫抖。

坐在旁邊的嘉布列拉輕輕握起她的手。

「妲莉亞，補點口紅，笑一笑。」

「咦？」

「自己先被壓垮怎麼行？妳待會兒不是要用魔導爐把那些男人好好燉煮一番嗎？」

「……燉煮嗎？」

「煎煮炒炸隨便妳，別弄得太焦就好。」

嘉布列拉一本正經地這麼說，令妲莉亞忍不住笑了出來。

她和妲莉亞等人一起從商業公會搭馬車至王城。想必是因為擔心妲莉亞會太緊張。

坐在對面的伊凡諾今天毫無多餘的心力。他看都沒看她們一眼，拚命翻閱手中的文件。

妲莉亞做了個深呼吸後，細心地補擦口紅。她望向銀製手鏡，鏡中的自己面容雖有些僵硬，但仍露出了營業用笑容。

她今天身穿偏藍的藏青色禮服。裙襬雖長但不會拖地，胸口和背部也沒有鏤空。這套類似國標舞裙的禮服，是男爵之女所能穿的最頂級裝束。布料不可思議地看起來既有光澤又深邃，觸感非常好。

和財務部長起爭執那天，福爾圖就準備好這塊布料，露琪亞負責指揮，並和裁縫師們花了兩天縫製。

妲莉亞想付製作費，但他們說這是為了微風布做的試作品，不收她的錢。

頸部和手腕在禮服襯托下顯得格外纖細，連妲莉亞在意的腰身也用摺線加強修飾。此外舉手時禮服不會因而亂掉，彎腰時領口也不會打開，寬闊的裙襬亦便於行走。內裡採用柔美的水藍色布料，腋下和背部等部位縫上了微風布。

她拚命向兩人道謝、道歉，福爾圖和露琪亞露出同樣的表情說：

「這是進城穿的戰鬥服，大方說出妳想說的話吧。」

「沒錯，是戰鬥服！妳一定要打倒那個狡猾的老頭！」

妲莉亞從意外好戰的兩人手中順從地收下禮服。

還有另一個人也在為她加油打氣。

發生爭執當晚，沃爾弗就提供大量王城騎士團的公開資訊。那是他在隊上蒐集來的。隔

天傍晚，他又送了花和餅乾到綠塔，慰勞她的辛勞。昨天夜裡，他還趕來商業公會陪妲莉亞討論報告的事。

沃爾弗又說了一次「希望妳別勉強自己」，妲莉亞笑著點頭。連她自己也不知道那個笑是出自真心，還是像手鏡中這樣的營業用笑容。

仔細想想，今天的說明會不過是她爭取來的一次機會。

就算財務部不接受她的說明，也只會讓遠征用爐的訂單減少而已。古拉特早已提出分期購入的備案。即使報告失敗，商會也不會受影響。

財務部長吉爾多那番話雖讓她氣憤難平，但就先擱在一邊吧。

她能做的，就只有將自己做好的準備冷靜發揮出來。

「我出發了，嘉布列拉。」

「慢走，妲莉亞。祝妳成功。」

嘉布列拉舉起手說完，妲莉亞回以微笑，步下馬車。

王城中央大樓的寬敞會議室中，約有十五名的文官坐在椅子上。

不知為何，魔物討伐部隊也出動了幾乎相等的人數來場。

起初只說現場會有八名財務部文官、三名魔物討伐部隊員。人數卻一下子暴增三倍。

「很抱歉多了這麼多人……剛才魔物討伐部隊的成員也說想來聽取簡報，您準備的資料可能得讓他們兩人看一份。」

自稱是今日助手的文官冒著汗低頭道歉。

「沒關係，我多準備了一些，請發給他們。」

和商業公會長雷歐涅預測的一樣。他說這次若要帶資料去王城，最好準備預估人數的三倍，因為人數有可能大幅增加。

因此他們昨天在公會盡可能動員人手來抄寫資料，但還是差點抄不完。

「我是羅塞堤商會的妲莉亞·羅塞堤。誠摯感謝各位今日撥出寶貴的時間前來。接下來我將針對魔物討伐部隊採購遠征用爐一案進行說明。」

會議室牆邊設有高起的講台，妲莉亞在台上深深行禮。簡短致意後，隨即開始介紹遠征用爐。

「請看各位桌上的展示品。和小型魔導爐相比，遠征用爐已盡可能改良得更為小巧、輕便。」

桌上陳列著小型魔導爐和遠征用爐的實體。看見有些人興致盎然地摸起爐子，妲莉亞接

著說道：

「將金屬蓋子翻過來，可以當作淺鍋和平底鍋使用。重量和一只皮袋裝的酒差不多。此外，遠征時無須每個人都攜帶。若行李空間不足，隊員們可輪流休息，兩人使用一台。」

邊聽邊點頭的都是魔物討伐部隊員，像是沃爾弗、古拉特和蘭道夫等人。他們雖然沒有出聲，但光待在會議室裡就足以讓妲莉亞感到安心。

「遠征中若有完善的伙食，隊員們就更能夠照顧好自己的身體，連帶提升討伐與行軍效率。再者，在為期較長的遠征中，即使是訓練有素的騎士也可能遇到伙食不合胃口，或者腸胃不適、感冒等狀況。有了遠征用爐就能提供他們需要的伙食，進而提升全隊士氣。」

妲莉亞直視著吉爾多說。

他前些日子的言行雖然令人火大，妲莉亞仍想讓他明白遠征用爐的優點。

「……聽起來確實挺有效的。」

古拉特以毫無起伏的聲音答腔。並未出現反駁或諷刺等預期中的反應。

「遠征用爐在沼澤、草原、沙漠、乾旱地區等難以生火的地方也能使用。倘若不得不食用當地取得的食材，煮熟了再吃也會比較安全。」

「有時遠征會拖得比預定時間更長，導致糧食不足。這時就必須食用當地獵捕到的野獸或魔物。」

古拉特幫忙補充道。財務部的年輕官員們聞言竊竊私語起來。看來他們並不知情。

「至於爐子用的火魔石，也不需要頻繁更換。遠征中可以請會用火魔法的隊員為魔石補充魔力。」

大致介紹完遠征用爐的功能後，妲莉亞調整了一下呼吸。

接下來的內容不是說給魔物討伐部隊，而是說給財務部聽的。

「請參考手邊的資料，翻到下一頁。上方是目前的伙食，下方是今後可能提供的伙食。一旁也附上了價格差距。」

「這樣伙食費不是會大幅增加嗎？」

「是的，但同時也會帶來可觀的經濟利益。」

妲莉亞稍微提高音量。

「遠征用爐可以改善伙食，讓隊員照顧好身體，如此一來魔物討伐部隊員自請調職、提前退伍的比例就有機會下降。此外若能在遠征中做好健康管理，就能降低受傷和罹病的比例，休養時間、治療費用也會隨之下降。如果受傷和罹病機率下降，隊員們的在職時間也有可能延長。這樣對於『人力資源』和『預算』等方面，不是很有幫助嗎？」

騎士團中退伍時間最早、提前退伍人數最多的，就是魔物討伐部隊，自請調職的人也很多。

妲莉亞說明的同時，伊凡諾和助手文官在她身後舉起一大張羊皮紙。

「請看這張圖。」

「這是……什麼？」

「這個圓代表全隊人數，紅色的部分是提前退伍的比例。旁邊有魔導部隊和其他騎士團的數據可供參考，分別以綠色和藍色表示。」

「用圓形呈現又是另一種感覺呢。想不到退出魔物討伐部隊的人這麼多……」

「紅色的部分好多……這樣很好懂。」

比起妲莉亞的敘述，眾人更著眼於圓餅圖。這世界雖然有折線圖，卻沒有圓餅圖。不知為何，他們想呈現比例時通常會用正方形，在方框內畫上格子再塗色。

隨後，她將話題帶回資料上，用圖表說明傷病患的人數、入隊後每一年的離職數，以及不同年紀的退伍人數。

這些資料雖然騎士團都有公布，但將魔物討伐部隊和第一騎士團兩相比較後，眾人立刻明白問題所在，讓人感到很諷刺。四十五歲之後的人員差異尤為顯著。

「將遠征用爐加入遠征配備中，確實是一筆鉅額開銷。但是長遠來看卻能有效節省預算。」

語畢，妲莉亞請伊凡諾和文官舉起最後一張羊皮紙海報。

她牙一咬，開始說明海報上的內容。

「這是近二十年來『遠赴名譽之地』的人數。依序是魔物討伐部隊、魔導部隊和其他騎士團。」

「遠赴名譽之地」指的是因公殉職者。

每個紅點都代表一位殉職的魔物討伐部隊員。

魔導部隊以綠色呈現，其他騎士團為藍色。

騎士團中也有人因為守衛國界、與入侵者交戰或發生事故而身亡。然而完全無法和魔物討伐部隊相比，兩者天差地遠。

見紅點占了海報的四分之三以上，在場所有人都陷入沉默。

「如此嚴重的人力損失，實在需要受到重視。」

妲莉亞將身體轉向財務部成員，抬起視線直視他們。

她很清楚這樣的內容不適合大聲疾呼。

但這些事確實會導致「費用差距」，而這正是財務部最關心的事。

「遺屬的撫卹金與俸祿、騎士團葬費用、僱用新進騎士並訓練至能上戰場所需的費用——這些和魔物討伐部隊的遠征改善費究竟孰輕孰重，還請財務部的各位審慎思考。」

「……我懂了。」

財務部長吉爾多皮笑肉不笑地說。

「羅塞提商會長，我已充分明白遠征用爐能夠帶來的益處。然而這項商品並不便宜。」

「關於這點，我想提出一個新方案。」

剛才發放的資料中刻意漏了一張，這時才由伊凡諾和助手文官發給大家。上頭寫有魔物討伐部隊專用遠征用爐的產品說明與價格。

「為什麼這麼低……？」

「怎麼有辦法降到這個價格……？」

拿到資料的財務部文官全都神情困惑。

連魔物討伐部隊員也開始躁動。

「我們將以文件上的價格販售遠征用爐，對象僅限魔物討伐部隊。這樣就不會超出預算，採購起來比較沒有負擔。」

她將價格降到和小型魔導爐相當接近。

這是伊凡諾計算了超過十次，勉強不會賠本的數字。

「降得很多呢，這樣貴商會不會賺太少嗎？」

「不，在降價的同時我想提出一項條件，作為商品的代價。」

「妳要什麼？」

是想連帶銷售其他商品？還是想獲得推薦，成為騎士團御用商會？抑或是換取爵位——

所有人的目光都集中在妲莉亞身上。

「請容我在遠征用爐背面刻上『羅塞堤』這個名字。」

「在爐子背面刻名字？這有什麼意義？」

吉爾多露出真心不理解的神情問。

「強大魔物出沒時，一般人不但無法與之戰鬥，連逃跑都有困難。大家都說王都很安全，但過去也曾有城鎮甚至國家遭到魔物毀滅。我們之所以能過上安全的生活，都是因為王城騎士團的魔物討伐部隊冒著生命危險，保護奧迪涅王國包含我在內的所有國民。」

她還記得初遇那天，沃爾弗渾身是血、遍體鱗傷的模樣。

也在魔物討伐部隊大樓見過隊員們傷痕累累的盔甲、破爛的鞋子。

剛才的一個紅點，就代表一位隊員、一條性命。

至今不知有多少人喪生，讓多少親友心碎。

他們冒死和魔物戰鬥，克服艱辛征途，身受重傷，忍受淡而無味的伙食和失眠的夜晚

——這一切都是為了誰？

為了王都的民眾，以及這座奧迪涅王國的國民。妲莉亞也包含在內。

她沒能力和魔物戰鬥，連一個人都保護不了。

但是身為魔導具師，卻能為魔物討伐部隊製作魔導具。

即使只是一份小小心意，仍能在背後支持他們。

這就是她所期望的「代價」。

「身為魔導具師的我，想將名字刻在魔物討伐部隊使用的魔導具上，享有這份榮譽。」

澄澈有力的聲音，彷彿吞噬了在場所有聲響。

會議室內所有隊員當場愣住。

半數財務部文官愣住，另一半則瞪大眼睛。

奧迪涅王國騎士團魔物討伐部隊——是一群和魔物奮戰，必須百戰百勝的騎士。

雖受平民歡迎，但在騎士團內的地位並不高。

騎士團私下都稱非自願被分配到魔物討伐部隊的人是「抽中籤王」。

每次都得忍受艱辛的征途，與大型魔物及變異種等難以預料的魔物激戰。

以赤鎧為首的隊員死亡率在騎士團內高得嚇人。有些人退伍後仍持續受到遠征時所患的病痛所苦。

這份工作三天兩頭就要遠征。不少人因此和家人疏遠、和未婚妻或女朋友分手，甚至來不及見父母最後一面。

辛苦成這樣，還被說成是「沒本事與人交手，只會打魔物的一群莽夫」。

打倒魔物是理所當然、勝利是理所當然，倘若未將魔物清除乾淨就會被嚴重究責。

然而，這位魔導具師卻說他們是國家的守護者，肯定他們的功勞。

寧可犧牲自己的利益，也要為魔物討伐部隊提供魔導具。

並且將這樣的行為視為榮譽。

「……感謝您這番話……！」

古拉特努力擠出聲說完，和年長的騎士一同起身，將右手放在左肩。

而後沃爾弗和副隊長也站起身，其他隊員緊隨其後。

沒人下令敬禮，但所有人都以同樣的速度，將右手放在左肩。

那是騎士表達最高敬意的方式。

他們敬禮的對象不是王城的賓客，也非高階貴族，而是一名魔導具師。

眾人整齊地敬完禮後，身為魔物討伐部隊長的古拉特侯爵，向妲莉亞深深鞠躬。

「我們願意以妳開出的條件採購遠征用爐。」

「古拉特隊長，這不是你一個人可以決定的事……」

「受惠的不只魔物討伐部隊，相信財務部應該也明白採購遠征用爐，對於人事管理與費用有什麼好處。現在連價格都調降了，應該沒有任何問題了吧？」

男人打斷吉爾多的話，瞪著財務部所有人。

「財務部的各位若有異議，請立刻提出。倘若這樣還無法讓預算通過，我打算邀請全騎士團和政務部召開緊急大會，甚至直接向國王請願。」

古拉特身上緩緩飄出魔力。

會議室內的空氣突然變得稀薄。他雖已努力克制，威嚇之氣仍就快爆發。

「我贊成讓魔物討伐部隊採購遠征用爐。此外關於遠征改善費的運用，也想多聽聽羅塞堤商會長的意見。」

令人意外地，第一個開口的竟是財務部副部長。

「我也贊成。關於人力資源方面，想進一步了解商會長的想法。」

他旁邊的男人也笑著說道。贊成的聲音越來越多。

其中有不少人表示想聽取妲莉亞的意見。

「羅塞堤，妳真的願意以此條件做交易嗎？」

「是的。」

妲莉亞回望直視著自己的古拉特，笑著點頭。

「守護隊員是我的責任……若在此退讓，勢必會造成更嚴重的犧牲。既已找到改善方法，我會義無反顧地執行。」

古拉特以沉痛的嗓音低喃，不知是對誰說的。

吉爾多不予回應，只用那雙琥珀色眼睛凝視著他。

「伊凡諾，拿契約書過來。」

伊凡諾將相關文件放在桌上，古拉特立刻在那三張文件上簽名。

吉爾多拒絕用古拉特遞來的筆，拿出自己的筆，不發一語地在所有文件上簽字。下屬隨即用吹風機將墨水吹乾，送至各相關單位。

妲莉亞默默看著這一幕，為這速度感到驚訝。

在後方摺羊皮紙的伊凡諾悄聲對她說「太好了」。

她昨天在商業公會向伊凡諾提出這個點子。

靈感來自於父親為了讓自己改掉咬指甲的壞習慣，而準備的紅瓶子。上頭貼著「妲莉亞用」的標籤。

無論在前世或今世，商品上面大多貼有標籤。然而今世只會標註商品名稱和店名。標籤本身，或者說商品本身通常不具有廣告性或品牌識別性。

因此她向伊凡諾提議——在遠征用爐背面刻上羅塞堤幾個字，作為商會的廣告。調降的價格相當於廣告費和宣傳費。

要是有更多人知道魔物討伐部隊遠征中用的是羅塞堤商會的商品，不管在貴族圈或平民階層，商會的知名度和信譽都會提升。

羅塞提商會的名聲在王都、在全國傳開後，商業利潤必定會增加。

聽完說明之後，伊凡諾顯得很傻眼。

妲莉亞原以為他會極力阻止自己，想不到他卻直接答應。

對方妥協接受她的任性要求，令她不勝感激。

正當她鬆一口氣時，古拉特走到她面前。

「羅塞提，雖然這樣講不太好聽，但請容我們將妳『據為己有』。」

「咦？」

對方突然這麼低語，她完全不了解那是什麼意思。

正想追問，古拉特便站在自己身旁，對著眼前的男人們大聲宣布道：

「我接下來要提出的既非對價也非交換條件，而是個人熱切的願望。在場所有人都是見證者，沒問題吧？」

古拉特旋即在她面前單膝下跪，一臉嚴肅地伸出右手。

望著她的紅眸中蘊含光芒與熱度。

「我魔物討伐部隊長古拉特・巴托洛內，在此懇請羅塞堤商會長妲莉亞・羅塞堤，擔任魔物討伐部隊御用商會，以及魔物討伐部隊的魔導具師顧問。」

她花了三秒才理解這段話的意思。

又花了三秒徬徨地東張西望，看見沃爾弗的燦爛笑容，這才下定決心。

最後花了三秒總算將手放在古拉特的手掌上。

在這陣驚訝、混亂、困惑之中，她竟能忍住不叫出聲來，真希望有人稱讚這樣的自己。

「……啾、求之不得。」

妲莉亞拚命擠出聲回答，卻狠狠吃了螺絲。

⬢ ⬢ ⬢ ⬢ ⬢ ⬢

「那麼，請各位在此實際試吃遠征伙食。」

說明會結束後，在中央大樓的大休息室中，舉行了一場與會人員的餐敘。

不知為何，沃爾弗主動帶頭指揮著侍從和女僕。

之前準備報告時，妲莉亞曾提出一個請求——希望能現場示範遠征用爐的操作方式。然而在中央大樓很難借到這樣的場地，所以最後只好放棄。

為什麼桌上除了遠征用爐外，還放了相當多台小型魔導爐？數量顯然超過與會的人數。

她回頭望向伊凡諾，對方默默搖頭。看來他也不清楚這是怎麼回事。

「這是目前的遠征伙食，另一邊則是今後可望提供的伙食。請兩種都吃吃看，比較一下。接著再試吃其他食材，提供我們意見作參考。」

沃爾弗的舉動已不像魔物討伐部隊員，比較像羅塞堤商會的業務。

他的說明流暢易懂，報告能力遠比妲莉亞好得多，讓她有一點不甘心。

桌上有兩個托盤，一邊是平淡的遠征伙食，另一邊則是看起來較為美味的食材。酒水部分提供了瓶裝酒和玻璃杯，不像遠征時那樣裝在皮袋裡。

財務部文官們的反應各不相同，有人見到遠征中吃的、又硬又乾的黑麵包感到驚訝，有人因為咬不斷肉乾而一臉困惑地不斷咀嚼。

相反地，隊員們只吃了一口遠征伙食，就開始烤起煙燻培根和香腸，所有人都笑容滿面。妲莉亞甚至有點擔心烤太多會讓休息室留下味道。

雙方吃著伙食，聊著天，逐漸拉近了距離。

妲莉亞的說明會到這裡可說是告一段落。

但她今天除了報告外，還有另一項非做不可的事。

就是讓吉爾多收回「家貓」的指控。

被稱作「家貓」那天，妲莉亞很擔心弄髒自己裙子那位女僕的安危，因而詢問沃爾弗。

她並不認為吉爾多會做出傷害女僕的事，但萬一女僕因此被趕到國外就太可憐了。

沃爾弗追查後得知，女僕自願離職，獲得了應得的薪水和離職金，目前已返回位於王都的家中，平安無事。

看來是自己多心了。讓沃爾弗花時間調查此事，她感到有些抱歉。

現在正是向財務部長吉爾多搭話的好時機。

妲莉亞挺直背脊，鼓起勇氣走向吉爾多。

伊凡諾隔了段距離跟在她身後。魔物討伐部隊員們也在同一個空間內。

即使無法讓他收回前言，至少也要表明自己的想法。

「找我有事嗎，羅塞堤商會長？」

吉爾多刻意將侍從支開，獨自待在桌前。就像在等待妲莉亞的到來。

「是的。您日前稱我為『家貓』，請收回前言。」

「好，我收回。羅塞堤商會長，請容我收回有關『家貓』的言論。」

「我接受您收回前言。」

吉爾多答應得過於乾脆，反倒讓人有些不知所措。

她忍不住直盯著那雙琥珀色眼睛，對方微微勾起嘴角，站起身來朝她優雅地點頭致歉。

「收回前言後，我還得向妳道歉。我吉爾多梵・迪爾斯向妲莉亞・羅塞堤商會長表達歉意，並辭去王城財務部長一職，以示負責——這樣可以嗎？」

「什麼？」

男人突如其來的話語，讓妲莉亞僵住了。

「不過除了我本人得罪妳外，還有女僕那件事。只用我的官位賠罪，好像不太夠？」

「您在說什麼……」

吉爾多惡質的玩笑，讓妲莉亞笑了出來。

只不過是得罪一介平民，不可能撼動得了王城財務部長的地位。

這個男人一定是因為無法坦率道歉才會這麼說。看來他意外地倔強。

即使他是認真想辭職負責，妲莉亞也絲毫不感到開心。雖然不清楚詳情，但古拉特、吉爾多和他遠征中身亡的弟弟之間似乎有著複雜的恩怨，而她只是受到牽連而已。

對方既已鄭重道歉，妲莉亞並不想看到他辭職，反倒有件事想拜託他。

「迪爾斯大人，不用道歉，只要將這件事當作『沒發生過』就好。此外，懇請您今後公正地提撥預算給魔物討伐部隊。」

「……妳不打算讓我下台啊？」

「是的，您還年輕，請繼續擔任財務部長，並祝福您官運長久。還有……這麼說有些失禮，但希望您能和古拉特隊長好好談談。」

若他願意坐下來聽古拉特描述部隊現況，今後的預算或許就不會像這樣被否決。

「……知道了。」

吉爾多板著一張臉點點頭，不發一語地坐回椅子上。

他面前的遠征用爐尚未啟動，然而沒有人願意過來幫忙。妲莉亞察覺到其他人都只在遠處旁觀，便自告奮勇為他打開遠征用爐。

「妳要做什麼？」

見妲莉亞開始烤起食材，他似乎很疑惑，用狐疑的眼神盯著她。

「想為您介紹一項新的遠征伙食。呃，這是現在的伙食。」

吉爾多聞言從銀色托盤上拿起一片乾燥的黑麵包，開始默默咀嚼。

那種黑麵包很難咬。侍從擔心他會噎到，連忙拿著水和紅酒衝過來。

同一時間，妲莉亞將爐子的火力加大，烤好了一項食材。

食材開始散發誘人香氣後，她便小心地將食材夾到白盤子上。

「請您試吃看看。」

「這是？」

「梭子魚乾，適合短期遠征攜帶。」

這是由優質梭子魚做成的魚乾，肉質肥厚軟嫩。已經用鹽醃過，不用調味就可以吃。

梭子魚乾沒什麼腥味。這個魚乾又是選用夏末油脂較少的梭子魚製作，嘗起來很清爽。

就連貴族吉爾多應該也會覺得很好吃。

「梭子魚乾……」

吉爾多是侯爵，想必很少見到剖開的烤魚乾。

他以極其嚴肅的表情用刀叉吃起魚乾。即使面對不熟悉的食物，他仍勇於嘗試，可能是想給妲莉亞留一點面子吧。

「……意外地好吃呢。比起葡萄酒，或許和愛爾啤酒更搭。」

「也很推薦搭配東酒食用。」

見男人笑逐顏開，妲莉亞下意識說道。看來吉爾多也很會喝。

「說的也是，東酒感覺特別合適。羅塞堤商會長，如果妳先端出這道菜讓大家喝一杯，也許就能以原本的價格簽約了。」

「原來還有這個方法啊……」

報告時果然還是該將令人眼睛一亮的內容放在最前面。

若真如此，自己那麼拚命報告到底是為了什麼？妲莉亞無奈地望向遠方。

而且回答古拉特時還不小心吃螺絲。雖然當時沒有人笑出來，但還是越想越丟臉。

老實說，她現在就想逃回綠塔。

想和沃爾弗聊聊今天的事，邊烤梭子魚乾，邊啜飲辛口的東酒。

「開玩笑的……這次簽約所造成的差額損失，就由我自費補償妳吧。」

「不用了，我還是比較希望將名字刻在爐子上。只是在想，若在報告前先讓大家試吃，會不會更有說服力。」

「不，這樣的話大家就會專心吃東西，聽不進去妳後面說的內容。」

「是嗎……若是在桌上同時擺放目前與今後的遠征伙食，以及簡報資料，讓財務部眾人

邊試吃邊聽報告，會不會比較好呢？」

「邊吃邊聽報告……不，這樣可能也聽不進去。還是該把說明會和試吃會分開。對了，剛才那個圖表還滿好懂的——」

不知不覺間，兩人聊起報告方法、資料和圖表的呈現方式。過程中吉爾多仍優雅地吃著梭子魚。

回過神才發現，伊凡諾又拿了一盤梭子魚過來。

「這種魚可以久放嗎？」

妲莉亞烤起第二片梭子魚，吉爾多喃喃問道。

「常溫可以放兩天，放在施了狀態保存魔法的袋子裡再放入冰魔石，可以存放十天左右。那個……有些人不喜歡吃魚，所以不需要準備所有人的份，但希望除了肉乾外能夠有其他選擇，這樣隊員們即使身體疲累，還是能多少吃點東西。」

「這樣啊……看樣子妳已經聽說我弟弟的事了吧？」

「是的……真不知道該說什麼才好，我感到很遺憾。」

「我今天也聽說了令尊猝逝的事，還有妳後來的處境。我……也很遺憾，可以想見妳過得很辛苦。」

吉爾多沒有說是誰告訴他的。但是從他的聲音中，妲莉亞能感覺到和自己一樣突然痛失家人的哀傷。

「羅塞堤商會長，妳今後有什麼期望？」

「期望嗎……我希望魔物討伐部隊吃得好、睡得好、平安歸來。」

吉爾多停下啜飲紅酒的動作。

他問的是需不需要給她一些方便，例如金援或爵位推薦。不過妲莉亞完全沒聽出來。

她現在只在意眼前的梭子魚什麼時候要翻面。

妲莉亞認真盯著梭子魚，那頭紅髮以藍天為背景，隨風飄動。

「……我懂了，原來妳是魔物討伐部隊的『夏日之花』。」

「不！這個詞不適合用在我身上！」

忽然聽見對方這麼說，妲莉亞極力否認。

夏日之花——通常用來比喻大家心中嚮往的豔麗女性。

這個和自己大相逕庭的詞令她感到非常不自在。

「啊！據我所知，外國有句俗諺：『忙到連貓的手都想借』。我只不過是幫了點小忙，用貓來稱呼我可能比較合適。」

她又想到「家貓」一詞，連忙說道，說完之後卻僵住了。

好不容易才和吉爾多聊開，這麼說會不會被他當作是在諷刺？

妲莉亞擔心地望向他，只見他瞪大眼睛和自己對望，接著掩起嘴巴，最後忍不住笑了出來。

「哈哈哈，說得真好……不過妳確實不像貓。妳外表雖然可愛，實際上卻像守護部隊的『獅子』。」

「咦，這次又變成『獅子』了嗎！」

妲莉亞的聲音幾乎和慘叫無異。

貴族禮法書中並未記載用「獅子」來形容女性的說法。她無從得知眼前的男人這番話是稱讚、批評，還是嘲諷。

吉爾多在妲莉亞面前笑個不停。

笑到眼角泛淚，一時之間停不下來。

⬢ ⬢ ⬢ ⬢ ⬢ ⬢

「羅塞堤商會長成功讓財務部長收回前言了，真有本事。」

「不只如此，還在烤梭子魚的同時，將吉爾多大人治得服服貼貼的。」

「我想那應該不是她的本意……」

聽見副隊長和壯年騎士這麼說，沃爾弗苦笑應道。

他從剛剛就發動了身體強化，一直在偷聽妲莉亞和吉爾多的對話。

如果可以，他很想陪在妲莉亞身邊，但伊凡諾已守在她斜後方。而吉爾多後方的桌子從一開始就被蘭道夫占據。

此外古拉特現在也移動到附近的桌子，窺視那桌的情況。

沃爾弗剛才則是穿梭在財務部的年輕文官們之間，請他們試吃，極盡所能與他們聊天。

他向哥哥請教了「與人結識」的技巧，並試著照做，然而實際執行起來卻很困難。互相自我介紹後，仔細聆聽對方說的話，記住對方的立場與利害關係——和人交朋友沒那麼簡單，不可能一朝一夕學會。他甚至覺得這比對付魔物還難。

和他相比，哥哥做事周到多了。

哥哥寫了封信給古拉特，告訴他為避免羅塞堤商會長感到緊張，最好增加部隊的與會人數。此外還聯繫財務部副部長，建議增派年輕文官參加。

至於這個場地，也是今天早上哥哥突然說「中央大樓的休息室空下來了」，他們才借到的。老實說沃爾弗覺得不是「空下來」，而是哥哥動用自己的權勢讓這裡「空出來」的。

可見他已預料到這場報告和遠征用爐的採購案會順利通過。

不過，沃爾弗還是認為該讓大家實際試用，這樣才能明白遠征用爐的好，所以順勢借用了這個場地。

食材部分則是和古拉特商量後取得，由於現有的遠征用爐不夠用，所以他向軍營裡擁有小型魔導爐的人借了一些來。沃爾弗開始用小型魔導爐後，不少同袍也自費購買。

如今眾人在休息室裡開心試吃，氣氛熱絡。

「羅塞堤商會長想在爐子背面刻名字啊……還真有情懷。」

壯年騎士吃著手裡的煙燻培根低喃道。

「的確很有情懷。靈感可能來自我們國家剛建國時，女性送男性上戰場前的習慣吧。背上的刺繡意味著『我在背後支持奮戰的你』。」

「是啊。我和老婆剛交往時，她也曾在我去遠征前，在我內衣背部小小地繡上自己的名字。」

「感情太好了吧，好羨慕。」

聽見這段對話，原本在烤鹽漬克拉肯的沃爾弗戛然停下動作。

「這次我們魔物討伐部隊所有人，都得到了羅塞堤商會長的『支持』，真令人感激。」

「……就是、說啊。」

葛利賽達爽朗地說完，沃爾弗也只能點頭同意。

一陣沉默後，年長的騎士催沃爾弗喝點紅酒。

「沃爾弗，你竟然會和這樣一個『可怕的女性』在一起。」

「我們只是朋友。要說可怕嗎……她生氣起來確實滿嚇人的。」

若以嬉鬧的態度打斷她說話，她會生氣；上次和馬切拉打架時，她也開口罵了他們倆。仔細想想，自己至今似乎給她添了不少麻煩。

「連你都覺得嚇人，看來她意外地符合『獅子』這個稱呼喔。」

葛利賽達調侃道，沃爾弗聞言再度望向妲莉亞。

報告時那股凜然之氣不知去哪了，她想將梭子魚翻面，網子卻一起被黏了起來，只見她手忙腳亂地想將網子剝掉。那頭漂亮的紅髮在陽光下閃閃發光。

沃爾弗露出真心的笑容，回答副隊長：

「不，妲莉亞就像她的名字一樣，是朵『夏日之花』。」

幕間 被收服的倔強之人

魔物討伐部隊與財務部的餐敘結束後，古拉特直奔財務部長室。

他先支開雙方的侍從，接著從紅色皮革文件夾中拿出一疊信。

並將那四封推薦函擺在黑亮的桌面上。

「這是推薦羅塞堤商會與王城交易的信函，分別來自加斯托尼公爵、商業公會長、服飾公會長、冒險者公會副會長——你應該也不想和這些人鬥吧？」

離吉爾多最近的，是來自加斯托尼公爵的推薦函。署名的不是前公爵夫人艾特雅，而是她的兒子——現任公爵。

「這些東西你為什麼沒在說明會之前拿出來？」

吉爾多不再使用敬語，面無表情地反問古拉特。

「拿出來的話，就能當場逼我辭職了吧……算了，我會向相關人士道歉。畢竟我也聽說了一些事。」

坐在對面的男人毫不掩飾惡劣心情，不願用正眼看古拉特。看見昔日友人與自己保持距離，古拉特咬了咬牙。而後下定決心站起身，深深低下頭。

「吉爾多，沒保護好你弟弟，真的很抱歉。我這輩子都不奢望能得到你的原諒。」

「你已經寫信道歉過了。應該是在葬禮過一陣子之後吧。」

「沒能出席葬禮一事，我也很抱歉。」

「別說了，快坐下。你沒來參加我弟弟的葬禮，是怕我怪罪你嗎？」

對方以沒有起伏的聲音說完，古拉特坐回椅子上，將視線撇向牆壁。

沉默了一會兒，古拉特改變心意，闔上的嘴再度張開。

「……我回到王都那天就奉命到郊外隔離了，直到八天後才離開。」

「你生病了嗎？我怎麼沒聽任何人提起？」

「我被魔物的遲效性毒液侵蝕內臟，多位隊員都有一樣的症狀，王廷懷疑是傳染病而將我們隔離，還下了封口令以免王都陷入混亂。」

「封口令解除後為什麼沒跟我說？」

「第八天我寫信說想登門道歉……被令堂拒絕了。她在信中說：『我明白他是執行任務身亡的，但還是請你等我寫信告知一切已復歸平靜，再和我家人見面。』於是我和令堂便訂

下了這樣的約定。」

「這件事我也沒聽說。因為我母親後來沒多久就病倒，就這麼……」

男人說到一半停頓下來，緊閉雙唇。

古拉特至今仍未獲得吉爾多母親的許可，未來也不可能獲得。

「對，我就一直逃避到了今天。」

「你這蠢蛋，一定誤以為這麼做就是『信守和我母親的承諾』對吧！你從學生時代就是這樣，總是因為不擅長表達而引人誤會，古拉特……！」

聽著男人擠出聲直呼自己的名字，古拉特深深點頭同意。

完全無法反駁。

「沒錯。考試之前要是沒有你幫我複習，我甚至畢不了業。我這個人一點都沒變。」

他如此說著，終於直視對方。

原本耀眼的金髮如今摻雜著白髮，琥珀般的眸色也變得更深。臉上的皺紋使年輕時爽朗的臉變得略顯神經質。

同樣的變化也印刻在古拉特身體上。

「我弟弟確實是因為崇拜你才加入魔物討伐部隊。但他也是王城騎士團中獨當一面的騎士，做好了覺悟才奔赴戰場。不需要你的道歉或同情。」

那語氣不像文官，倒像騎士，令古拉特想起用模型劍對打的學生時代。

吉爾多個性認真正直，因而被推薦成為王城的財務部長。

正因如此，古拉特怎樣也無法理解這次的事。

「我想問你一件事。駁回預算就算了，為什麼要把羅塞堤扯進來？這不像你的作風。」

「駁回預算純粹是因為價格太高。我調查過小型魔導爐的市價，若有降價空間就該毫不留情地殺價，這是財務部的工作。而且我並沒有把她扯進來……只是想在離開之前給她警告。」

「在離開之前給她警告？」

「我差不多該從財務部長的位子退下來了，這次是個好機會。」

「你年紀才多大？太早了吧。還有，什麼警告？」

「身材高挑、紅髮、皮膚白皙、腰派——全都符合你的喜好對吧？」

「等等，你在說什麼……」

古拉特的視線變得飄忽不定。

他雖不否認，但這絕非現在這種場合該說的事。

「妲莉亞・羅塞堤——一個新興商會的商會長、沒有爵位的年輕女子，卻突然開始進出王城。外號『少女殺手』的斯卡法洛特家么子和她很親近，還擔任商會保證人。身為侯爵的魔物討伐部隊長為了這樣一個女人，特地請人弄來王族吃的點心、準備賓客用的東國陶器，將只是來提交文件的她叫進隊長室，排開下午的行程，遲遲不出辦公室——你們大樓的女僕跑來我們部門，跟要好的女僕滔滔不絕地這麼說。」

這出乎意料的話語令古拉特大感頭疼。原來一切都是因自己而起。

「……是我不對。你們財務部連女僕間的對話都有在關注？」

「那當然。我們部門一個不小心，可是真的會被砍頭的，當然有安插眼線在裡面。那名女僕多次將斯卡法洛特家么子的事透露給我們部門的女僕，強迫她請吃飯。如果只是這樣就算了……古拉特，你最好徹查你們大樓裡的職員和女僕。可不是只有隊員的言行會影響部隊的整體評價。」

「抱歉，是我管理不善。」

魔物討伐部隊大樓的每位職員和女僕都是經過身分調查，外加有人作保才進來的。古拉特不疑有他地信賴他們。

這次他一心只想向妲莉亞道謝，沒顧慮到他人的觀感。另一方面也是因為在魔物討伐部隊大樓內就大意了。

他怎麼也沒想到，負責接待的女僕竟會將客人和隊員的消息，洩漏給其他部門的人。

「與其讓謠言流傳出去，不如假裝謠言是我製造的，這樣更好滅火。所以我當場命令那名女僕去弄髒羅塞堤會長的衣服，如此一來我就不追究她洩漏機密的事，也不沒收離職金。若不照做，我就當場以洩漏情報罪逮捕她。」

「為什麼要弄髒羅塞堤的衣服？」

「我以為我用這樣的『惡意謠言』來警告羅塞堤，她就會與你保持距離，以免損及自己的商業利益。就算她透過魔物討伐部隊向我抗議，或者多少有些後盾，只要我下台就能了事。沒想到她竟會正面接下挑戰。」

男人說到「正面接下挑戰」時不知為何開心地笑了。古拉特直盯著他。

「原來消息沒傳開，是你滅的火……為何要為我做到這個地步？就算我的名聲變差，你也不會受影響吧？」

「……又不是只為你一個人。魔物討伐部隊是國防重要部門，若隊長遭受抨擊導致官位不保，預算連帶出問題的話就麻煩了。我身為財務部長已經被人憎恨慣了，多一兩個人恨我也沒差。而且我們年輕時也算有緣。」

「幹嘛搞得那麼複雜？直接提醒我不就好了？」

「就是因為開不了口啊！」

吉爾多吼了回來，這是目前為止和學生時代感覺最像的一句話。

回想起來，這個男人從以前就很倔強。

他想必和自己一樣，由於開不了口而苦惱。

「誰教你老是做會讓人誤解的事！」

彷彿原先戴著的面具脫落一般，吉爾多臉上顯露出煩躁不悅。

「今天也在那麼多人的場合，高調地拉攏羅塞堤……拜託別做會讓妲莉菈傷心的事。」

「說什麼蠢話！你也不想想我幾歲了！」

聽見他突然提及「妲莉菈」，古拉特忍不住大聲起來。

「上次請她進辦公室，純粹是感謝她的幫忙；這次會拉攏她，還不是因為你們財務部那些傢伙對她虎視眈眈！還有，你到現在還以為我妻子是當年那個需要你保護的青梅竹馬嗎？」

「什麼叫我以為？妲莉菈本來就是我表妹兼青梅竹馬，我當然會為她擔心啊。畢竟你在高等學院的華麗交友關係，我全——都看在眼裡。」

「都多久以前的事了……」

古拉特越說越心虛，因為當時的狀況確實如對方所言。

他再也控制不住表情，不禁用手扶住額頭。

吉爾多和古拉特的妻子妲莉菈是表兄妹。兩人情同兄妹，吉爾多甚至對她有點保護過度。

說起來這男人在他們結婚前也曾說：「要是你敢惹妲莉菈哭，我就去砍了你。」

沒想到事到如今還會提起這種事。

「反正古拉特你也沒這個本事。羅塞堤不是你能應付得來的。」

「講得真難聽。你還在記恨她請你收回前言的事？」

「不，我本來說要辭職以示負責，被她笑著回絕了。」

「等等，你到底在幹嘛？早知道就在會議前把這些推薦函拿出來了……」

古拉特不小心透露出心聲，吉爾多聞言用鼻子哼了聲。

「羅塞堤願意將這件事當作『沒發生過』，要我提撥預算給部隊，說我還年輕，叫我繼續當財務部長，並和你坐下來好好談。問她希望得到什麼好處，她也只說希望魔物討伐部隊能夠吃好、睡好、平安歸來。實在太會說話了。真是服了那個女人，完全讀不出她的心思。」

「吉爾多，想讀懂羅塞堤的心思是不可能的……」

「是啊，我不但欠她人情，還被她收服，連退路都給斷了。她背後究竟有什麼人？」

「我不太想說……」

古拉特故弄玄虛地嘆了口氣。

對方瞇起緊盯著他的琥珀色眼睛，而後倏地別開。

「事到如今，我也不想抵抗了。但一想到接下來要四處道歉，還有可能遭受到的攻擊，我就頭疼。不如直接辭掉這工作比較痛快……」

吉爾多在桌上雙手交握，將頭靠在上面。看來他是真的很頭疼。

就連侯爵吉爾多也覺得加斯托尼公爵和各公會長很難應付。

「我有同感，但對方已經要我們將這件事當作『沒發生過』。此事是因我而起的，我跟你一起去道歉吧。」

「得想個好理由。所以收服我的大人物究竟是誰？想必是加斯托尼公爵吧，還是另有其人？」

「『被收服』啊。這可是你自己說的喔，吉爾多。」

「是啊，要我簽署神殿契約也行。」

男人頭也不抬，自暴自棄地說。

「妲莉亞．羅塞堤沒有依靠任何人。」

「……什麼？」

吉爾多終於抬起頭，隔了一秒後發出呆愣的疑問聲。

他平常腦筋轉得很快，如今只是因為不願理解，才遲遲想不通。

「羅塞堤沒有任何後盾。硬要說誰在幫她，就只有她身旁的沃爾弗雷德，還有透過商會與她合作的那些公會。叫你不要辭職、工作加油、希望隊員平安無事那些話，應該都出自真心，沒考慮到半點利益問題。至於要你和我好好談這一點……被一個年紀可以當自己女兒的小女生叮嚀，真有點沒面子。」

「這女人太讓人難以理解了……」

「你不是才剛說被她收服嗎，吉爾多？」

見古拉特露出壞笑，男人大聲咂舌。

「也罷，總比被蠢男人收服好。你和副隊長趕緊遞出羅塞堤的爵位推薦函，我和副部長也會共同推薦。之後去向加斯托尼公爵道歉時，也會順帶取得推薦函。」

「你動作真快……」

「少囉嗦，是古拉特你動作太慢。我既已自願被她收服，當然得替她弄個爵位。」

「……你還是一樣倔強呢。」

古拉特笑著低喃，但對方對他的話語置若罔聞。

原以為兩人稍微拉近了距離，不過或許還是無法像從前那樣。

進入初等學院就讀後，古拉特一直很駑鈍，念不下書，這時伸出援手的正是吉爾多。課堂上打瞌睡沒上到的內容，吉爾多會再教他一遍；生氣歸生氣，但還是會協助他寫作業。古拉特每年都是託他的福才勉強拿到學分。

到後來連父親也說「吉爾多是我們的大恩人」。

兩人個性南轅北轍，不知不覺間卻開始一起念書、一起玩樂。

有時吉爾多被古拉特的惡作劇連累，一同被老師責罵，結束後他總會將古拉特罵到臭頭。即使如此古拉特仍學不會教訓，而且不知為何吉爾多還是願意待在他身邊。

吉爾多從骨子裡就是個騎士，富有騎士精神、正義感強烈，對女性和弱者極為體貼，看見他人的不當行為，即使對方是學長姊或老師，他也會毫不畏怯地提出異議。

或許由於他是這樣的人，才無法對古拉特置之不理。

不過他有時也會因為這一板一眼的個性，而與人發生激烈衝突。

每當他說得太過火時，古拉特就會打岔阻止；每當氣氛變差，古拉特就會插科打諢化解尷尬；每當他被人找碴，古拉特就陪著他去打架。

古拉特回過神才發現，他們在他人眼中成為了「形影不離的損友」。對此吉爾多一直抱怨說「不要把我們兩個混為一談」。

後來兩人一同升上高等學院，吉爾多雙主修騎士科和文官科，兩邊成績都很優秀。

相反地，古拉特只有騎士科的術科——武術和騎馬的分數能看，其他都在及格邊緣。唯有劍術不想輸給吉爾多，所以還偷偷請了家教在家練習。

學業方面，就算他努力念書仍沒什麼回報，父親也常因為學科成績太差而責罵他，而且總是拿他和會念書的弟弟以及吉爾多作比較。

隨著他年紀漸長，父子倆越來越常激烈爭吵，他的行為也開始出現偏差。還曾鬧彆扭說侯爵家就由弟弟繼承，並且離家出走。

讓在外鬼混的他懸崖勒馬回到學院的，既非父親也非老師，而是吉爾多。

唯有他對古拉特的態度一直都沒變。

古拉特為此感到開心，然而家人和老師卻提醒他別給吉爾多添麻煩。

他等於是在扯資優生吉爾多的後腿。古拉特開始懷疑，自己對吉爾多而言已非朋友，而是因軟弱而必須守護、矯正的對象——這樣的念頭不斷折磨他。

日積月累的歉疚和羞愧在某天爆發，古拉特忍不住對他說：

「我一直對你很抱歉，不想再給你添麻煩了。離我遠一點吧。」

古拉特已做好被罵的準備，換來的卻是一陣沉默。

見吉爾多轉身離去，古拉特不斷對自己說，這下子他終於受夠我了，這樣也好，不會再給他添麻煩。

但他還是感到難以釋懷，深深嘆了口氣，為了忍住淚水而拚命吸氣，抬頭仰望天空——

「摯友之間哪有什麼麻不麻煩的，你這個蠢蛋！」

吉爾多怒吼一聲，從二樓倒下一桶冰水潑在古拉特身上。隨後本人也跳了下來，痛揍他一頓。

於是兩人大打出手。

雙方都有一定的身體強化能力，也受過騎士科的戰鬥訓練，而且年輕氣盛又在氣頭上。

他們之前也打過架，但這次雙方都毫不留情，失去了自制力。

地面在亂鬥中被鑿出深深的痕跡，花圃也遭到破壞，周圍的人無從阻止，慌亂不已。兩人不知互毆了多久，繼冰水之後，忽然有道強勁水柱將他們沖飛，兩人這才回過神。用水柱——原來是校舍外牆清洗機——沖刷他們的，是魔導具科的老師。

「給我適可而止！你們要把校園破壞殆盡才滿意嗎！」

被個性沉穩的老師大聲訓斥，兩人啞口無言——被迫採東之國的「跪坐」姿勢聽老師訓話，到最後連站都站不起來。

古拉特已做好被停學的心理準備，所幸吉爾多平時表現良好，兩人只被罰做每天一小時、為期一個月的除草工作，此外只要繳交悔過書就能了事。面對其他人的好奇視線，古拉特不禁認為被停學還比較好；但能夠和摯友邊除草邊把話說開，讓他覺得還不錯。他的悔過書也是在吉爾多協助下完成的。

順帶一提，吉爾多當時並非因為受夠了他而離去，而是去找會用冰魔法的同學。

兩人聊到這裡時，古拉特吐槽道：「沒必要特地去找能變出冰塊的人過來吧？」對方壞笑道：「我想讓你的腦袋好好冷靜一下。」

那無疑是身為摯友，不，損友獨有的神情。

在思考高等學院畢業後的出路時，古拉特雖肩負繼承侯爵家的重責大任，卻想進魔物討伐部隊，為此苦惱不已。他深知魔物造成的災害十分慘重，認為能夠使用魔劍「灰手（Ash Hand）」的自己應該為此盡一份力。

吉爾多同樣也為出路而煩惱。他一直都以王城第一騎士團為目標，卻因為成績名列文官科第一，而被王城財務部門延攬。

猶豫之際收到了一封指名寄給他的信。信上有著奧迪涅國王的署名，此後他和他的家人再也沒有拒絕的權利。

確定進入王城任職隔天，吉爾多沒有知會一聲、也沒帶侍從就來到古拉特的宅邸。還帶了兩瓶辛口的火酒，那是古拉特從未嘗過的烈酒。

「我真的好想當騎士——」看著掩面落淚的友人，古拉特也哭了。

他們抱怨各自的處境和身不由己的狀況，啜飲喝不慣的烈酒直到醉倒。

隔天兩人嚴重宿醉，請神官來治療後，被雙方母親滔滔不絕地訓話。

畢竟讓兩位母親擔心了，他們姑且還是反省了一下。

兩人悄悄討論自己是不是有容易遭受女性訓話的體質，此外還發現要是不小心回嘴，她們會嘮叨更久；倘若對女性發怒，她們會變得更可怕。

後來，古拉特成功說服家人，將領地交由弟弟管理，自己進入了魔物討伐部隊。

吉爾多則進入王城財務部，埋首於成堆的文件中，很快就嶄露頭角。

儘管彼此都忙於工作，有時還是會一起喝酒。在一起時雖然常常在抱怨或商量事情，仍是一段開心的時光。

吉爾多的弟弟偶爾也會一起小酌。

他和吉爾多年紀差有點多，但長相酷似哥哥，當時就讀高等學院騎士科，喜歡和人聊魔物，對魔物討伐部隊懷有憧憬。不過個性和哥哥相反，極為溫和而率直。

他第一次說「想加入魔物討伐部隊」時，吉爾多表示反對，古拉特則始終保持沉默。

但在他再三請求下，吉爾多和他家人都妥協了。

他正式分發到魔物討伐部隊那天，生性倔強的友人向古拉特深深低下頭說：「古拉特，我弟就拜託你了。」

「包在我身上。」古拉特回答。在遠征中確實保護了他不被魔物襲擊。

然而卻沒有注意到他未好好吃飯，沒能防止他因貧血而落馬。

剛才吉爾多雖說「不需要道歉或同情」，但答應朋友、率領隊伍的畢竟是自己。古拉特這輩子都不可能將這份責任卸下。

「……接下來這番話，你就當我是在自言自語。」

在古拉特回憶往事之際，吉爾多輕咳一聲說。

「我會按預定額度將預算撥給魔物討伐部隊。此外，本期決算會有盈餘。我可以在下次會議中提案加購梭子魚乾，讓隊員們在遠征時盡情吃到飽。」

「這番自言自語真令人感激，代價是什麼？」

「就來一瓶好喝的紅酒吧。」

這次換吉爾多露出壞笑。

高等學院時代，古拉特每次面臨考試危機，向吉爾多求助時，他都會回這句話。見對方用同樣的表情、說著同樣的話，古拉特內心有些落寞。

自從那天醉倒後，他們不知道又對飲了多少次。

商量煩惱、討論嚴肅的話題，無謂地瞎扯、天南地北地閒聊。

在彷彿聊不完的話題中，他們一同歡笑、互開玩笑、議論、吵架，喝了酒之後又和好。

即使無法再和對方把酒言歡，這些回憶仍留存在心底。

「你指定的紅酒太貴了，買完我的錢包都要空了。」

「聽你抱怨沒錢也挺煩人的。不然你喝的白酒，就由身旁的我來請吧。」

男人別開視線說完，古拉特愣了好一會兒，最後像少年般展露笑顏。

●名為妲莉亞的魔導具師

擔任王城騎士團、魔物討伐部隊的御用商會，以及魔導具師顧問。

會議當天，妲莉亞在隊長古拉特的邀請下，答應了這個要求。

她以為只是要以交易對象的身分將商品送到部隊，詢問他們還需要哪些東西，負責回答魔導具相關的問題。

回到商業公會報告後，總是冷靜沉著的公會長雷歐涅卻晃著白鬍鬚大笑。嘉布列拉也笑了。

在詢問理由前，兩人叫妲莉亞盡快向福爾圖報告，她便和伊凡諾一同前往服飾公會。

跟福爾圖說明完情況後，他開口第一句就是：「恭喜。封爵儀式的禮服請交給我和露琪亞製作。」

妲莉亞一頭霧水，愣在原地，最後由伊凡諾提出一堆問題，幫她統整好結論。

魔物討伐部隊御用商會如同字面上的意思，以商會的身分優先將商品提供給部隊。同時也會受到一定的保護。若有人妨礙商會，或者企圖強行交易，魔物討伐部隊會代替商會抗議、採取應對措施。

顧問是魔物討伐部隊需要以禮相待的對象，因此基本上是「封爵人選」，也就是說，妲莉亞預計會受封為男爵。

應該不會有平民老百姓敢逼擁有爵位的妲莉亞進行交易。即使對方是貴族，爵位也能當成擋箭牌來用。

更重要的是，那是基於對王城騎士團、魔物討伐部隊的貢獻而得來的爵位。

鮮少有人會想跟魔物討伐部隊，以及古拉特．巴托洛內侯爵為敵。

古拉特說的「據為己有」是指讓魔物討伐部隊保護她——妲莉亞如此認為。

通常，男爵要等受到推薦後才會開始審核，離封爵要等一年多。

福爾圖解釋完後，微笑著跟她說：「羅塞堤男爵明年就會誕生嘍。」害妲莉亞差點站不穩。

她確實希望總有一天可以獲得爵位，這樣跟沃爾弗在一起也不會太奇怪。

可是，她沒想過事情會進展得這麼快，連給她做好心理準備的時間都沒有。

這樣真的好嗎？說實話，不安的心情勝過喜悅。

此外，露琪亞雖然完全搞不清楚狀況，但她非常高興能幫妲莉亞製作長禮服。甚至已經開始在繪圖用紙上打草稿。

在那之後，伊凡諾向她表示祝賀，兩人眼中卻帶著濃濃的倦意。

明天起的生活令人害怕。

妲莉亞覺得魂魄都快從嘴巴冒出來了，回到綠塔，看見一輛異常高級的黑色馬車往這邊接近。

馬車送來的是以白色與粉紅色為主的可愛花束、便於保存的花型糖果、裝在散發一股高級感的金色罐子裡的紅茶。她以為是沃爾弗送的，喜孜孜地拆開信，看到信上的署名，臉色頓時刷白。

吉爾多梵．迪爾斯——今天剛見過面的財務部長。

上面以優美的字跡寫著簡短卻誠懇的道歉，以及「期待下次再見的一天」，妲莉亞趴到了桌上。

晚上，沃爾弗帶著東酒來拜訪。

總之為了提前慶祝，妲莉亞拿出預先製作的烤梭子魚乾與辣炒秋葵，兩人一同暢飲。

她在會議上表現得很緊張、不小心在回覆隊長的要求時吃了螺絲、跟吉爾多談話時被叫「獅子」、兩個公會的事、剛才收到的信——他跟沃爾弗吐了一堆苦水，得到不少安慰。

沃爾弗回去前對她說：「妲莉亞就是妲莉亞。」她才終於釋然。

今天，她馬上就以魔物討伐部隊魔導具師顧問的身分，參加遠征練習會。

遠征練習會於王都外舉辦，所以想請妲莉亞幫忙召開遠征用爐的講座——她接下古拉特的委託，跟伊凡諾一起與部隊同行。

地點在西方森林的河邊。比跟沃爾弗一起吃過飯的河岸離王都還近。

跟隊員一起坐馬車移動後，一行人把防水布鋪在岸上，將數量變多了一些的遠征用爐和小型魔導爐放到上面。由於人數偏多，他們決定把所有人分成四人或五人小組，實際操作。

陽光燦爛奪目，河風清爽宜人。今天似乎挺適合野餐。

妲莉亞做完簡單的說明後，隊員們開始啟動防水布上的遠征用爐。每個人看起來都對使用方式沒有疑問，反而有一堆人在哼歌。

「那個，大家是不是已經用得得心應手了？」

她詢問同樣坐在防水布上的沃爾弗，沃爾弗瞇起金黃色的眼睛，以笑容回應：

「這幾天，我們使用王城的訓練場輪流舉辦遠征練習會。魔導部隊的隊員也有參加。」

「那今天還有需要召開講座嗎？」

「有啊，不是每個人都有參加，也不知道訣竅。而且有人希望我們不要在訓練場舉辦遠征練習會。」

「果然是因為會給別人造成困擾？」

「對我們來說，這也是正式的訓練，所以不至於被說成那樣。只不過，我們每次都會稍微移動位置，風向剛好是往財務大樓和事務大樓那邊吹。第三次的時候，雙方都來制止我們，只得停辦練習會。」

那是新的找碴方式嗎？前陣子確實跟財務部長起過一些爭執，妲莉亞很想問他魔物討伐部隊是否跟財務部和事務部有私仇。

「為什麼要特地選在那裡？」

「純屬巧合。那邊的訓練場正好空著。我也覺得不太好意思，跟副隊長帶著小型魔導爐、煙燻培根、乾貨和咖啡粉去賠罪。財務部和事務部結算前經常熬夜，手邊有這些東西應該會很方便。」

「難道伊凡諾之前那麼高興，就是因為接到一大筆小型魔導爐的訂單……？」

「太好了呢，妲莉亞。」

他笑得一臉明知故犯的樣子。

事已至此，是不是該正式挖角沃爾弗來幫忙經營商會？乾脆請他以商會業務的身分陪在自己身邊，別去當危險的魔物討伐部隊的赤鎧——妲莉亞拚命驅散浮現腦海的奇怪念頭。

「……謝謝你。」

向沃爾弗道謝的聲音變得有點小。

遠征練習會用的食材相當豐盛。

黑麵包配起司鍋、煙燻培根、火腿、蛋、各種乾貨。事先把乾燥蔬菜和大量的肉乾跟鹽巴、辛香料混合在一起，只需要丟進鍋子裡煮即可食用，料多味美的熱湯。

考慮到捕獲動物或魔物的情況，還備有堆積如山的生肉。從外觀看來，絕對是烤肉用的高級肉。是不錯的霜降肉。

「羅塞堤商會長，不好意思打擾一下。」

「好的，有什麼問題嗎？」

妲莉亞跟伊凡諾一同前去為有問題的小隊解答。

「魚乾變得又乾又硬，不像剛才拿到的魚一樣嫩。」

「請用大火烤，提早從爐子上拿下來。這樣肉質會比較鬆軟。」

魚乾的烤法需要一些訣竅。如果害怕烤焦，用小火烤太久，會不小心烤得太乾。

「這種肉不好烤熟，很容易焦掉。」

「偏厚的肉要等其中一面烤熟再翻面，蓋起來用蒸的，或許會比較好。」

「原來如此，這樣就不會太硬了。」

隊員們一邊做菜，一邊從錯誤中學習，每個人都笑得很開心。

「這種用來沾肉的醬汁好好吃。之後會給我們食譜嗎？」

「說明書最後面有三種醬汁的食譜。啊，這是第一種。」

「這樣啊，謝謝。我在家也做做看好了。我兒子應該會喜歡這個味道。」

看到某位隊員露出父親的一面，妲莉亞不禁失笑。旁邊的伊凡諾也笑了出來。

巡視一圈後，兩人回到一開始的地方。

「好，烤得還不錯！」

不遠處的防水布上，多利諾他們在烤鹽漬克拉肯，加熱蔬菜湯，享用起司鍋。

多利諾跟蘭道夫常和沃爾弗一起吃飯，所以他們都很熟練。

「這個，以後每次遠征都能吃到對吧？」

「是啊，既好吃又豪華。」

隊員們像要重新確認似的開口詢問，細細品味熱騰騰的料理。每個人臉上都帶著幸福的笑容。

「這道鹽漬克拉肯也好好吃。真想不到是遠征用的食物……」

「黑麵包光是拿去沾這個融化的起司，就變得好美味。」

聽見他們的讚嘆聲，蘭道夫用力點頭。

多利諾在旁邊雙臂環胸，一本正經地單膝跪地。那是騎士正式的祈禱姿勢。

「怎麼看都是在河邊舉辦歡樂的慰勞會。真是太感謝了。」

「多利諾，我也想向神祈禱。真的感激不盡。」

「你在說什麼？當然是向妲莉亞小姐祈禱啊。」

多利諾這句話，引來一陣哄堂大笑。

至於妲莉亞本人，她正在跟同樣坐在防水布上的沃爾弗、伊凡諾、副隊長葛利賽達談論公事。

防水布上，裝葡萄酒的皮袋已經清空了三個。

「我有問題，其他騎士團的成員，為什麼要瞧不起魔物討伐部隊？」

「第一、第二騎士團有很多高階貴族子弟。主要是這個原因。」

「魔物討伐部隊不太會參加騎士戰，就算參加了，人類和魔物又不一樣，所以我們很容易被說不擅長跟人類交戰。」

葛利賽達與沃爾弗略顯無奈地回答伊凡諾的問題。

「魔物不是更可怕嗎？說魔物討伐部隊很弱的人，跟你們一起去遠征就會明白。」

妲莉亞忍不住講出真心話。初遇時滿身是血的沃爾弗浮現腦海。

「不，他們應該不會跟來。遠征很累人，這件事沒人不知道。」

「乾脆放低姿態，把他們捧得高高的，之後再假裝有事找他們商量，請他們無論如何都要來幫你們一次忙，怎麼樣？講過那麼多大話總不可能不來，而且就這麼一次而已，他們說不定會願意考慮看看。」

「還有這招嗎……」

聽見伊凡諾的建議，副隊長用手抵著下巴。

「伊凡諾，要是跟過來的人出了什麼意外，有麻煩的會是我們。」

「咦，為什麼？有幹勁、有自信，又是當事人自願的，讓他們自己處理不就得了？身為騎士，上戰場就是『高貴的自我責任』。還有，只要在有大人物在的場合，或是周圍有許多人的地方先讓對方同意，之後就算發生一些意外，也不成問題吧？」

商談進行得很順利，因此有點喝得過多——伊凡諾不自覺地變得饒舌。

「原來如此……遇到意見很多的人，就主動低頭找對方商量，尋求協助——還可以這麼做啊。你叫梅卡丹提對吧？可以陪我到那邊『私下談談』嗎？」

葛利賽達笑咪咪地抓住伊凡諾的肩膀。

肩膀被巨大的手掌牢牢固定，伊凡諾一步也動不了，回答道：

「好、好的，沒問題。妲莉亞小姐，我離開一下。」

「啊，嗯……」

葛利賽達雖然面帶一如往常的笑容，卻隱約散發一股難以形容的寒意，讓人想跟他保持距離。

妲莉亞就這樣目送兩人離去。

「伊凡諾似乎被葛利賽達看中了。可能得花一些時間……啊，叉子好像不夠，我去拿一下。」

沃爾弗快步走向載餐具的馬車。

獨留在原地的妲莉亞，著手翻動鍋裡偏厚的肉片。

眼前的肉看起來是紅熊肉，不會很貴嗎？不對，他們說過在遠征途中，有時會抓魔物來吃，肯定也會有機會用到這種肉。她邊想邊確認火候。

「那個……羅塞堤商會長！」

聽見呼喚她的聲音，妲莉亞轉過頭，四名從未交談過的騎士並排站在那裡。

四人都比沃爾弗——不，比她還要年輕。從嶄新的鎧甲來看，推測是新人騎士。

「有什麼事嗎？」

「請容我提出一個非常失禮的問題，羅塞堤商會長跟沃爾弗雷德先生是那種關係嗎？」

「我們是很好的朋友。」

她不理解這個問題的用意，給予不會得罪人的回答。

「那個……羅塞堤商會長最近很忙嗎？」

「是的。我接到不錯的工作。」

她以工作用的制式笑容回答這個奇怪的問題，接著換成壯年騎士提問。他想問的是遠征用爐要如何更換魔石。妲莉亞先行取出魔石，為他詳細說明。

四名新人騎士無法延續跟妲莉亞的對話，回到剛才所在的防水布上。

他們啟動遠征用爐和小型魔導爐，加熱蔬菜湯，開始烤肉。

「真想跟羅塞堤小姐多聊幾句……」

「能幹的魔導具師兼商會長，身材又好，還預計封爵。雖然年紀比我們大了一點，她的條件真好。」

「而且斯卡法洛特前輩在旁邊，她的態度也完全沒有變化。感覺個性也很好……」

「跟年齡和爵位無關，公平對待每個人的感覺。不曉得她會不會介意長相和年紀？希望不會……」

「跟斯卡法洛特前輩是『很好的朋友』，代表不是完全沒機會吧？是不是值得賭一把呢？」

「那要先想辦法跟她拉近距離，從做朋友開始……」

一行人竊竊私語，一道長長的黑影突然落在眼前。

「你們看起來聊得挺開心的？」

「斯、斯卡法洛特前輩……」

黑髮男子不知何時無聲無息來到四人身旁，笑臉迎人。正確地說，他的臉部肌肉扯出了笑容的形狀，金黃色的眼睛卻不帶一絲笑意。

令人全身凍結的冰冷沉重壓力，突然迎頭砸來。

四人立刻無法呼吸，嘴巴像小魚似的一開一合。

「她是部隊的顧問，重要的魔導具師，如果你們膽敢稍有失禮，羅塞堤商會的保證人──商業公會會長雷歐涅．傑達子爵和我，將會嚴格追究責任，請各位銘記在心。」

語畢，撲面而來的壓力頓時消散。

「非、非常抱歉──！」

「我、我們會注意的！」

四人俐落地鞠躬，誠心道歉。

前輩露出美麗的笑容點頭，迅速回到妲莉亞身邊。

「剛才，斯卡法洛特前輩對我們釋放了『威嚇之氣』對吧？」

「嗯。我還以為會尿出來。比魔物還可怕。不愧是死神魔王……」

他拭去額頭的冷汗，終於擠出聲音。還有人到現在腿都還在抖。

沃爾弗的威嚇真的讓他們嚇破膽子。雖說是新人，他們好歹接受過基礎訓練及實地訓練，也算習慣跟魔物交戰，剛才卻被嚇得連一根手指都動不了。

「難道羅塞堤商會長在包養斯卡法洛特前輩？」

「不是，以那個斯卡法洛特家的財力，前輩比較有錢吧？」

「咦，所以是反過來嘍？」

「說起來，斯卡法洛特前輩不是在跟前公爵夫人交往嗎？」

「可以腳踏兩條船啊，兩個人類型不同。」

「不過以斯卡法洛特前輩的條件來看，對象隨他挑吧？雖說有工作上的合作關係，我不覺得他會選外表『中上』的人……」

四人將音量壓得更低。眼前的烤肉聲反而聽得更清楚。

「嗨！你們幾個，明天起的訓練有得受嘍！」

「活該。為自己講的話負責吧。」

「什麼？」

正在搬肉的兩位前輩突然跟他們搭話，四人停止動作。

藍髮男子沒有掩飾苦笑，接著說道：

「告訴你們，沃爾弗耳朵很靈，你們剛才說的那些話，他八成全聽見了。」

「咦！」

眾人望向遠方，妲莉亞旁邊的沃爾弗的背影。

他剛好在這時回過頭，露出過於燦爛的笑容，握拳敲了兩下胸口。

「恭喜。他說他會陪你們訓練，叫你們放馬過來。」

「想必會受益匪淺。」

「「咦咦！」」

年輕騎士們發出類似哀號的驚呼。

隔天以後，魔物討伐部隊的部分成員接受了連續兩天的自主訓練。內容激烈得連訓練場的地面都被弄得坑坑洞洞，卻沒有半個參加者提及。

⬢⬢⬢⬢⬢⬢

古拉特巡視完一圈後，終於坐到篝火附近的防水布上。

起初跟他共同行動的副隊長，正在不遠處跟羅塞堤商會的男性成員聊得有說有笑。說不定他們比想像中還合得來。

「古拉特隊長，請用。」

頭髮斑白的騎士拿了黑麵包串給他。

眼前是香氣濃郁的起司鍋。將黑麵包泡進鍋裡的乳白色液體，起司的鹹味搭配麵包，便成了難以言喻的美食。

旁邊的平底鍋裡放著蛋黃光澤誘人的火腿蛋。煙燻培根也不錯，可是便宜的火腿和只是稍微煎過的荷包蛋，撒上鹽巴及香料竟然異常美味。

他在家吃的東西也差不多是這些，不過在遠征時吃到，感覺截然不同。

羅塞堤商會長在舉辦這趟實驗性遠征的前一天，用沙漠蟲（Desert Worm）的外皮製作「蛋盒」，還賦予了防腐魔法，帶過來給他看。

明明是為了確認遠征用爐的使用方式才請她過來，打完招呼後，她率先提到的卻是雞蛋。她雀躍地向古拉特說明：「這種雞蛋收納盒又輕又能摺疊收納！」，讓他忍不住笑出來。

到了今天。用沙漠蟲的「蛋盒」帶過來的蛋一顆都沒破。

與其說蛋盒，這個容器堅固到應該可以拿來運送雞蛋以外的物品。

至今以來，他從未想過要帶容易破掉的雞蛋去遠征。

以現在的隊伍來看，可以再加一輛馬車。某些地方還能去村莊採購雞蛋。視遠征地點而定，或許可以考慮採用這個做法。應該也能多帶點其他食材。

古拉特吃著大幅進化的遠征餐，拿起皮袋品嘗葡萄酒，喝起來分外美味。

不知不覺間，身旁的騎士也低下頭，默默喝著葡萄酒。

他們兩個剛加入魔物討伐部隊時，前輩們動不動就會提到這些。

年輕時連水都不能想喝就喝。有的夥伴為了找水喝，掉進沼澤裡溺死。有的夥伴在長期遠征回程時，因中暑而落馬，再也不動了。多虧水魔石現在能穩定供給，終於不用擔心缺水。他們的語氣十分感慨。

然而，等到他被稱為「前輩」時，部隊的處境依然艱困。

不僅沒有足夠的馬匹，良駒也屈指可數，移動十分辛苦。有時馬匹還會在目的地累倒。

不適合的糧食、中暑及著涼，導致有夥伴因生病而退隊。

回復藥水數量不足，同行的魔導師跟神官也屈指可數。他曾經含著悔恨的淚水，在遠征地為隊友送終，也曾經連遺體都沒辦法帶回去，親手用魔劍燒燬。

魔導師也要加入戰鬥。除非有多餘的魔力，否則不能寄望他們把水魔法或火魔法用在其他人身上。部隊沒有足夠的魔石分配給所有隊員，而且魔石用起來也並不方便。

溫暖的食物、安靜的睡眠時間、讓濕透的身體保持乾燥——理所當然的日常，在遠征途中卻遙不可及。

即使跟前隊長要求改善環境，結果也不盡理想。貴族及文官動不動就會把數任前的隊長盜用預算一事，以及漏抓的魔物造成的損失拿出來講。

當上隊長後，古拉特毫不吝嗇地使用侯爵家的權力及財力，採購糧食、回復藥水，增加魔導師跟神官的人數，派人準備遠征用的馬匹與馬車。每次開會他都會盡量爭取人手和預算。

討伐魔物造成的傷亡跟以前相比大幅減少。

國王對此表示讚賞。貴族對古拉特的評價也隨之提升。

預算逐漸增加，買馬和買裝備都比以前更加容易。

儘管如此，他並不高興。還不夠。

在遠征途中身亡或受傷的人數並不是零。因此搞壞身體的人也不少。

每次以魔物討伐部隊隊長的身分參加部下的葬禮，都會湧起一股想痛毆自己的衝動。

魔物也在努力求生。

人類和魔物賭上生存的競爭。不太可能只有人類毫髮無傷。

雖然想避免人類死於跟魔物的戰鬥中，如果是以騎士的身分戰死，倒還可以接受。

不過，若是缺水缺糧，或者失眠、低溫、高溫導致的專注力不足而死，未免太令人懊悔。

無法幫隊員打造良好環境的怒火，總是向著自己。他曾經因為胃病而吐血，曾經在咬緊牙關時咬破嘴巴，也曾經在拿下頭盔時掉了一堆頭髮。

寫信給遺族時，手心動不動就被指甲刺得流血。

連提燈都沒有，只能在昏暗的傍晚摸黑，看不見未來。

不曉得是從什麼時候開始，他覺得情況有了改變——

第一次拿到防水布時，他下意識懷疑這塊光滑的布，真的有辦法防水嗎？

然而，拜防水布製作的帳篷所賜，隊員休息時可以不用再擔心下雨。跟只有抹一層蠟的帳篷不同，不會漏雨，也不會積水。帳篷本身的重量也減輕許多。

只要睡在防水布上，就不會被來自地面的水氣弄溼。也不會因為衣服溼掉而導致失溫。

用防水布製成的馬車車篷，在雨天移動時助益良多，還有助於運送病患及傷患。備品和糧食也不會因為溼氣而壞掉。

雨衣從沉甸甸的皮革換成防水布，讓行軍速度即使是在雨天也比之前快，能夠移動更長的距離。不用煩惱身體淋溼怎麼辦，感冒的隊員也大幅減少。

時至今日，每次穿五趾襪時，他還是會被它的造型逗笑。不過令人頭痛不已的腳趾發癢問題再也沒有發生過，揮劍時腳步也可以站得更穩。

讓人不適的鞋內濕氣由於乾爽的鞋墊而消失，無論是雨天還是夏天都能維持清爽。可以不用在意腳底，對專注力的影響有多麼重大，恐怕只有在難以站穩的地面戰鬥的人，以及需要長途跋涉的人才會懂。

還有現在圍在脖子上的微風布。

明年夏天，鎧甲底下應該就不會汗如雨下了。遠征時被悶出汗疹，癢得在地上打滾的日子，以及熱得輾轉難眠的夜晚，想必也會減少。

幫忙爭取微風布的下期預算的人，是很久沒聊過天的朋友。

久違地一同享用的葡萄酒太過美味，他跟朋友喝到天亮，被妻子罵了一頓。不過，連因此挨罵都令他喜悅不已——兩人在挨罵時相視而笑，惹得妻子更加憤怒。

仔細一想，親手創造各種魔導具，重新幫他跟朋友牽上線的，是一名年輕的魔導具師。

他覺得非常不可思議，放下裝酒的皮袋。

晴朗的藍天下，強風吹散盛夏的暑氣，眼前的小型魔導爐的熱氣卻紋風不動。唯有蔬菜湯的白煙隨風流逝。

古拉特忽然察覺異狀，豎起耳朵。

聲音跟平常的遠征不同。

年輕隊員有點高亢的笑聲、隊員柔和的聊天聲、明明是皮袋，卻響起乾杯的聲音——

他聽著類似喧鬧聲的聲音，忽然一陣鼻酸。

「遠征時一切都是戰爭，活著的時間等同於零。」

這句話出自前任魔物討伐部隊隊長口中。

可是，在場這些隊員確實擁有活著的時間。

即使不會像今天這麼輕鬆，從下次的遠征開始，應該能稍微取回活著的時間。

「古拉特大人，要不要嚐點帶骨香腸？」

「……嗯，要。」

聽見忽然傳入耳中的女聲，古拉特急忙擦掉即將奪眶而出的淚水。

妲莉亞跟沃爾弗一起端著堆滿食物的盤子。

「那個，不合您的口味嗎？」

「不，十分美味……只是眼睛有點被煙燻到。」

「啊！魔導爐果然該調整成不要有那麼多煙……之後會改善。」

「別放在心上，是那邊的篝火的煙。」

聽見他的回應，妲莉亞鬆了口氣，露出毫無防備的笑容。

旁邊的沃爾弗馬上開始用魔導爐烤帶骨香腸。動作相當熟練。

「羅塞堤，光靠這個爐子，就能製作各種料理呢。」

「我正在整理要新增哪些菜的食譜。烹飪時間短一點的是不是比較好？」

「對。還有，適合配酒的話我會很高興。」

「那麼或許可以開一份下酒菜用的菜單。剩下就是要便於保存……」

眼前的女子正經八百地思考起來，古拉特的淚水收了回去，取而代之的是脫口而出的笑聲。

這裡離篝火有段距離。不可能被燻到眼睛。

連他情急之下想出的藉口都會當真，表示關心。

她是不是最好學會懷疑別人，耍一點心機比較好——

這名女子就是如此正直，總是這麼努力，連古拉特都感到擔憂了。

名為妲莉亞的魔導具師。

宛如朝霞的紅髮。讓人聯想到新綠森林的綠眸。

抬頭挺胸地靠自己的雙腿站穩腳步，試圖拯救伸手可及之處的眾生。

原來如此，她的確是夏日之花。

將他蒙上陰霾，陷入迷惘的內心，照亮得跟這片藍天一樣。

「今後也請妳務必多多關照。魔物討伐部隊（我們）的魔導具師小姐。」

番外篇　父親與女兒的魔導具開發紀錄～傳聲的魔導具～

「妲莉亞，這是『傳聲』的魔導具。」

卡洛從架上拿出兩個頸鍊形的魔導具，放在工作桌上。

跟他一樣是魔導具師的女兒，用閃閃發光的雙眼觀察傳聲魔導具。

「可以像這樣改變聲音。」

卡洛將黑色皮革製成的頸鍊戴在喉嚨前面，聲音變得跟威嚴十足的老者一樣渾厚。

「『傳聲』是爸爸發明的魔導具對吧。賦予材料是塞壬的頭髮嗎？」

妲莉亞興味盎然地提問。

「對。我用魔法把塞壬的頭髮賦予在中間的純銀——裝飾的部分。這樣一來就有了變聲效果和調整聲音強弱的效果。頸鍊的皮革部分是馬皮。視情況而定，也可以賦予增加堅韌度的效果，或者改成金屬鍊、魔絲緞帶。還能裝在高領的衣服後面。」

傳聲除了聲音的強弱，還能改變音質高低，因此可以讓男性發出女性的聲音，女性發出男性的聲音。

製作難度並不高。早點教她也不是不行，但卡洛有點放不下心，今天才終於決定跟妲莉亞介紹這個魔導具。

「塞壬的頭髮是遺髮呢，因為是從屍體取下的……」

女兒緊盯著傳聲魔導具，聲音變得有點低沉。

卡洛從架子深處的魔封盒中，取出儲備的塞壬頭髮。

彷彿把月光封在裡面的閃亮金髮已經存放了超過十年，卻跟當時的狀態沒什麼兩樣。

「妳看。這不是從屍體取下的。是某位歌手跟賴在船上的塞壬比唱歌時贏得的頭髮。」

「咦？跟塞壬比唱歌？騙人的吧？」

「是真的。那位歌手現在是中央歌劇院的院長，年輕時他的聲音好聽到連小鳥都會向他傾訴愛意。」

那人是卡洛在高等學院的同學，年紀比他大。為何他隸屬於魔導具科，至今仍是謎團，不過校慶表演時，派他一人出馬便足矣。

「好厲害，居然能靠歌藝勝過塞壬。可是一想到輸掉的下場，還真是賭上了性命。」

「不，發聲練習時，塞壬就叫他輸了要入贅到她家。聽說塞壬全是美女，他或許是覺得這樣也不錯。」

「爸爸，為什麼要跟我講這個！」

妲莉亞勃然大怒。

糟糕，怎麼會跟花樣年華的女兒講這個。太不小心了。

卡洛急忙將紅色皮革的頸鍊戴在脖子上。

「傳聲還能發出這種聲音喔，妲莉亞。」

「……！討厭，爸爸真是的！」

聽見他用女聲說話，女兒僵住了一瞬間。她瞪大眼睛，猛拍卡洛的背。

他自認這個聲音還不錯，女兒卻不喜歡。

拜其所賜，剛才的話題就這樣不了了之。

「爸爸，你在喝什麼？」

當天吃完晚餐後，妲莉亞看到卡洛在吃藥，擔心地詢問。

「胃藥。因為明天是男爵聚會……」

他苦著臉回答，女兒臉上也跟著浮現愁容。

「很耗精力嗎？」

「是啊……例如有一條貴族禮儀是『必須稱讚初次見面的女性』，去年和前年我都一直誇對方漂亮，顯得有點格格不入……我的魔導具師朋友說，只稱讚外表好像不太好。」

「真辛苦。那要誇哪些地方？」

「衣服、飾品之類的……我又看不出來。除此之外還可以誇演奏樂器的技術、頭腦聰明等等，但我們家幾乎不會跟貴族來往對吧？我根本不知道哪些人平常在做哪些事，無從誇起。」

「不要緊吧？胃太痛的話，別參加比較好……」

「那可不行。男爵是名譽爵位，又有領薪水。」

卡洛將視線從不安的女兒身上移開，清了下嗓子。藥粉好像黏在喉嚨了。

「明天我應該會在男爵聚會上待一整天，妳試試看能不能做出『傳聲』吧。設計圖在抽屜裡。塞壬的頭髮可以盡量用，純銀也有足夠的量。」

「它好小，感覺有點難。尤其是調整聲音的部分……」

「想到能做出喜歡的聲音，不覺得很愉快嗎？盡情做個帥氣好男人的聲音吧。」

「討厭！那是什麼聲音啦！」

氣呼呼的女兒，令他不禁失笑。

他開不了口告訴妲莉亞。

中午他用那個傳聲魔導具發出的女聲，是妲莉亞的母親泰瑞莎的聲音。

女兒還小時，他想用母親的聲音唱搖籃曲給她聽，便做了那個魔導具。不過想要唱歌時聲音都會分岔，完全唱不好，於是就一直收在架子的深處。

開不了口告訴她的，還有另一件事。

貴族的禮節確實麻煩。然而，許多男爵原本都是平民出身，輕微的失誤並不會被放在心上。而且「漂亮」是萬用的詞，不可能受到責備。

他胃痛的原因另有其他。光想到明天就覺得憂鬱。

這次的男爵聚會，在某位公爵家的宅邸舉行。

卡洛被帶到可以欣賞開著鮮豔異國花卉的庭園的大廳。打扮得光鮮亮麗的男女來來往往，大多是爵位比他高的人。談話聲參雜在樂團演奏的輕柔音樂之中。

「你看起來過得不錯，卡洛學長。」

「你也是，奧茲。」

認識的人前來與他攀談。是學校的魔導具科的學弟，同為男爵的奧茲華爾德。老實說，他鬆了口氣。不過，奧茲華爾德向他介紹自己的妻子時，他有點錯愕。

「我叫費歐蕾・佐拉。外子受您照顧了。」

他不認識這名擁有淺紅色頭髮及淡綠色眼睛的女子。跟印象中的奧茲華爾德的妻子好像不是同一人。

記得他在第一位妻子逃走後再婚了，莫非——

「我是第二個。」

費歐蕾看穿他的疑惑，露出溫和的笑容。年紀輕輕卻十分穩重。

奧茲華爾德只是笑咪咪地站在旁邊。這種時候該說「失禮了」，還是一笑置之？成為男爵後，他看過不少禮儀書，卻沒有跟這個情況相同的例子。

總之他先湊到學弟耳邊，輕聲說了句：「恭喜。」順便用力拍打他的背。

「卡洛，原來你在這。有人想跟你聊聊熱水器。奧茲華爾德，不好意思打擾你們談話，借一下卡洛。」

「嗯。卡洛學長、傑達學長，祝兩位有個美好的一天。」

奧茲華爾德以符合貴族身分的優雅態度道別，兩人轉身離去。

前來帶走卡洛的男子名為雷歐涅・傑達。子爵家，剛成為商業公會的會長。

對方雖然身分顯赫，卡洛和這位學長在念高等學院的時候就認識，因此獲准使用平語跟他交談。

「雷歐涅學長，你好像很忙的樣子。」

「是啊。當上會長後，跟嘉布列拉的相處時間就變少了，受不了。」

學長一開口就提到妻子，卡洛心想：「兩位還是一樣恩愛呢。」

和他這個重度的愛妻家聊天時，卡洛會盡量不提到嘉布列拉，否則會聊太久。

「羅塞堤先生，我用了增加容量的新熱水器，滿好用的。」

「謝謝稱讚。」

會出入商業公會的某位商會長笑著跟他搭話。記得是擁有子爵爵位的人。

卡洛製造的熱水器，全都交給摯友經營的奧蘭多商會販售。這個人似乎有在使用。

「容量增加果然很方便。有辦法做得更大一點嗎？」

常有人提出這個要求，但卡洛本人並不打算把熱水器做得太大。

「我想要加大容量、提高溫度，方便讓多一點人同時洗澡。」

「不是辦不到，可是為了安全起見，多買幾臺比較好。」

「站在商業公會的角度來看，我也建議您多買幾臺。」

雷歐涅開口附和假裝在思考的卡洛。

熱水器的話題到此結束，三人聊起王都流行的店家，以及有望暢銷的魔導具。

聊到一個段落後，那名商會長向兩人道別，雷歐涅則被疑似貴族的人叫走。

卡洛跟附近的侍者拿了杯飲料解渴。

「您該不會是羅塞堤先生吧？很榮幸見到您。」

自稱男爵之女的年輕女子前來跟他搭話。

以參加男爵聚會的淑女來說，禮服的開衩有點高，未免太養眼了。

而且，他還沒有向她自我介紹過。

兩人隨口聊著魔導具的話題，聊著聊著，沒戴手套的雪白手指揪住他的上衣。

「卡洛先生，我想好好跟您聊聊魔導具師的工作……」

這名女子固然美麗動人，初次見面就用名字稱呼他，再加上那撒嬌的聲音，令他背脊發涼。

倘若他再年輕個十歲或二十歲，是否會稍微心動？思及此，浮現腦海的只有亡妻的笑容，可見他對她的留戀有多麼深沉。

「對不起，我有點醉了——我不太舒服，先去外面一下。」

「那我來照顧你……」

「沒關係，我好像真的不舒服。」

他摀住嘴巴，快步離去。幸好對方沒有追上來。

公爵家的洗手間非常大。

充斥數不清的鮮花的香氣，沒有半點廁所會有的味道。

牆邊放著用來讓人穿鞋的豪華黑色皮沙發。卡洛坐到上面，鬆開領帶。

想起剛才那名女子的眼神，以及之前跟他交談的商會長的眼神，他嘆了口氣。

對方並沒有把自己看在眼裡。他的長相、個性、爵位，那兩個人應該都完全沒有興趣。

他們關心的，只有身為魔導具師的技術。

正確地說，是他們背後的人想要他的技術。

「『他』還沒忘記嗎……」

卡洛悶悶不樂地咕噥道。

「他」第一次來找他說話是在學期間，卡洛做出噴水器的魔導具時。

本來要製作的是牆壁的洗淨機，魔導具研究社的所有社員卻玩心大起，將強度調到最高。他們基於好玩的心態順便測試效果，結果射穿校舍的牆壁，釀成出乎意料的大災難，挨了出乎意料的一頓罵。

雖說身為貴族的學長們輕易拿出了賠償金，沒被停學真的太不可思議。

下個月，卡洛被叫到副校長室。身為噴水器的第一發明人，卡洛以為自己即將面臨遲來的責罵，然而在裡面等待他的卻不是副校長。

黑色的三件式西裝，搭配擦得過亮的皮鞋。一眼就看得出是貴族的白皮膚男子，面帶人偶般的笑容。

「卡洛．羅塞堤同學，您是否有意願成為王城的魔導具師，為國家製造魔導具？」

沒想到是王城的人要來挖角他。是眾多魔導具科學生夢寐以求的出人頭地之路。

「我承諾會提供您豐碩的薪水及良好的待遇。」

對還是學生的他使用正式的敬語，再加上溫柔的語氣。

但男子回望他的眼神卻如同一條蛇。那雙完全感覺不到溫度的眼睛，令卡洛立刻拒絕。

他緊張地回答：「我想繼承父親的工作，製作給庶民用的生活魔導具。我的考試成績也稱不上好，在王城實在派不上用場。」

男子沒有絲毫不悅，也沒有絲毫遺憾，擺出一副此乃確定事項的態度。

「羅塞堤同學，等您改變心意，請您聯繫我。我們下次見。」

他記得自己一離開房間，就緊張得汗如雨下。

他驚慌失措地回到家中，擔心說不定會給雙親添麻煩，向父親尋求建議。

父親聽了並未驚訝，而是詢問他：

「八成是跟武器或諜報活動有關。待遇應該相當不錯，但你想做那種魔導具嗎？」

「不要。我想製作生活魔導具，能帶給人笑容的魔導具。」

他馬上否定，父親露出燦爛的笑容，拍拍他的肩膀。

「我也是這樣回答的。」

下次見到那名男子，是在做出傳聲魔導具的不久後。

純粹是因為他想幫指導自己的魔導具科的麗娜老師治好聲音沙啞的毛病，才做出傳聲。

他靈機一動，順便加上變聲的功能，逗老師和朋友笑，照理說就只是這樣。

然而在麗娜的建議下，為了治療因疾病而聲音沙啞的患者，那個魔導具商品化了。

下個月，他明明已經從學校畢業，卻莫名其妙被叫到學院長室。

負責帶路的麗娜老師臉色蒼白。兩人默默於走廊上前行的途中，麗娜老師的掌心露出了一瞬間，上面用模糊的字跡寫著「拒絕他」。有股不祥的預感。

不出所料，又是那名男子。

「傳聲真是非常優秀的魔導具。我們會盡可能提供您開的報酬及條件。不進王城工作也無妨，我們會主動去您指定的地點找您。所以，可否請您為國家製作魔導具？」

悅耳的聲音及過度有禮的態度，跟當時如出一轍。

眼神亦然。

他先為對方肯定自己的能力一事道謝，毫不掩飾地直接回答：

「我沒辦法製作傷害人的魔導具。」

男子的笑容從臉上消失，彷彿碎裂的面具。從底下浮現的，是感覺相當神經質的表情。

他卻維持這個表情瞇細眼睛，嘴角高高揚起。

「羅塞堤先生，我們下次見。」

這句話跟上次見面時一字不差，只有稱謂從「同學」變成了「先生」。

在那之後過了幾年了？

王城的工作，他只接過修理大型熱水器的委託。機器並不是他做的，而是王城的魔導

具師。這件委託是透過商業公會接的，用天狼牙賦予「風魔法效果的防止熱失控」，僅此而已。

當時並沒有見到那名男子，所以卡洛以為他已經忘記自己，放下戒心。

然而從不久前開始，就一直有人要求他製作大容量、高溫度的熱水器，明明不是要給貴族使用的。

雷歐涅叮嚀他「卡洛，最近是不是一直有奇怪的委託？」時，他率先想到妲莉亞，接著是那名男子。

發明人的名字雖然是掛在他身上，但吹風機、熱水器都是以妲莉亞的想法為基礎發明的魔導具。

不僅如此，才華洋溢的女兒還成功試作出能把水分隔絕在外的防水布。再測試一段時間後，預計向商業公會登記。用途廣泛的那個魔導具，想必會非常有用。

妲莉亞是個能幹的魔導具師，以及能幹的發明家——有著非常危險的一面。

卡洛被迫面對他一直不肯正視的事實。

小時候，妲莉亞在圖畫紙上畫過會飛的金屬鳥。畫過在海上行駛的船。畫過不用馬匹在前面拉，就能載人於地面移動的箱子。當時他笑著聽女兒說明那些如同童話故事的物品。可是，看到女兒結結巴巴地想要說明箇中原理，卡洛感到十分疑惑，便問她是怎麼知道的。

女兒笑著回答「這些是前世的東西」時，他猛然驚覺。

天選之子——這個國家如此稱呼擁有稀世才能的人。

妲莉亞出生前所在的世界，該不會是天界或夢一般的世界吧？他能夠對此深信不已，其他人就未必了。女兒會不會被用異樣的眼光看待？會不會在背後被人說閒話？不，比起這點小事，她的才能會不會帶來危險？

出於擔心，他叫女兒答應他不會告訴任何人，叫她忘記那些事。

從此以後，妲莉亞就不再提及。

他希望那只是小孩子常有的妄想，不知何時也跟著封印這段記憶。

畢業後，妲莉亞的才能開始結出豐碩的果實。不管是站在父親的立場，還是魔導具師師父的立場，他都不想阻止。

然而，女兒也可能受到那名男子的挖角，就像父親和他一樣。他憂心忡忡——今天，他的不安又變得更有真實感了。

卡洛回到大廳，尋找同為魔導師的夥伴，跟每個人打過招呼。

然後表明他要跟朋友去續攤，提前離開會場。

目的地是奧蘭多商會。一看到他，摯友就提前結束工作。

兩人直接來到常去的酒館，進入包廂，邊喝酒邊抱怨、商量煩惱。

吹風機、熱水器、傳聲。想濫用魔導具，方法要多少有多少。不過，魔導具是用來幫助人們改善生活品質的，不該用在那種地方——聽完他的見解，摯友冷靜地說：

「卡洛，要如何使用『巨大菜刀』，端看使用者的意志對吧？也有人會把它當成『大劍』使用，而不只是拿來解體大魚。當然也會有製作者想不到的用途。」

他無法當下回應。不過，如他所言。

摯友幫他倒了杯酒，安慰他：「你在發酒瘋喔。你今天太愛胡思亂想了。只要想著現在自己能做些什麼就好。有什麼事立刻找我商量。」於是，他便用酒將這股不安吞入腹中。

回到綠塔時已是深夜時分。家裡的燈沒開，妲莉亞八成睡了。

喝了那麼多酒，卻沒有絲毫醉意。迫於無奈，卡洛偷偷打開藏在工作區的昂貴紅酒，倒進工作用的量杯裡喝。

肯定是今天喝太多，害他在亂說話，擔心這種事也沒用。

他們恐怕挖角過許多魔導具師。純粹是碰巧也來找過他，沒什麼大不了。未來他和妲莉亞也會過著理所當然的平穩生活——他試圖這樣想，卻下意識握緊拳頭。

理所當然的平穩生活——這種東西並不存在，卡洛再清楚不過。

「希望我們能永遠在一起。」

紅髮的美麗妻子，在七彩的大麗菊中笑顏逐開。

聽見泰瑞莎這句話，他笑著回答：「妳在說什麼啊，我們會永遠在一起。」

當時，她也回以同樣的笑容。

光是有她陪在旁邊，金錢、爵位、名聲都顯得微不足道。

卡洛發自內心覺得，只要有泰瑞莎在，什麼都不需要。

可是，他轉眼間就失去了她，有如從掌心流出的沙子。

萬一連妲莉亞都被人奪走，跟他不得不放開妻子的手一樣——

他應該會不惜以一切為代價，抗爭到底。

他和妲莉亞都無法製作傷害他人的魔導具。

兩人想做的是讓日常生活變得更加便利，帶給人歡笑的魔導具。

讓人得到幸福的魔導具。

倘若他力有未逮，遭受波及，唯有女兒無論如何都要守住。管他是諜報部還是高階貴族，不，即使對方是王族，也休想利用妲莉亞。

身為父親，唯有女兒絕對要保護到底。就算要犧牲這條命——

他有這個心，卻沒有那麼強大的力量。

男爵爵位僅限一代，財產也不多。又沒有可靠的親戚。

幸好，他有許多朋友及同伴。

「……拜託大家照顧妲莉亞好了……」

他刻意說出口，重新確認。

儘管憑他的一己之力沒辦法保護女兒，只要朋友及同伴願意幫忙，肯定不用擔心。

笨拙的自己有許多沒辦法為妲莉亞做的事、沒辦法告訴她的事。

因此，至今以來他都用「欠人情」當藉口，偷偷拜託其他人，請他們在妲莉亞需要幫助時伸出援手。很多人聽見這個請求都在笑他，卻沒有半個人拒絕。

未來也繼續偷偷這麼做吧。

繼續拜託大家，要是他有什麼意外，代替他照顧妲莉亞。

一個人做不到，希望大家集合兩個人、四個人、八個人的力量，如此反覆，成為守護妲莉亞的盾牌。

他很清楚這是個自私的願望。

但願只是杞人憂天。沒有任何意外當然最好。

妲莉亞一輩子都不知道這件事——自然再好不過。

「你回來了……呃，爸爸，你怎麼又在喝酒！」

妲莉亞醒來了，穿著睡衣跑下樓。

「酒味好重……你喝太多了！不是跟你說過在外面喝酒的日子，不要在家喝酒嗎！」

罵人的聲音跟泰瑞莎有點像，但確實是不同人，聽起來頗為刺耳。

至於責罵的內容及語氣，比起妻子更像在塔裡工作過的女僕蘇菲亞。

不僅如此，也有點像他的母親，雖說他不太想承認。

「哎呀，月色很美，所以我想小酌一杯……」

窗外正好看得見皎潔的半月。以前他完全不會欣賞月色，現在卻急忙搬出來當藉口。

可惜女兒果斷拿走了酒瓶。

「只可以喝那杯量杯裡的量，不准再喝了。我要拿去煮燉菜！」

「等一下！那瓶紅酒挺好喝的，很適合邊喝邊賞月……」

「那我倒一杯賞月。剩下全加進明天的燉菜，就這樣決定了！」

「妲莉亞……反正都要進到胃裡，用喝的跟用吃的不是一樣嗎？」

「絕、對、不、一、樣。」

很遺憾，稍貴的紅酒就這樣整瓶被沒收了。

看來明天的燉菜會變得相當高級。

卡洛陷入消沉時，上三樓放酒的妲莉亞又跑了回來。

手中拿著水瓶和玻璃杯。女兒判斷他喝太多了，塞防止宿醉的藥給他。真是窩囊。

卡洛吃下苦澀的宿醉藥，認真反省。

然而，自己愈窩囊，妲莉亞就顯得愈可靠。

即使未來有跟那名男子一樣的人跑來挖角她，妲莉亞說不定也會一口回絕。她心地善良，卻意志堅定，肯定用不著擔心——卡洛開始這麼覺得。

或許今天真的是他喝醉了。

「這個做得不錯吧！」

有點耳熟又聽不出是誰的男聲突然傳入耳中。不是妲莉亞的聲音。

抬頭一看，女兒帶著燦爛的笑容望著他。喉嚨前面戴著傳聲魔導具。

皮繩的顏色不同，推測是妲莉亞今天做的。

「看，跟爸爸的聲音一模一樣對不對？」

接下來這句話，解開了他的疑惑。

自己的聲音，本人是認不太出來的。

不過連語氣起伏都完美模仿的話，明顯聽得出確實很像。

他迅速戴上另一個傳聲魔導具回答。

「做得真好，魔導具師羅塞堤。」

聲音及語氣起伏，都下意識模仿了泰瑞莎。

眼前的妲莉亞戴著傳聲笑出來，卡洛也跟著笑了。

在工作區重合的兩人份的笑聲，令他懷念不已——笑得眼角泛淚。

明明是第一次製作，妲莉亞的傳聲卻做得非常好。

可是，比起與別人相似的笑聲，還是原本的笑聲最適合女兒。

不是透過傳聲傳出的聲音，也不是透過喉嚨發聲的聲音，卡羅在內心祈禱。

但願女兒能過著沒有淚水，常保笑容的人生——

從脖子上拆下來的傳聲魔導具，被靜靜地收進抽屜裡。

國家圖書館出版品預行編目資料

魔導具師妲莉亞永不妥協：從今天開始的自由職人生活 / 甘岸久弥作；馮鈺婷譯. -- 初版. -- 臺北市：臺灣角川股份有限公司, 2024.01-
冊；　公分. --
譯自：魔導具師ダリヤはうつむかない ～今日から自由な職人ライフ～
ISBN 978-626-378-401-7(第4冊：平裝)

861.57　　　　112019393

Kadokawa
Fantastic
Novels

魔導具師妲莉亞永不妥協 ～從今天開始的自由職人生活～ 4

（原著名：魔導具師ダリヤはうつむかない　～今日から自由な職人ライフ～ 4）

2024年3月25日　初版第1刷發行
2024年7月16日　初版第2刷發行

作　　者：甘岸久弥
插　　畫：景
譯　　者：馮鈺婷、Runoka

發 行 人：台灣角川股份有限公司
總　　監：呂慧君
總 編 輯：蔡佩芬、朱哲成
主　　編：林秀儒
設計指導：陳晞叡
美術設計：李思穎
印　　務：李明修（主任）、張加恩（主任）、張凱棋、潘尚琪

發 行 所：台灣角川股份有限公司
地　　址：104台北市中山區松江路223號3樓
電　　話：（02）2515-3000
傳　　真：（02）2515-0033
網　　址：www.kadokawa.com.tw
劃撥帳戶：台灣角川股份有限公司
劃撥帳號：19487412
法律顧問：有澤法律事務所
製　　版：尚騰印刷事業有限公司
I S B N：978-626-378-401-7